하순봉 회고록 河舜鳳 回顧錄

하순봉 회고록 河舜鳳 回顧錄

나는 지금 동트는 새벽에 서 있다

대한민국 현대정치 현장리포트 — 박정희에서 이명박까지

연장통

그는 맺은 인연을 값지게 알고 소중하게 가꾸며 살고 있다

일생 동안 수없이 많은 인연을 맺고 살지만, 나에게는 특별히 보람을 갖는 귀하고 값진 인연이 있다. 바로 나와 하순봉 실장과의 인연이다.

하 실장과 직접적이고 긴밀한 관계를 맺게 된 것은, 내가 국무총리직에 부임해서 그가 비서실장으로 나를 보좌하고부터이다. 물론 그 전에도 나는 그를 민완기자로, 또 텔레비전의 젊고 발랄한 미남 앵커로 알고 있었고, 또 내가 외무부장관 시절 국회 외무위원회 여당 간사위원으로 그와 나는 잦은 교분이 있었다.

그는 총리비서실장으로 정치, 정무 분야에서 나를 보필하였다. 언론과 정치현장을 겪어서인지 남다른 정치분석과 판단으로 나를 도왔다. 10·26 이후 실타래처럼 얽힌 정국을 풀어가는 데 그의 지혜와 조언은 내게 값진 참고가 되었다.

먼저 나는 그의 성실함을 높이 평가한다. 그는 하루 24시간이 모자랄 정도로 맡은 바 소임에 열정적으로 헌신했고, 격무 속에서도 "한 살이라도 젊은 나이에 공부하라"는 나의 말을 가볍게 듣지 않고 만학으로 정치학 박사 학위를 받는 저력을 보였다.

무엇보다 그를 돋보이게 하는 것은 그의 조화롭고 풍성한 인간됨이다. 그에게는 아래위를 분별하고 상대방을 편안하게 해 주는 재주가 있다. 그에게는 사람의 향기가 밴 휴머니티가 넘친다. 아내와 나는 그를 친동생처럼 아끼고 사랑했다. 그래서 아직까지 그를 부르는 호칭도 하 실장이 제일 편하다.

비교적 오랜 정치생활을 하면서 나는 그가 원내총무로, 사무총장으로, 부총재로 승승장구 발전하는 모습을 지켜보았다. 그러면서 내게 못 다한 소망이 있다면 그에게서 이룰 수 있겠구나 하는 생각도 해 봤다. 한편으로, 험난한 정치세계에서 그의 본디 모습이 훼손되거나 마모되는 안타까움도 있었다.

그는 맺은 인연을 값지게 알고 소중하게 가꾸며 살고 있다. 이제 그가 정치를 접고 지나온 세월들을 되돌아보는 회고록을 낸다니 나로서는 감회가 깊다.

그는 지금도 언론사의 회장으로 열심히 활동하고 있다. 그는 꼭 성공할 것이다. 하 실장의 건강과 행운을 빈다.

전 국무총리, 롯데복지재단 이사장
노신영

암흑의 밤보다 동트는 새벽을 기도한다

철들고 나서부터 오늘까지 줄기차게 이어져온 의문이 있다. 역사의 향방과 역사의 주체에 대한 회의가 그것이다.

역사는 무엇인가? 역사는 누구를 위한 것인가?

해방이 되고 근대 헌정이 시작된 지 60년을 넘어서까지 때로는 역류하기도 하였고 때로는 여울처럼 급류를 이루기도 했던, 저 역사의 흐름에 떠밀리면서 그 의문은 깊어져 갔다.

'역사는 되풀이된다' 라든가 '역사는 어차피 힘 가진 소수의 편에 서는 것이다' 라는 가설이 정설인 양 자주 인용되는 것을 볼 때마다 역사에 대한 나의 의문은 더해 간다.

그 의문은 아득히 먼 기원전 사마천의 시대로 거슬러 올라간다. 사마천은 역사를 위하여 거세된 선비이다. 흉노 정벌에 실패한 한(漢)나라의 명장 이릉(李陵)을 변호했다는 죄목으로 투옥되고, 무제(武帝)로부터 사형선고를 받은 사마천은 역사를 저술하기 위하여 죽어서는 안 되는 몸임을 자각한다. 끝내 그는 죽음보다 더 치욕스러운 궁형을 자청하고, 거세된 몸으로 만고의 역사서 『사기(史記)』를 남긴다. 그리고 그는 역사에 대한 뼈아픈 회의를 던진다. '천도(天道)' 그것은 과연 옳으냐 그르냐? 라고.

고등학교 시절 나는 『사기』를 비봉산 기슭에서 처음 읽었다. 보병 소대장 시절, 휴전선을 지키는 철책에서 이 책을 읽고 또 읽었다. 역사의 전면에 나섰던 인물들이 떠올랐다 사라지고, 하늘에는 역사의 뒤안길에서 부초처럼 흔적 없이 살다 간 무수한 사람들이 별과 같이 명멸하고 있었다.

겨울밤 휴전선을 스쳐가는 바람소리에도 역사의 숨결은 담겨져 있었다. 지난 우리의 근현대사가 말해주듯, 역사의 소용돌이 속에서 험난한 시대를 살아왔던 우리들이었기에 역사의 교훈을 되새기는 마음 더욱 간절했다. 그러나 이러한 나의 역사인식에도 불구하고, 언론과 정치에서 사십 년의 세월을 지나온 지금 내게는 많은 아픔이 있다.

한때 번뜩이는 시대정신, 기자정신에 나는 얼마나 충실하였던가. 나는 그 정신을 구현하려고 얼마나 노력하였던가…….

삼십여 년 전 현역 언론인 시절의 일이다. 로마에서 취재를 마치고 파리로 가는 도중이었다. 피레네 산맥을 넘으면서 심한 악천후를 만나 비행기가 곤두박질치는 아수라장이 벌어졌다. 어떤 백인 여자 승객은 주기도문을 소리치며 외웠고, 한 동양인 승객은 새파랗게 질려 울부짖고 있었다. 그 아수라장 속에서도 내 옆자리에 있던 오십대 후반으로 보이는 일본인 남자는 당시의 상황을 가족들에게 남기는 듯 차분하게 무엇인가를 적고 있었다.

지금 나는 그때 그 일본인 탑승객을 생생하게 떠올린다. 내가 지나온 길에는 심한 악천후가 많았고, 파도가 높았다. 그만큼 그 길에 대한 기록은 더욱 소중할 것이다. 내가 지나온 길을 돌아보며 회고록을 쓰는 것은 특별히 글재주가 있어서도 아니고, 더구나 잘났다고 유별나게 뽐내고 싶어서도 아니다. 아수라장 속에서도 차분하게 자신의 상황을 정리하고 기록하는 그 일본인 탑승객과 같은 마음이다.

나는 언론인으로, 또한 정치인으로 현재의 상황과 미래의 꿈을 전하며 살아왔다. 책 제목을 '나는 지금 동트는 새벽에 서 있다' 로 한 것은 나는 아직도 희망을 보고 있기 때문이다.

이 책에는 내가 지나온 길을 객관적으로 전하고자 하는 나의 의지가 담겨 있다. 내가 기술한 정치적인 사건들은 보는 시각에 따라 전혀 다르게 판단될 수 있다는 것을 나는 잘 알고 있다. 고희의 나이를 먹으면서, 그동안 내가 겪었던 주변의 상황들을 보고 듣고 느낀 그대로 되뇌었을 뿐이다. 어쩌면 회한과 반성하는 마음이 더 깊게 깔렸을는지도 모른다.

기억이 희미하거나 분명치 않은 부분은 후기한 문헌들을 참고하거나, 나의 견해와 일치한 경우에는 원문 그대로 인용하였음을 밝혀 둔다. 글을 쓴 분들에게 심심한 양해를 구한다. 또 가능한 한 표현을 객관화하려다 보니, 관계된 분들의 직함이나 존칭을 생략하는 수가 많았다. 죄송스럽다. 불쾌해하거나 오해 없기를 바란다.

이 나라 근대 헌정 육십 년, 적지 않게 정권이 들어서고 물러나는 과정에서 그때마다 주역들은 자신이 국민에게 꿈과 희망을 주는 '동트는 새벽' 을 열겠다고 큰소리쳤다. 그러면서 또 국민에게 실망과 고통을 주는 '암흑의 밤' 을 몰고 왔다. 동트는 새벽은 암흑의 밤을 헤치고 나온다. 암흑의 밤 없이는 동트는 새벽도 없는 것이다. 그것이 역사의 필연인지도 모른다. 우리는 모두 동트는 새벽에 꿈과 희망을 이야기한다. 나도 암흑의 밤보다 동트는 새벽을 기도한다.

나는 지금 동트는 새벽에 서서 희망을 보고 있다. 굴곡 진 역사 속에서 40여 년 동안 언론인으로, 정치인으로 살아온 나의 회고를 책으로 엮으며, 여러 사람들의 적극적인 도움을 받았다. 그만큼 내 인생이 쓸쓸하지 않았다는 것을 새삼 깨닫게 해 주는 고마운 사람들이다. 일일히 밝히지는 않지만 그들에게 감사한다. 그 중에서도 이 책을 발행한 도서출판 연장통 최훈

대표, 항상 가까운 곳에서 원고를 정리하는 데 손발이 되어준 일자리 방송 김종필 부사장, 기획자를 자처하며 이 책의 출판 전반에 걸쳐 큰 도움을 준 나의 오랜 벗, 열화당 이기웅 대표에게 감사한 마음을 전한다.

이천십년 시월, 목림서실에서
하순봉

하순봉 회고록　차례

정치라고 인륜을 어길 수는 없다
1981-1996, 11대 국회의원, 국무총리 비서실장, 14대 국회의원 시절

호랑이 굴에 들어가다
1996-2000, 15대 국회의원 시절

정치는 교도소 담장 위를 걷는 것
1997-2000, 원내총무, 사무총장 시절

너도 가고 나도 가야지
2000-2004, 16대 국회의원 시절

정치를 접고

2004-2010

우리 집 이야기

1941-2010

부록

말더듬이, TV 앵커가 되다

1967-1981, 기자 시절

MBC에서 언론생활을 시작하다

1960년대 초 본격적인 국가개발의 시동이 채 걸리기도 전이라 나라의 용량도 협소하였고, 따라서 대학을 나온 젊은이들이 사회에 진출하기도 대단히 어려웠다. 사범대학을 나온 나도 군복무 이후 잠시 모교인 진주고등학교에서 교편을 잡았으나, 상경한 이후 취직하기가 쉽지 않았다.

경쟁이 심했지만 신문과 방송 언론계는 문이 열려 있었다. 해마다 가을이 되면 각 언론사는 직원들을 공개채용하였고, 1967년 가을 나는 다른 친구들과 함께 언론사에 응시하였다. 모두가 수백대 일의 높은 경쟁률이었지만, 나는 몇 군데 회사는 일차 필기시험에서 떨어지고 몇 군데는 합격하였다. 나는 동양통신, 한국일보, 그리고 MBC 가운데 한국일보를 선택하기로 마음먹고, 그 당시 한국일보에서 워싱턴 특파원으로 필명을 날리던 조순환(14대 국회의원 역임) 고등학교 선배를 찾아갔다. 앞으로 잘 지도해 달라는 인사를 하기 위해서였다. 그때 조순환 선배는 내게 예상치 않았던 도움말을 주었다.

"앞으로 활자매체(신문)는 사양산업이 될 수밖에 없다. 기왕에 언론계에서 일한다면 미래의 성장산업으로 기대되는 전파매체, 즉 TV회사에서 일하는 것도 보람이 있을 것이다. MBC는 내년에 텔레비전을 개국할 예정으로 있으니 MBC에 입사하는 게 좋겠다."

당시 언론계 상황으로는 어려운 말이었다. 언론 선진국이라는 미국에서 오랫동안 특파원을 지낸 선배의 진심 어린 충고였고, 미래를 내다보는 그의 혜안에 지금도 나는 감사하고 있다.

공채 MBC 견습기자 4기로, 1967년은 수습기자였고, 1968년부터 나의 언론생활이 시작되었다. MBC 견습 4기 동기생으로 고등학교 1년 후배인 강영구(MBC 사우회 회장), 서울대학교 출신 고성광, 최재만, 고려대학교 출신 신대근, 연세대학교 출신 김기도(15대 국회의원 역임) 씨 등이 있으며, 대부분 MBC지방사 사장 또는 본사 경영진을 두루 거친 유능한 언론인이다.

누구 억울한 사람 없소

신문, 방송 할 것 없이 수습기자 과정이 끝나면 모두가 사건기자로 배치되어 일선 경찰서를 출입하게 된다. 새벽 4시, 통금이 해제되면 곧바로 경찰서로 나가 유치장 취재부터 하게 된다. 으레 유치장 입구에서 "누구 억울한 사람 없소" 하며 소리친다. 그러나 유치장 근무 경찰은 속으로만 불평할 뿐 함부로 제지하지 않는다.

어느 날 서울 중부경찰서 유치장에 수감되어 있던 삼류가수 김모 양의 조서를 보았다. 통금에 걸려 잡혀 온 김모 양의 혐의내용은 술에 취해 소란을 피우고 경찰관에게 "야이, 김일성보다 못한 놈들아!" 라고 소리치며 행패를 부렸다는 것이다.

나는 당연히 라디오 첫 뉴스에 기사를 보냈다. "가수 김모 양이 경찰서 유치장에서 북괴 김일성을 찬양하는 등 행패를 부리다 조사를 받고 있다" 라는 내용이었다. 몇 시간 후 나는 중앙정보부 요원에게 연행되었다. 북괴를 도운 용공 혐의로 조사를 받아야 한다는 것이다. 알고 봤더니 내가 송고한 기사가 방송된 한 시간 후 북의 평양방송에서 "남조선의 용감한 애국가수 김모 양이 경찰에 잡혀 와서까지 김일성 원수를 찬양하였다" 라는 내용으로 MBC 보도를 인용하면서 수 차례나 방송을 했다는 것이다.

판문점에서 일어나는 일은 항상 귀추가 주목되었고, 취재 열기가 뜨거웠다. 취재 중인 기자들 사이에서 잠시 휴식을 취하고 있다. 1970년.

판문점 출입기자 시절 북한 기자들과 함께 기념촬영을 했다. 오른쪽에서 두 번째에 있는 북한 인민일보 최수용 기자와는 짙은 농담도 주고받았다. 그는 김일성만 비판하면 얼굴을 붉히고 사라졌다. 1970년.

중앙정보부는 4·19 학생 데모에 앞장섰던 사실까지 들추어내며 나의 지난 행적을 샅샅이 조사하였다. 다음 날 사회부장이 출두해서 해명을 하고 나는 풀려날 수 있었다.

따듯한 해장국으로 앙갚음을 대신하다

내가 군에서 복무할 때의 이야기다. 휴전선 인근 야산에서 한참 야전훈련 중인데 대대본부에서 급히 대대연병장으로 하산하라는 것이다. 헐레벌떡 내려와보니 미군 헬기 한 대가 대대연병장에 불시착해 있었다. 조종사인 흑인 미군병사가 내게 다짜고짜 "이베크, 이베크" 하고 소리 질렀다.

도대체 무슨 말인지 알아들을 수가 없었다. 잠시 후 그 미군병사는 허둥대다가 불시착한 헬리콥터를 몰고 떠나버렸다. 뒤늦게 알아봤더니 후송병원(Evacuation)을 군사용어 약자로 '이베크, 이베크' 하였으니 내가 알아들을 수 없었던 것이다.

문제는 그 다음 일이었다. 현장에 있던 부대대장 배 소령(그는 이북 출신으로 6·25 때 사병에서 소위로 현지 임관된 고참 장교였다)이, "야 이 새끼, 서울대학 나왔다는 놈이 그것도 못 알아들어" 하면서 많은 병사들 앞에서 나를 면박하였다.

그는 내가 야전훈련을 마치고 귀대할 때마다 자기가 즐겨 먹는 뱀을 잡아오지 않는다고 불만을 표시했고, 심지어 내게 폭언을 하는 등 인격적인 수모를 가했다. 나는 제대해서 사회에 나가면 무슨 수를 써서라도 저 무식한 배 소령을 가만두지 않겠다고 앙갚음을 다짐했다.

세월이 지나 제대하고 나는 기자가 되었다. 어느 날 새벽 종로경찰서 유치장 앞에서 나는 예외없이 "누구 억울한 사람 없어요" 하고 소리쳤다.

유치장 깊숙한 곳에서 꾀죄죄한 중년의 한 남자가 "어이, 하 소위, 나요 나" 하고 소리치며 나왔다. 나를 그렇게 괴롭혔던 문제의 배 소령이었다. 그도 그동안 예편을 했고, 평소의 성질대로 술에 취해 통행금지를 위반하게 된 것이다.

그 순간 내가 그를 향해 그토록 다졌던 복수의 마음은 순간적으로 사라져 버렸다. 나는 그를 신원보증해서 석방한 다음, 해장국을 먹이고 차비까지 주어 귀가토록 하였다.

지금 서울은 비가 내리고 있습니다

기자는 선배가 제일 무섭다. 선배가 내리는 취재 지시는 무조건 해내야 한다. 언론계의 이런 전통은 초년기자 때부터 술로써 만들어진다. 선배가 후배에게 술을 사 주고, 술자리에서 이른바 기자정신을 불어넣어주는 것이 하나의 전통과 관행이었다.

한번은 사건기자로 밤새 서울시내를 돌며 취재하는 당번이었다. 당직 데스크는 사회부 차장이었던 김용수 선배(MBC 견습기자 1기)였다. 특히 술을 좋아했던 김 차장이 초년병인 야근 사건기자를 불러 술 한잔 하자는 것이다. 마다할 리가 없었다. 회사 근처 중국집 보영루에서 초저녁부터 시작한 술자리가 끝나고 보니 다음 날 새벽이었다. 밤새 뉴스는 당시에 중진 아나운서였던 최세환 씨가 외신 텔레타이프를 직접 찢어 보도하였다.

작취미상인 채 헐레벌떡 보도국으로 달려가 우선 급한 소변부터 보았다. 네 명이 5층 보도국 창문을 열고 볼 일을 본 것까지는 좋았는데, 마침 새벽

4시 첫 뉴스를 최세환 아나운서가 시작할 순간이었다. 창문을 쳐다보니 빗줄기가 주루룩 내려 최 아나운서는 "지금 서울은 비가 내리고 있습니다……" 라고 첫 멘트를 하였다.

지금 같으면 엄한 처벌을 면치 못했겠지만, 당시에는 기자의 기(氣)를 죽여서는 안 된다는, 어쩌면 낭만적(?)이기도 한 분위기 속에서 그냥 은근슬쩍 넘어갔다.

사건 현장을 중계하면서 처음으로 전국에 알려지다

1971년 12월 24일, 크리스마스 전야에 서울 도심 대연각 호텔에서 불이 났다. 130여 명이 목숨을 잃은 큰 사건이었고, MBC가 가장 먼저 화재현장에 TV 중계 카메라를 설치하였다. 나는 그때 직접 마이크를 잡고 불길이 잡히기까지 무려 12시간 넘게 사건현장을 생방송으로 중계하였다.

물론 화재현장은 이대우 기자 등 사건기자들이 드나들며 나를 도왔다. 호텔 맨 위층에는 여선영 대만공사가 끝까지 버티면서 카메라의 초점을 받았다. 숙박객 가운데 일본 사람은 잽싸게 물통을 타고 내려왔고, 우리나라 사람 상당수가 침대 매트리스를 배에 깔고 무작정 뛰어내렸다.

나는 당시의 상황을 "중국 사람은 버티고, 일본 사람은 재빨리 물통을 타는데, 우리나라 사람은 그냥 무작정 훨훨 날고 있습니다" 라고 표현하였다. 이 사건은 지금 MBC에 보도실황이 영구 보관되어 있으며, 사건현장을 중계하면서 처음으로 내가 전국에 알려지는 계기가 되기도 하였다.

1973년 나는 서울시 경찰국을 출입하게 되었다. 시경 출입기자는 일선 경찰서 출입기자 20여 명을 지휘하는 사건기자의 꽃이었다. 당시 사건기자로는 김동진, 김강정, 이대우 기자 등 모두가 젊고 패기만만한 강팀으로 사건보도는 누가 뭐래도 MBC가 앞서갔다.

사건기자의 시련, 고난, 고독

요즘 방송과 신문은 개성이 없고 모두가 똑같아서 볼 것도 들을 것도 없다는 게 어느 우정어린 친구의 항변이다. 뉴스를 평가하는 눈이 어쩌면 그렇게도 똑같으냐고 묻는다. 이 같은 항변에도 확실히 소신 있는 대답을 못해주는 것은, 흔히 보도 이전에 나도는 뜬소문이 사실로 변해 뒤늦게 이리 뛰고 저리 뛰는 현실을 두고 더욱 슬펐던 사회부 기자 시절이 있기 때문이다.

연탄값이 오른다는데 좀 사 두자는 아내의 독촉을, 어느 일간지에 보도된 원탄(原炭) 체화현상을 들어 쓸데없는 소리로 윽박지른 나는, 바로 다음 날 연탄값 인상이라는 정부 발표를 듣고 더없이 크게 허탈해했다.

사립학교 추첨제도가 바뀐다는 소식을 어느 귀부인에게서 먼저 전해 들은 문교부 출입기자로서의 허무는, 바로 우리 모두가 1975년에 다 같이 공감한 슬픈 현실이었다.

사회부의 사건기자들에게는 1975년이 수난의 해였다. 6월에 기자실이 폐쇄되면서 이 방 저 방 쫓아다니거나 아니면 공중전화로 본사 데스크와 연락을 해야 했고, 사건보도의 근본적인 개선(?)을 시도한다는 회사의 방침에 따라 기자 수만 줄어들어 3일 내지 4일에 하루 꼴로 야근을 해야 하는 고역을 치렀다.

살인마 김대두(金大斗) 사건을 비롯해서 부산 어린이 연쇄 유괴 살인사건, 서울 수유동 천사의집 영아소사사건, 갈현동 승재 군 피살사건 등 단

하루도 쉬지 않고 발생하는 사건 속에 기자들은 고달프고 안타까웠다.

쫓고 쫓기는 연속된 상황은 사건기자나 수사경찰이 다 마찬가지인데, 기자 때문에 사건 수사를 망친다는 어느 경찰 간부의 터무니없는 불평을 들어야 했던 1975년을 무사히 넘기고 새해를 맞으면서, 그래도 사건기자는 사건을 따라 전진해야 한다는 마음을 굳게 다졌다.

수난과 고독 속에서도 사회부 기자들은 때로는 벅찬 감격과 보람을 마음 깊은 곳에서 찾기도 했다. 내가 번 돈 내가 쓰는데 무슨 상관이냐는 식의 물질만능 시대 총아가 된 탈선재벌 2세들을 호되게 고발, 질책하였고, '만원 서울 이대로 좋은가?'로 전체 국민의 1/3이 서울에 집중된 것을 국가안보 차원에서 경고해 정부가 강력한 수도권 인구분산 정책을 쓰기에 이르렀다. 부조리 제거운동이 학원까지 번져 부교재 강매 문제로 감사관이 여교사의 핸드백까지 뒤진다는 사실에 사회부 기자들은 과감히 교권 옹호에 앞장섰고, 교도소에서 나온 지 3개월도 안 돼 끔찍한 범죄를 다시 저지른 김대두 사건을 놓고 교도행정의 허점을 나무랐다. 헌혈 캠페인과 연중무휴로 불우이웃을 돕자는 운동도 사회부 기자가 주역을 맡았다.

아무리 탐욕스러운 사람도 이 엄청난 한 해의 사건과 그 의미를 소유하지 못한다는 사실, 그래서 언제부터인가 무엇이 있었던 것처럼 잊어버리는 것으로 끝나는 한 해의 시간. 보다 밝고 맑은 알찬 사회를 향해 몸과 마음을 도사린다.

말더듬이, TV 앵커가 되다

나는 어릴 적에 말을 많이 더듬었다. 거의 의사표현을 제대로 하지 못할 정

MBC 뉴우스의 현장(뉴스데스크)을 진행하는 한 장면. 목소리도 허스키하고 경상도 사투리를 쓰는 주제에 TV 앵커까지 된 것은 어쩌면 말을 더듬는 나의 어린 시절이 있었기 때문인지도 모른다. 이와 같은 나의 모든 단점에도 불구하고 한국 TV사상 처음으로 기자가 직접 뉴스를 진행하는 앵커에 나를 선택해 준 당시의 MBC 사장 이환의 선배와 보도국장 박근숙 선배에게 항상 감사하는 마음이다. 1978년.

도였다. 초등학교 교사였던 아버지를 따라 '월암'이라는 벽지에 살게 되었는데, 당시 너댓 살이었던 나보다 몇 살 많은 동네 개구쟁이들이 나를 괴롭혔다. 그 중에 가장 악질(?)적으로 나를 괴롭힌 형이 말을 더듬었다. 놀림을 당한 후 내가 집에 돌아와서 복수하는 길은 혼자 방 안에 누워 말더듬이 형을 흉내내는 것이었다.

그로 인해 어느 샌가 내가 말을 더듬게 되었는데, 고등학생이 되어서까지 그러했다. 고등학교 2학년 때 나보다 4살 많은 집안 아저씨와 함께 지내면서 말더듬이를 교정하기 시작하였지만, 지금도 나는 급하면 말을 더듬는 버릇이 있다. 그런 내가 방송기자가 되었고, TV 앵커까지 된 것은 나름대로 남모르게 해온 노력이 있었기 때문이다.

말은 하기 전에 먼저 생각하고, 복식호흡으로 숨을 크게 쉰 다음 숨이 나올 때 천천히 첫 마디를 시작하는 것이다. 목소리도 허스키하고 경상도 사투리를 쓰는 주제에 TV 앵커까지 된 것은 어쩌면 말을 더듬는 나의 어린 시절이 있었기 때문인지도 모른다.

이와 같은 나의 모든 단점에도 불구하고 한국 TV사상 처음으로 기자가 직접 뉴스를 진행하는 앵커에 나를 선택해 준 당시의 MBC 사장 이환의(14대 국회의원 역임) 선배와 보도국장 박근숙(MBC 보도상무, 88예술단장 역임) 선배에게 항상 감사하는 마음이다.

팬티 바람으로 방송하다

당시의 TV 앵커는 기자로서 취재를 해야 하는 출입처를 함께 갖고 있었다. 나는 앵커로 내무부를 출입하였다. 지금과는 다르게 기자실은 취재 편의보다는 포커게임의 본거지로 이용되었고, 조금 고참이 되면 후배기자들이 취재해 온 내용을 베끼기 일쑤였다. 취재는 뒷전이었다.

그날따라 내무부 기자실은 아침부터 포커판이 벌어졌고, 평소에도 시원찮은 실력으로 나는 계속 돈을 잃었다. 9시 뉴스를 진행하기 위해서는 늦어도 두 시간 전 저녁 7시에는 보도국에 들어와 내용을 숙지해야 하는데도 한 판이라도 이겨볼까 하는 욕심으로 저녁 8시가 넘어서까지 포커판에 매달렸다.

비지땀을 흘리며 광화문 정부종합청사에서 정동 MBC 보도국까지 달려오니 8시 30분이었다. 냉방시설도 안 된 보도국에서 땀은 팥죽같이 흐르고, 나는 할 수 없이 옷을 훌훌 벗어던지고 팬티 바람으로 30분 동안 원고를 챙기다 보니 방송 2분 전이 되었다. PD의 독촉이 아우성이었다.

급한 대로 와이셔츠만 걸치고 방송에 들어갔는데, 그날따라 날씨를 전하는 미모의 C 아나운서가 울그락불그락 방송을 더듬거렸다. 그 일이 있고 난 후 나는 즐기던 포커게임을 끊게 되었다.

그때는 9시 뉴스를 세 명의 앵커가 공동으로 진행하였다. 처음에는 나와 곽노환, 이득렬, 얼마 후에는 나와 정병수, 이득렬, 이렇게 세 명이 돌아가며 진행하였다. 내가 제일 후배라 자연스레 모두가 꺼려하는 주말 뉴스는 내 차례가 되는 경우가 많았다.

전문 아나운서가 아닌 기자가 그날의 뉴스를 종합해서 방송하는, 이른바 앵커 시스템이 우리나라에서는 처음으로 도입되어서 어떻게 해야 잘하는 것인지 표준 사례도 없었다. 궁리 끝에 워싱턴 특파원 김기주 선배에게 연락해서 당시 전세계적으로 유명한 미국 CBS 앵커 월터 크롱카이트의 뉴스보도 장면을 일 주일 분량으로 녹화해 보내도록 요청하였다. 지금은 가정마다 비디오가 있어 녹화된 화면을 볼 수 있지만, 당시에는 비디오가 없

9시 뉴스를 세 명의 앵커가 공동으로 진행하던 때, 곽노환 선배와 함께 스튜디오 안에서 뉴스를 준비하는 모습. 1978년.

MBC 뉴우스의 현장(뉴스데스크)를 진행하던 때 스튜디오에서 동료 앵커와 함께 조금은 긴장된 모습으로 마음의 준비를 하고 있다. 1978년.

었다. 방송이 끝난 후 자정까지 기다려 회사의 주조정실에서 크롱카이트
의 방송 장면을 보면서 흉내내던 기억들이 새삼스럽다.

앵커맨은 고달프다

TV 앵커맨은 죽을 맛이다. 만나는 사람마다 앵커맨이라 하면 무슨 탤런트
로 생각되는 모양이다. 대개의 경우 앵커맨을 아나운서로 안다. 요즘에는
인식이 많이 달라지고 있으나 초창기 사정으로는 그럴 만도 했다.

70년대 초만 해도 방송기자를 보는 인식은 '방송국에도 기자가 있구나'
정도였으니 말이다. 그러니 앵커맨이라는 말조차 낯설었다. 친구들은 내
가 바쁘다고 하면 뭐가 그리 바쁘냐고 반문한다.

아나운서처럼 기자들이 써 주는 대로 읽으면 되는 거 아니냐고 핀잔을
준다. 다 모르는 말씀이다. 기자들이 자기 뉴스를 써 오는 것은 사실이다.
그러나 그것을 그대로 읽는 게 아니다.

기자들이 저마다 써 온 자기 뉴스 원고를 전반적인 흐름에 알맞게 앵커
맨이 자기 것으로 다시 소화해서 하나하나 다듬어야 한다.

물론 기자들의 리포트 육성은 그대로 살린다. 그러나 그 기자 한 사람 한
사람의 뉴스를 개성 있게 살리려면, 앵커맨의 심혈을 기울인 준비작업이
있어야 한다. 완벽한 준비를 하려면 거의 모든 분야에 걸친 그날의 뉴스를
알고 있지 않으면 안 된다.

거대한 오케스트라의 지휘자와 같다고나 할까. 따라서 앵커맨의 하루는
모든 방송, 신문의 모니터에서부터 시작하여 몇 차례의 편집회의 참석, 그
날 나갈 뉴스의 테이프 시사, 그리고 저녁 무렵 출입처에서 돌아와 하나

둘 넘겨지는 기자들의 뉴스원고 정독 등 눈코 뜰 새 없다.

지금은 앵커맨에 대한 예우가 회사 내외로부터 크게 좋아졌다고 한다. 그러나 내가 앵커를 할 당시만 해도 출입처를 갖고 취재를 함께 해야 했고, 자동차 등 회사의 별도 배려가 전혀 없었다. 이러니 가족들과의 단란한 가정생활에 구멍이 나기 마련이다.

몸이 아파도, 언짢은 일이 있어도, 저녁 9시만 되면 웃음 띠고 "여러분, 안녕하십니까?" 하며 시청자 앞에 서야만 한다.

MBC가 '뉴스데스크'의 포맷을 창안하고 앵커 시스템을 처음 시도한 것은 우리 TV 방송사상 기념비적인 일이다. 'MBC 뉴스데스크'는 한때 'MBC 뉴우스의 현장'으로 타이틀을 바꾸어 방송되기도 하였다.

처음 방송이 되던 1970년 선배 앵커맨들은 더욱 고생이 심했다. 그때는 방송시간이 밤 10시 30분이었다. 방송을 끝내고 귀가시간이 자정을 지나는 것은 흔한 일이었다. 그러니 집에 들어가도 애들은 이미 잠들기 마련이라 자녀들과의 대화 부족 또한 고민의 하나가 아닐 수 없었다.

30년이 지난 지금도 나는, 나를 앵커맨으로 기억하는 사람들로부터 왕왕 인사를 받는다. 지하철에서, 식당에서……. 반갑기도 고맙기도 하다. 그러나 소시민으로 자유롭게 살아가는 데 때로는 부담스럽기도 하다. 이래저래 앵커맨은 고달프다.

보스톤 시내 가장 큰 햄버거 가게 광고 모델이 되다

1975년 나는 문교부 출입을 명받았다. 오랫동안 사건기자로 고생했다는 데스크의 배려가 있었던 것 같다. 당시 언론계의 경영 상태는 모두가 열악한 상태라 기자들의 해외출장은 하늘의 별따기였다.

민관식 장관(국회부의장 역임)에게 미국 보스턴에서 열리는 세계대학 총장회의 취재차 해외출장을 나가야 한다고 협박성 청탁을 하였다. 민 장관은 조영식 경희대 총장과 숙고한 끝에 몇 사람만 보내기로 하였다. 동아일보 정연춘, 조선일보 박경진, 한국일보 김용정, DBS 최동호, 그리고 MBC의 나까지 5명이었다.

대부분 해외출장은 처음이고, 더구나 미국 동부 지역은 모두가 낯설었다. 당번을 정해 비행기와 호텔 예약 등을 책임지긴 했으나, 가는 데마다 실수가 많았다. 저녁 때 호놀룰루에 도착해 일식당을 찾았는데, 그날 당번이 저녁 메뉴로 돈부리를 주문했다. "아이 앰 돈부리, 파이브, 돈부리 OK?" 노랑머리의 웨이트리스가 가져온 것은 다섯 개 술잔에 담긴 빨간색 술이었다.

돈부리를 주문한 친구 말이 미국의 돈부리는 이렇게 반주도 나온다는 것이었다. 그러나 30분이 지나도록 돈부리가 나오질 않아 할 수 없이 내가 서툰 영어로, 식사하러 왔는데 왜 돈부리가 안 나오느냐고 물었더니, 그 술이 돈부리라는 것이다. 손짓 발짓하여 겨우 스시(김밥)로 끼니를 때우고 나왔다. 나는 30년이 지나서야 미8군 영내에서 저녁식사를 마치고 식후에 나온 '드럼브이'라는 술을 보고 그때의 의문을 풀 수 있었다.

지금도 우리는 그때 그 당번 친구를 보면 "아이 앰 돈부리"라고 놀려 대곤 한다. 그는 편집국장을 끝으로 신문사를 퇴직하였다.

보스턴에서의 일화다. 밤늦게 J. C. 김이라는 경기도 소사 출신의 보스턴 헤럴드 소속 교포 출신 기자가 우리를 찾아왔다. 그때만 해도 미국 동부 지역에서 한국 사람을 만나기란 그렇게 쉽질 않았다. 밤새 대접을 하고 보냈는데, 다음 날 그가 보스턴 시내에서 가장 큰 햄버거 가게에서 우리 일행

처음 미국 여행 때, 보스톤의 한 햄버거 가게에서 햄버거를 먹고 있는 모습. 이 모습이 광고가
되어 신문에 나올 줄은 몰랐다. 1975년.

을 대접하겠다는 것이다. 기꺼이 가서 햄버거로 점심을 먹고, 식당 앞에서 기념촬영까지 하였는데, 다음날 보스턴 헤럴드 광고란에 햄버거를 먹는 우리들의 사진이 큼지막하게 실린 게 아닌가.

동양에서 온 네 기자가 햄버거를 먹고 있다는 햄버거집 광고였다. 물론 광고 모델료는 지금까지 한 푼도 받질 못하고 있다.

'살리는 기능'을 잘하는 기자가 많아야 한다

내 집에는 귀중한 가보 하나가 있다. 지체부자유 아들이 내게 준 감사패가 바로 그것이다. 문교부를 출입하던 때이다. 예나 지금이나 대학입시 지옥 은 마찬가지다. 그때도 마찬가지였다. 특히 몸이 불편한 지체부자유 학생 들은 필기시험에 합격하고도 면접에서 낙방하기 일쑤였다.

나는 참을 수 없었다. 몸이 불편하다고 필기시험에 합격한 인재를 낙방 시키다니, 이런 비문명적인 처사가 어디 있는가. 어느 문명국에서 몸이 불 편하다는 이유만으로 필기시험에 합격한 학생을 떨어뜨린 사례가 있단 말 인가. 나는 이 문제를 고발기사로 집중보도하고 캠페인을 벌였다. MBC의 이러한 사회고발은 다른 언론사로 파급되었고, 문교부는 각 대학교에 지 체부자유 학생을 합격시키도록 권유했으며, 각 대학교도 지체부자유 학생 에 대한 차별대우를 철폐하게 되었다.

나의 이러한 노력에 몸이 불편한 학생들은 감사의 마음을 담아 감사패를 보내왔다. 나는 이 감사패를 무엇보다 소중히 여겨 '가보 1호'로 보관하고 있다. 기자란 원래 '때리는 것'과 '살리는 것'을 잘해야 한다고 나는 생각 한다. '때리는 것'은 참지 않고 불의에 과감히 맞서 때려야 하는 것이며,

'살리는 것'은 도움이 필요한 사람에게 사랑의 손을 내밀어야 하는 것이다. 이처럼 때리고 살리는 두 가지 기능을 잘하는 기자일수록 민완기자라고 한다. 당시 보도국의 P선배는 이 두 가지 기능을 모두 잘했다. 특히 살리는 기능에는 둘째가라면 서운해할 만큼 탁월했다.

그의 책상 서랍은 항상 민원편지로 가득하고, 그는 편지 하나하나를 정성껏 읽고 해결해 주었다. 우리는 그를 '해결사', '민원담당관', '대한적십자사 총재' 등으로 다양하게 불렀다. 나 역시 앵커맨으로 얼굴과 이름이 알려진 탓인지 보도국 내 책상 위에도 민원편지가 쌓여 있다. 취직을 부탁하거나 편찮은 어머니의 병원비를 마련해 달라는 등 도움을 청하는 편지로부터, 어떤 이가 부정을 저지르고 있다는 고발에 이르기까지 천태만상갖가지 내용이다.

나는 내 힘이 닿는 한 도와주려고 애쓴다. 나 혼자서 안 될 때는 P선배에게 도움을 청하기도 하였다. 그때마다 P선배는 어김없이 '적십자사 총재'로서의 소임을 충실히 해 나를 도와주었다. 그는 지금 언론계를 떠났지만, 우리 사회가 더욱 밝은 사회가 되려면 P선배와 같은 '살리는 기능'을 잘하는 기자가 많아야 한다.

유신을 반대한 기자로 당국의 블랙리스트에 오르다

내가 서울시 경찰국을 출입한 지 일 년 남짓 후에, 경찰국장으로 삼십대 초반의 젊은 이건개 검사가 임명돼 왔다. 박정희 대통령은 이 검사의 선친 이용문 장군을 군의 선배로 존경하는 데다가 이건개 검사를 아껴 젊은 나이 평검사를 막강한 자리에 앉힌 것이다.

삼십대 초반의 젊은 경찰국장 이건개 검사로부터 감사패를 받고 있다. 나는 마침 기자단을 대표하는 간사를 맡고 있었고, 이 검사와는 서울대학교를 같은 시기에 다닌 인연으로 자주 대화를 나누었다. 1973년.

나는 마침 기자단을 대표하는 간사를 맡고 있었고, 이 검사와는 서울대학교를 같은 시기에 다닌 인연으로 신임 이 경찰국장과는 자주 대화를 나누었다. 하루는 이 국장이 오프더레코드(비보도)를 전제로 대통령이 유신(維新)을 단행한다고 말했다. "유신이 뭐꼬?" 나는 쉽게 납득이 가질 않았다. 그런데도 내가 통일주체국민회의 대의원으로 비밀리에 거론되기도 한다는 것이다.

대통령의 유신 선포 이후 일선 경찰서 기자실이 폐쇄되었다. 기자실이 없어서 오갈 데 없게 된 사건기자들은 매일같이 시경(市警)으로 몰려와, 유신이 뭔지 모르지만 선배들이 책임지고 폐쇄된 경찰서 기자실을 복원하라고 야단이었다. 할 수 없이 이 국장에게 사정을 이야기하였더니, 자기는 힘이 없고 윤필용 수도경비사령관을 찾아가 말해 보라는 것이었다.

시경 경무과장을 대동하고 필동에 있는 수경사를 찾아갔더니 정문에서부터 면담 거절이었다. 문전박대를 당한 것이다. 맥없이 돌아오면서 나는 속으로 유신은 언론에 재갈을 물리는 독재체제로 반대해야겠다는 다짐을 했다. 그 시기에 각 언론사는 기자 대표로 기자협회 분회장을 뽑았다. 지금의 언론노조와 유사한 조직이다.

MBC는 동료기자들이 나를 분회장으로 선출하였고, 나는 지금의 노조위원장 역할을 하게 된 것이다. 나는 분회장으로 기자들의 크고 작은 모임 때마다 참석하여 유신체제의 모순과 부당성을 지적하곤 하였다. 결국은 회사로부터, 그것도 사장의 배려(?)로 경고 처분을 받았고, 그렇게 해서 나의 기자 호적은 당국의 블랙리스트에 오르게 되었다.

청와대 출입기자가 되다

나는 1976년 편집부 차장과 사회부 차장을 거쳐 1978년 정치부 차장으로 청와대를 출입하게 되었다.

영부인 육영수 여사가 문세광의 저격으로 서거한 지 얼마 되질 않아 청와대 보안은 철저했다. 청와대 출입기자가 되는 것도 엄격한 신원조사를 통과해야만 하였고, 특히 여권 언론사인 서울신문, 경향신문 등 일부 신문과 KBS, MBC 등은 대통령의 재가를 받아야 했다.

MBC에서는 3명의 기자가 추천되었는데, 뒤에 들은 이야기로는 유신을 반대했다는 나의 신원기록을 보고 "MBC 기자가 유신을 반대해?" 라면서 박정희 대통령이 직접 나를 낙점했다는 것이다. 대통령이 왜 그런 판단을 하였는지는 아직도 모르지만, 국가 지도자로서 박정희 대통령의 면모를 유추할 수 있는 또 다른 한 장면이 아닌가 생각한다.

조선일보 안병훈, 이현구, 한국일보 송효빈, 윤국병, 중앙일보 성병욱, 동아일보 강성재(15대 국회의원 역임), 서울신문 이재근, 신아일보 김길홍(13, 14대 국회의원 역임), 부산일보 송정재, 국제신문 최귀영, KBS 박성범(15, 17대의원 국회의원 역임), CBS 김진기, 코리아타임스 조병필 씨 등 당대의 쟁쟁한 언론인들이 당시 청와대 출입기자였다. 나는 얼마 후 기자단을 대변하는 출입기자단 간사가 되었다.

1970년대, 우리 언론이 겪은 가장 혹독한 암흑기

박정희 대통령은 1972년 10월 17일 '10월 유신' 이라는 헌정 쿠데타를 일

청와대 출입기자들과 함께한 자리에서 박정희 전 대통령과 악수하고 있다. 그는 정말 유신을 반대했다는 나의 신원기록을 보고 나를 청와대 출입기자로 낙점했을까. 박정희 전 대통령과의 만남은 나에게 새로운 변화를 가져다 주었다. 1978년.

중학교부터 대학까지 함께 다닌 조학래, 노원섭과 함께 밝은 표정으로 웃고 있다. 조학래는 동아일보 기자로, 노원섭은 학교 교장으로 일했으며, 지금까지 죽마지우의 정을 나누고 있다. 1962년.

으켜 가혹한 공포정치를 시작했다. 언론과 국민의 입에 재갈을 물리고, 그의 장기집권 기도에 반대하는 민주인사들을 투옥시킨다. 1974년 1월에 1호가 나온 긴급조치가 그 시발점이다. 200명이 넘는 청년학생과 기성세대가 '민청학련'과 '인혁당'이라는 반국가단체를 결성하거나 박정희 정권을 비판했다는 혐의로 군사법정에서 재판을 받고 장기형부터 사형까지 선고받았다.

박정희 대통령의 그런 가혹정치를 보면서도 기사 한 줄 쓰지 못하던 상황에 많은 기자들은 분노했고, 그 중 동아일보의 젊은 언론인들이 발표한 것이 바로 '10·24 선언'이다. 그 운동이 전국의 언론사로 들불처럼 번지자 유신 선포 이래 최대 위기를 맞은 박정희 정권은 동아일보, 조선일보 등 비판 언론사의 광고주들을 협박해서 언론의 목을 졸랐다. 마침내 동아일보는 1975년 자유언론실천운동의 주역 130여 명을 쫓아냈다. 이때 나와 가장 가까운 친구인 동아일보 조학래 기자가 해직되어 오랫동안 고생을 했다.

내게는 중·고등학교와 대학을 같이 다니고 언론사도 비슷하게 입사해 지금까지 '죽마지우'의 정을 나누고 있는 두 친구가 있다. 동아일보 조학래, 중앙일보 권순용 기자. 이들은 모두 후에 언론계를 떠나 대학에서 교편을 잡다가 정년퇴임하고 지금은 편하게 지내고 있다.

지금도 우리 셋이 모여 무엇이 언론의 정도인지, 그리고 국가 권력과 언론과의 관계를 이야기하다 보면 열띤 논쟁으로 전개된다. 그러나 10월유신 선포 이후 70년대 우리 언론이 가장 혹독한 암흑기를 겪었다는 데는 항상 의견을 같이 한다.

나는 유신을 반대하다 징계처분을 받았고, 또 그것 때문에 박정희 대통령을 만났다. 그리고 유신 잔당으로 몰려 언론계를 떠났다.

각하, YS는 직접 타일러 보시지요

1974년 8월 15일 광복절 행사장에서 문세광이 쏜 총탄에 맞아 영부인 육영수 여사가 서거하였다. 역대 어느 퍼스트레이디보다 큰 덕을 쌓은 육 여사다. 그늘진 곳에서 소외된 불우계층을 위해 알게 모르게 많은 정성을 쏟았고, 특히 강직한 남편 박정희 대통령을 옆에서 보좌하면서 대통령이 듣기 어려운 충언도 마다하지 않은, 소위 청와대 야당이었다.

육 여사가 서거하기 전까지 박정희 대통령은 비정할 정도로 냉철하게 국정을 이끌었다. 그런 대통령이 부인을 잃은 허전함을 술로 달래면서 총명이 흐트러지기 시작했던 것 같다. 대통령의 술자리가 많아졌고, 정상적으로는 취재할 수 없는 국정 기밀사항들이 그 자리에서 흘러나오기도 했다.

특히 인사 기밀이 그러했다. 박정희 대통령이 단행한 인사는 당사자는 물론 어느 측근도 눈치채지 못 하게끔 보안이 이루어졌다. 대통령이 챙기는 사람으로 소문난 전방의 사단장 K모 장군이 대통령을 뵙고 돌아가 보니 부대장 깃발이 바뀌었더라는 일화는 유명하다.

김형욱을 자르고 윤필용을 구속시킬 때처럼 박정희 대통령은 범이 먹이를 덮치듯 전격적으로 인사를 단행했다. 그렇게 매서운 박정희 대통령의 면모가 사라져 버린 것이다. 자신의 안방을 맡기다시피 한 중앙정보부장 김재규가 경질될 것이라는 이야기는 이미 널리 퍼졌고, 후임 정보부장 1순위는 김치열, 2순위는 서종철이라는 소문까지 났다.

또한 수도를 충청도 진천이나 옥천으로 옮겨간다는 등 깜짝깜짝 놀랄 기밀사항이 유언비어가 되어 나돌기도 하였는데, 기자들은 그 진위를 파악하는 데도 정신이 없었다. 한마디로 나라가 기울어져 가는 모습이었다.

박정희 대통령은 주말이 되면 경호실 식당이나 야외 상춘관 앞뜰에서 가까운 지인들과 어울리는가 하면, 측근들과 청와대 근처 안가에서 술자리를 같이 하는 경우가 많았다. 자연히 기자들은 그곳에서의 뒷이야기들을 취재하는 데 모든 촉각을 곤두세웠다. 특히 대통령의 취중 한 마디 한 마디가 취재의 초점이었다.

하루는 토요일 오후 경호실 식당에서 계획된 행사에 나를 참석하라는 것이다. 박정희 대통령 옆에는 고흥문 전 국회부의장이 앉아 있었다. 그때 고흥문 의원은 정계를 은퇴했지만, YS와는 가장 가까운 관계였다.

"YS, DJ 두 사람에게 각각 2억이 든 돈가방을 보냈는데 YS는 되돌려 주었더라", "미국 대통령 카터가 한국의 인권(人權), 인권 하는데 뭘 잘 모른다. 자기는 곧 임기가 끝나 물러나지만 나는 계속 할 것이다", "YS가 국내 문제를 가지고 자꾸 밖에다 대고 떠드는데, 정치권에서 영원히 제명시켜 버리겠다"

몇 순배 술잔이 돌아간 끝에 박정희 대통령이 내뱉은 말이다. 나는 바짝 긴장하며 순간적으로 "각하, YS는 직접 타일러 보시지요……" 그랬더니 바로 내 옆에 앉아 있던 차지철 경호실장이 식탁 밑으로 나의 정강이를 걷어찼다. 말도 못 하고 벌컥벌컥 따라 주는 술만 들이마셨더니 나도 모르게 혀가 꼬부라졌다. 술에 약한 고흥문 의원이 탁자 위로 고개를 떨구자 술자리는 끝이 났다. 그날 술은 평소 대통령이 즐겨 마시는 막걸리가 아니고, OB가 개발한 포도주 마주앙으로 아직 시판도 되지 않은 시제품이었다.

박정희 대통령의 눈물

육영수 여사가 서거하고 얼마 되지 않아서다. 박정희 대통령은 제헌의원

곽상훈 옹을 청와대로 초청한 자리에서 "선배님, 요사이는 아이들 때문에 울고 싶어도 못 웁니다" 라면서 자신의 심경을 털어놓았다. 외아들 '지만' 이 육사에 입학한 직후 박정희 대통령은 운동(골프)을 핑계삼아 주말마다 태릉골프장을 방문해 아들을 면회했다.

박정희 대통령이 회갑을 맞은 1977년의 일이다. 대통령의 뜻에 따라 특별한 회갑잔치는 없었다. 그러나 강원도 설악산의 한 호텔에서 청와대 비서실이 주관하는 조용한 회갑연이 있었다.

가족인 두 자매 근혜, 근영 씨는 참석했으나, 육사에 재학 중인 아들 지만 씨는 참석하지 못했다. 한창 연회 도중 아들이 보내온 축전을 낭독하자 대통령은 눈물을 보였다.

장내는 일시에 숙연해졌고, 자리에 있던 비서실, 경호실 간부 모두가 침통해했다. 부인을 비명에 보낸 박정희 대통령 말년의 모습과 주변의 분위기가 그러했다. 박정희 대통령이 쓴 일기에 그 당시 심정이 고스란히 담겨 있다.

1977년 1월 30일, 박정희 대통령이 쓴 일기

창밖의 날씨가 매섭게 차기만 하다. 이 추운 날씨에 지만이가 훈련을 감당해 낼 수 있을까 하는 생각이 앞선다. 그러다가도 육사생도 복장의 늠름한 모습으로 외출 나온 지만이의 모습이 떠오른다.

육사까지 가면서 내가 육사 2기 시절의 이야기도 해 주었다. 육사 본관 현관 앞에서 지만이를 내려주고 "몸 건강히 열심히 잘 해, 지만이!" 하고 신입생 접수장으로 보내고 육사 교장실에 들어가서 교장 정승화 장군과 잠시 환담하다가 귀저하였다.

집에 돌아와 아내 영정 앞에 가서 "지만이가 오늘 육사에 들어갔소. 내가 지금 데려다 주고 돌아왔소. 당신께서 앞으로 늘 지만이를 보살펴 주시라"고 했다. 자식에

강원도 순시 중 백설이 만건곤한 대관령 고갯길에서 박정희 전 대통령이 기자인 나를 향해 셔터를 누르고 있다. 1978년.

박정희 전 대통령이 육군사관학교 신입생 입교식에 참석, 학부모 자격으로 아들 지만 씨를 면회했다. 1977년.

박정희 대통령이 육군사관학교 생활관에서 신입생도들과 환담하고 있다. 왼쪽이 정승화 육군사관학교 교장, 다음이 아들 지만 씨다. 1977년.

대한 부모의 마음이 왜 이다지도 약할까?

　오전 중에 지만이 방을 정돈했다. 온 집안이 텅 빈 듯하다. 군에 자식을 보내는 모든 부모의 심정은 다 마찬가지이리라.

차지철은 이름난 효자였고 독실한 크리스찬이었다

박정희 대통령의 판단이 감성적으로 흐려지자 가까이 있는 측근들의 강경 독주가 시작되었다. 특히 차지철 경호실장의 행태는 한마디로 안하무인 그것이었다. 육군 대위 출신인 스스로의 격상을 위해 경호실 기구를 확대 개편하였고, 군부에서 촉망 받는 현역 장성을 경호실 차장으로 발령하였다. 당시 경호실은 이미 전두환 전 대통령에 이어 노태우 전 대통령이 현역 장군 시절에 작전차장보로 근무하는 등 누구나 한번 거쳤으면 하는 선망의 자리였다. 차지철은 주말이면 경내에서 하기식을 거행하며 당대의 실력자들을 그 자리에 불렀고, 심지어 전방에서 근무해야 하는 군 사령관들도 돌아가며 참석하도록 하였다.

　물론 사열은 차지철 본인이 단상 중앙에 서서 직접 받았다. 웃지 못할 일은 독으로 대통령을 위해(危害)할 수 있다면서 대통령이 보는 보고서를 경호실장이 먼저 보았다는 것이다. 그러니 한자리 하겠다는 정치권 인사들은 줄을 지어 차지철 앞으로 몰렸다. 서울 출신 공화당 K의원은 국회의원들의 동향을 하나하나 경호실장에게 보고하는 여의도 정보통이었고, 유정회 출신 백두진 씨 내외가 경호실장 사저를 드나든다는 소문이 있더니, 아니나 다를까 그는 입법부 수장인 국회의장이 되었다.

　더구나 야당도 마찬가지였다. 야당 중진 S의원은 차지철에게 야당의 동항을 제일 먼저 알려 주었다. 그래서 기자들은 야당을 공화당의 2중대 또는 3중대로 분류했다.

차지철은 이름난 효자였고 독실한 크리스찬이었다. 그러나 오로지 대통령 한 사람에게만 충성하면 된다는 그의 집념과 행태는 오만불손으로만 비춰졌다. 차지철 자신은 물론, 그렇게도 충성을 바치던 박정희 대통령까지 종말을 재촉해 가는 꼴이 되었다.

10·26사건이 난 1979년 새해 벽두 경호실 시무식에서 차지철은 그날따라 침통한 어조로 3·1운동 60년이 되는 새해의 의미를 부여하며 시국을 개탄했다. 그러면서 금년 한 해가 무사히 넘어갔으면 하는 그의 소망과 대통령의 신변을 경호하는 데 자신의 목숨을 걸고라도 만전을 기할 것이라고 다짐했다.

어쩌면 대통령과 자신의 운명을 예감이라도 하였을까…….

어려운 계절 속에 10·26이 잉태되고 있었다

1979년 5월 30일, 김영삼이 신민당 전당대회에서 그보다 지지율이 우세했던 이철승과 치열한 접전을 치른 끝에 예상을 뒤엎고 신민당 총재로 선출되면서 정국은 걷잡을 수 없이 소용돌이치기 시작했다. 노동운동단체, 도시산업선교회, 가톨릭농민회, 학생, 그리고 수많은 재야 세력이 연합하여 연일 군사정권 타도와 유신 타도를 위한 투쟁을 전개했고, 김영삼과 김대중은 이들과 유대관계를 가지면서 박정희 정권에 타격을 주었다.

심지어 박정희 대통령을 몹시 싫어하던 카터 미국 대통령까지 끌어들여 박정희 정권에 타격을 가하려 했으며, 이런 동기에서 계속해서 쏟아 내는 김영삼의 독기 어린 말들은 박정희 정권을 자극하기에 충분했다. 1979년 8월 11일 YH 사건이 발생했다. 회사측의 폐업조치에 항거하여 200여 명의 조합원들이 신민당 당사를 40시간 동안 점령하여 정치투쟁을 벌였고, 경찰이 무리하게 진압하는 과정에서 취재기자와 노동자들이 부상당하고 노조원 김경숙이 사망하게 되었다.

YH 사건은 순수한 노사분규를 악의적으로 이용하여 정치문제화시키려는 재야 세력과 야당의 충동질에 의해 빚어진 사건이었다. 박정희 대통령과 여권은 이 사건의 배후에 김영삼 총재가 있다고 확신했다. 이런 와중에 신민당에 내분이 일어났다. 조일환 등 3명이 나서서 김영삼 총재의 당선은 무효라며 서울지방법원에 직무정지 가처분 신청을 냈고, 법원이 가처분 신청을 받아들이면서 김영삼은 총재직에서 물러났다.

김영삼은 이를 박정희 정권의 공작이라고 몰아갔다. 감정이 격화된 김영삼은 9월 16일 NYT 회견을 통해 미국에게 "한국 원조를 중단하고 한국 정부에 민주화 조치를 취하도록 압력을 가하라"고 촉구했다. 이 발언에 박정희 대통령은 격노했다. 대통령과 여당은 김영삼의 발언에 대해 "국회의원으로서 본분을 일탈하여 반국가적인 언동을 함으로써 국회의 위신과 국회의원의 품위를 손상시켰다"고 규정했다.

김영삼은 10월 4일부로 제명되어 의원직을 박탈당했고, 이에 반발하여 10월 13일 소속 의원 전원이 의원직 사퇴서를 제출하였다. 공화당과 유정회는 사퇴를 모두 받아들일 수는 없고 골라서 선별적으로 받아들이겠다고 발표했다. '사퇴서 선별 수리론'인 것이다. 이것이 부산, 마산 지역 출신 국회의원들과 민심을 크게 자극했다.

10월 15일 김영삼의 정치적 본거지인 부산에서 민주 선언문이 배포되었다. 16일에는 5,000여 명의 학생들이 시위를 주도했고, 여기에 시민들이 합세하여 대규모 반정부 시위가 전개되었다. 시위대는 16일과 17일 이틀 동안 정치탄압 중단과 유신정권 타도 등을 외치며 파출소, 경찰서, 도청, 세무서, 방송국 등을 파괴했고, 18일과 19일에는 마산 및 창원 지역으로 확산됐다.

이른바 '부마사태'였다. 20일 정오 마산과 창원 일원에 위수령을 발동하여 505명을 연행하고 59명을 군사재판에 회부함으로써 시위는 진정되었다. 이렇게 어지러운 계절 속에 10·26이 잉태되고 있었다.

나의 취재수첩에 적힌 10·26 사건 현장

1979년 10월 26일, 박 대통령이 삽교천 방조제 준공식을 마치고 돌아오는 길이었다. 오후 4시, 경호실장 차지철이 중앙정보부장 김재규에게 전화를 했다.

"오늘 저녁 6시 궁정동 안가에서 만찬을 하실 것이니 준비를 해 주시오. 참석 인원은 김계원 비서실장, 중앙정보부장 그리고 나요."

궁정동 안가는 담장이 드높은 청와대 안에 있는 것이 아니라 담장 밖에 별도로 위치한 조그만 안전가옥이었으며, 주로 대통령과 중앙정보부장이 식사 모임이나 작은 연회를 가질 때 사용되는 은밀한 사랑방이었다. 은밀하다는 것 말고는 초라할 정도로 소박한 가옥에 불과했다.

그날 나는 동료 청와대 출입기자들과 함께 헬기편으로 충청도 삽교천 방조제 준공식 행사장에 먼저 도착했다. 박정희 대통령과 관계자들은 다른 헬기편으로 뒤에 내렸다. 그날따라 대통령의 표정이 무척 지치고 어둡게 보였다. 카랑카랑한 음성이 갈라졌고 치사(致辭)를 읽는데도 몇 군데나 더

듣거렸다. 행사를 마치고 취재진은 도고의 한 호텔에 도착했다. 호텔에서 점심을 먹고 서울로 귀경할 작정이었다.

그런데 뒤이어 대통령이 탑승한 헬기가 도착하는 순간 호텔 경내에 설치돼 있던 사슴 우리에서 사슴 한 마리가 헬기 소음에 놀라 날뛰다가 철책에 받혀 죽었다. 순간적으로 불길한 생각이 들었다. 대통령의 오찬장에서 우리 일행은 식사를 마치고 청와대에서 제공한 승용차 편으로 귀경한 다음 퇴근했다.

오찬장에는 그 지역의 신민당 한건수 의원도 참석했다. 박정희 대통령은 야당이 의원직 사퇴서를 제출한 일을 의식한 듯 "한 의원만이라도 국회에 들어오시오"라고 말을 건넸다.

다음 날 27일 새벽 1시경, 회사 당직으로부터 급히 회사로 나오라는 전화가 왔다. 비상사태가 발생한 것이다. 쉽게 취재를 할 수 없었다. 나는 먼저 당시 경호실 헌병대장으로 있던 최석립 중령(나와는 고등학교 동기동창으로 후에 노태우 대통령의 경호실장을 지냈다)에게 전화를 했다. 다짜고짜 "코드원(대통령을 지칭하는 용어)에 유고가 있느냐" 하자 우물우물하는 그의 대답에 나는 대통령의 신변에 문제가 생긴 것을 직감하였다.

덕택으로 10·26 사건을 제일 먼저 보도할 수 있었지만, 나는 그날 새벽부터 꼬박 사흘 동안 사건을 취재하는 데 매달렸다. 후에 밝혀진 10·26의 수사기록과 나의 취재수첩에 적힌 10·26 사건 현장은 이러하다.

10월 26일 저녁 6시 5분, 박정희 대통령과 차지철이 현관에 도착했다. 미리 대기하고 있던 김재규 정보부장이 이들을 만찬장으로 안내했다.

대통령: 오늘 가 보니 삽교천 공기도 좋고 공해도 없는데, 신민당은 왜 그

모양이요? 준공식 광경을 왜 KBS TV에 보도하지 않지! 정보부
장, 신민당 상황은 어떻소?

김재규 : 공화당 발표 때문에 다 틀렸습니다. 사표 내겠다고 한 친구들이
다 강경으로 돌아섰습니다. 아무래도 당분간 정 대행체제(김영
삼으로부터 총재직을 박탈하고 그 대신 정운갑을 총재로 하는 대
행체제를 말함) 출범은 어렵겠습니다. 그리고 주류가 강해져서
다소 시끄럽겠습니다.

차지철 : 그까짓 새끼들 까불면 신민당이고 학생이고 전차로 싹 깔아
뭉개 버리겠습니다.

차지철은, 깔아 뭉개 버리겠다는 말을 던져 놓고 옆 대기실로 가 기다리
고 있던 두 여인을 데리고 들어왔다. 한 여인은 24세의 여가수 심수봉이었
고, 다른 한 여인은 대학 재학생이던 22세의 광고모델 신재순이었다. 박
대통령 오른쪽에는 신재순이, 왼쪽에는 심수봉이 앉았고, 술잔이 돌고 잡
담이 오가는 등 술자리 분위기가 무르익고 있었다. 만찬이 시작된 지 벌써
1시간이 다 되었다. 7시가 가까워지자 대통령이 시계를 자주 보았다. 이
에 차지철이 "각하 시간이 되면 TV를 켜 드리겠습니다" 하고 안심을 시켰
다. 잠시 후 자동 스위치로 TV를 켜서 뉴스를 시청했다. 삽교천 방조제 준
공식 장면이 나왔고, 김영삼과 미 대사가 만난다는 뉴스가 나왔다.

이때 김재규가 TV를 끄자고 제의해서 TV를 껐다. 대통령은 김재규에게
부산사태 사진을 하나 만들어 달라고 했고, 김재규는 "예" 하고 대답했다.
대통령은 "김 부장이 술을 좋아하니 많이 권하라"고 했지만, 김재규의 얼
굴은 시종 굳어져 있었다.

박정희 대통령이 노래나 한 곡 들어 볼까 하자, 심수봉이 기타를 연주하

면서 '그때 그 사람'을 불렀다. 앙코르가 요청됐고, 이에 심수봉은 '눈물 젖은 두만강'을 부른 후 차지철을 지명했다. 차지철은 '도라지타령'을 부른 후 신재순을 지명했다. 7시 38분, 신재순이 심수봉의 기타 반주로 '사랑해'를 부르고 있었고, 대통령은 간간이 홍얼거리며 신재순의 가락에 장단을 맞추고 있었다. 바로 이때 김재규가 권총을 하의 주머니에 넣고 들어온 것이다.

앉자마자 김계원을 향해 "각하를 똑바로 모시시오" 하고 툭 친 후 차지철을 쏘아보았다. "각하 이따위 버러지 같은 새끼를 데리고 정치를 하니 올바로 되겠습니까?" 하면서 차지철을 향해 권총을 쏘았다. 이에 놀란 대통령은 "무엇을 하는 짓이야!" 하고 나무랐지만, 김재규는 그런 박정희 대통령의 가슴을 향해 권총을 쏘아버렸다. 7시 40분이었다. 박정희 대통령이 총을 맞은 것이다.

차지철은 박정희 대통령을 팽개친 채 화장실로 뛰어들어갔다. 차지철이 총을 팔뚝에 맞은 것은 김재규의 옆쪽에 앉아 있었기 때문이고, 박정희 대통령이 가슴에 맞은 것은 마주 보고 앉았기 때문이다. 김재규는 살아 있는 두 사람에게 다시 총을 쏘려 했으나 장전이 되지 않아 반사적으로 마루로 뛰어나가 대기 중이던 박선호의 권총을 뺏어 와 차지철의 복부를 향해 한 발을 더 쏘았고, 이어서 식탁에 머리를 기댄 채 심수봉과 신재순의 부축을 받고 있던 박정희 대통령 등 뒤로 가서 대통령 머리에 한 발 더 쏘아 확인 사살했다.

박정희 대통령은 이렇게 해서 63년의 복잡한 세상을 마감했다. 대통령을 등에 업고 설치던 차지철은 대통령을 경호할 생각을 버리고 화장실로 도망갔고, 그런 차지철을 대통령은 편애했다. 그리고 박정희 대통령 덕을 과분하게 입었던 김재규는 자기를 믿고 아무런 경계 없이 피곤한 몸을 쉬

역대 대통령 중에 아직도 제일 높은 국민 지지를 받고 있고, 많은 사람들로부터 조국 근대화의 아버지라는 칭송까지 받는 박정희 전 대통령은 부인을 비명에 가게 하고 본인마저 가장 가까이 했던 부하의 총탄에 살해되어 63년의 복잡한 세상을 마감했다. 박정희 전 대통령 서거 후, 딸 근혜 씨가 영정 앞에서 슬픔에 잠겨 있다. 1979년.

러 온 9년 연상의 대통령을 등 뒤에서 쏜 패륜아가 되었다.

뒤늦게 드러난 사실이지만, 10·26 전야에 몇 가지 상서롭지 못한 일들이 청와대 경내에서 발생했다. 10·26 일 주일 전인 10월 19일 이른 아침, 경호관 숙소로 꿩 한 마리가 날아들더니 숙소 벽에 머리를 부딪고 죽어 버렸다. 함수용 경호과장은 누가 볼까 봐 꿩의 시체를 몰래 치워 버렸다.

또한 박정희 대통령이 피살되기 바로 5, 6분쯤 전, 청와대 본관 지붕 위에 두세 살 난 어린애만 한 커다란 부엉이 한 마리가 지붕 꼭대기에 앉아 꾸르륵 꾸르륵 울고 있는 모습이 보였다. 부엉이는 청와대 근처에는 좀처럼 나타나지 않는 처음 보는 짐승이었다. 하늘도 그냥 무심할 수 없었다는 증좌였을까?

박정희, 그는 1981년 10월 1일 하야할 작정이었다

1970년대 후반들어 박정희 대통령은 청와대 출입기자들과 술자리에서 "내 무덤에 침을 뱉어라"는 말을 가끔 하였다. 당대의 인기에 연연해하지 않고 국가와 국민을 위해 일하겠다는 뜻으로 받아들여졌지만, 노 독재자의 완고한 아집이 드러나는 면도 있다. 많은 권위주의 통치자들과 같이 "역사만이 나를 평가할 수 있다"는 식의 독단이 들어 있기 때문이다.

"내 경쟁자는 야당이 아니야, 김일성이야"라는 말도 자주 했다.

박정희(朴正熙) 대통령, 그는 사십대에 군사혁명으로 정권을 쟁취하였다. 그는 '군사 쿠데타'라는 정통성의 문제로 혁명 초기부터 안팎으로 수많은 견제와 도전을 받아 왔다. 그와 동갑내기인 케네디 미국 대통령은 노골적으로 그를 무시했고, 카터 미국 대통령도 정권 내내 한국의 군사정권을 미워했다.

그러나 그는 역대 어느 지도자도 보이지 못한 강력한 리더십으로 절대빈곤에 허덕이던 세계 최빈국 한국의 근대화를 이룩했고, 국민들에게 하면 된다는 자존과 긍지의 국민 심성을 일깨워 주었다. 역대 대통령 중에 아직도 제일 높은 국민 지지를 받고 있고, 많은 사람들로부터 조국 근대화의 아버지라는 칭송까지 받는다. 그러나 그는 부인을 비명에 가게 하고, 본인마저 가장 가까이 했던 부하의 총탄에 살해되는, 어쩌면 가장 비극적인 최후를 맞게 된다. 유신(維新)을 단행하면서까지 장기집권의 토대를 쌓은 것이 과연 그의 일인 영구집권을 위한 것이었을까?

객관적인 증거로 볼 때 그가 정신적이거나 육체적인 까닭으로 권력을 자발적으로 포기할 가능성은 거의 없었다. 박정희는 법과 제도를 마음대로 바꾸면서 그 위에 군림하였다. 삼선개헌도 대표적인 경우였지만, 그의 자의적인 권력 행사가 절정에 달한 것이 바로 유신체제의 선포였다.

그러나 박정희가 순수히 자기 권력의 유지나 확장만 꾀하였다고는 볼 수 없다. 그는 한국의 대통령으로서, 그리고 처음으로 한국을 보릿고개에서 벗어나게 해 준 지도자로서, 일종의 사명감을 짙게 느끼고 있었다. 자신이 아니면 한국을 이끌 사람이 없다는 소명의식, 자신이 지도하지 않는 한국에 대한 불안감, 북한의 위협과 사회적 소요에 대한 불안, 무책임한 정적들에 대한 불신 등등, 사명감과 불안이 그로 하여금 권력에 더 집착하게 만들었을 것으로 보인다.

유신체제는 한시적인 비상 체제였고 그런 만큼 정당성이 부족했다. 박정희도 그것을 알고 있었기 때문에, 그는 피살 전에도 후계 구도에 대해 고민하고 있었다. 나의 취재수첩에는 늦어도 1~2년 안에 박정희는 후임자에게 권력을 넘기고 영남대학교 총장으로 갈 것이라는 메모가 선명하다.

1979년 1월 1일 정초, 언론인 출신으로 71년부터 청와대 공보비서관을 지낸 다음 유정회 의원이 된 선우연 의원은 박정희 대통령으로부터 호출을 받았다. 부산에 내려가 있던 박정희 대통령이 경호원을 통해 선우연 의원을 부산으로 부른 것이다.

"이건 나 혼자 결정한 비밀사항인데, 나는 2년 뒤 1981년 10월에 그만둘 생각이야. 10월 1일 국군의 날 기념식 때 핵무기를 내외에 공개한 뒤에 그 자리에서 하야 성명을 내겠어. 그러면 김일성도 남침 못 할 거야. 자네는 의원활동 안 해도 좋으니 지금부터 간결하고 요령 있는 하야 성명을 준비해." 박정희 대통령이 자신의 공보비서관이었던 선우연 의원에게 해운대 바닷가를 산책하며 긴밀히 내린 지시였다. 박정희는 그가 그토록 노심초사 은밀히 추진해 온 핵개발이 완성되는 1981년 10월 물러날 생각이었다. 박정희는 후계자를 민주적인 외양을 통해 대통령으로 앉히고, 자신은 상왕 구실을 하는 체제를 꿈꾸었을 것이다.

그러나 국민적 저항이 극단으로 거세어졌던 정권 말기의 상황은 자신의 의도대로 순조롭게 펼쳐지지 않았고, 그러다가 결과적으로 파국을 맞게 된 것이 아닌가 생각된다. 실제로 박정희 대통령을 생전에 가장 가까이서 보필했던 김정렴 비서실장과 유혁인 수석은 박정희 대통령이 "선거에서 한 명만 나오는 건 아무래도 안 되겠다. 찬반 토론도 금지했으니 사실상 추대가 아니냐. 야당 소속 대통령 후보도 출마하고 통대 의원들이 여건 야건 지지하는 후보를 밝힌 상태에서 선출하도록 법을 바꾸자"며 방법을 강구해 보라고 지시했다는 것이다. 박정희 대통령은 후계자로 김종필 씨를 꼽고 있었고, 대통령으로부터 두 번이나 직접 그 말을 들었다고 증언했다. 박정희 대통령은 임기가 1년 정도 남은 시점에서 김종필을 국무총리로 임명한 뒤 전격적으로 물러나고, 김종필이 자동적으로 대통령 대행이 된 다음, 대권후보가 되어 선거에 나선다는 게 박정희 대통령의 계획이었던 것으로 보인다.

박정희 대통령은 평소 술자리에서 "믿고 곱고 따질 게 있느냐. 내 뒤를 이을 사람은 세상이 추측하는 그대로다"라고 말했다. 박정희 대통령의 후계자는 김종필(JP)이었다. "퇴임하면 시골에 내려가 나무를 심겠다", "아들, 딸 시집, 장가도 보내고……" 박정희 대통령은 수시로 독백처럼 그의 뜻을 측근들에게 말했다.

박정희 대통령에 대한 평가는 그가 떠난 지 30년이 지난 지금도 다양하다. 나는 여기서 이인화 교수가 서술한 박정희에 대한 평가에 공감하면서 그대로를 소개한다.

굴절 심한 박정희의 인생역정, 28살에 일본 육사를 나온 만주군 육군 중위, 32살에 숙군대상자로 사형을 구형받은 남로당 군사부 비밀당원, 45살에 자유민주주의 헌정 질서를 짓밟는 쿠데타 주모자 등의 씻을 수 없는 죄과. 이 도덕적인 오점들은 이 국가에 대한 경건주의와 숭고한 자기희생의 의지를 낳았으며 그의 영혼에 암세포처럼 번져갔던 죽음의 힘으로 승화된다.

이 죽음의 힘은 그를 채찍질하여 국익에 이르는 좁고 험한 길로 앞뒤를 가리지 않고 달려가게 만들었고 오직 민족을 번영으로 이끄는 절박한 시대적 과업만이 자기 구원에 이르는 길이었으며, 모든 면에서 우위를 자랑하던 북한의 전쟁도발을 막으며 경제발전을 이룩해야 한다는 지상명령이 늙고 탈진해 쓰러질 때까지 그를 괴롭혔다.

이렇게 '죽음의 형이상학'을 배경으로 한 초인적 초월성 맥락에서 박정희의 공과나 그의 정당성에 대한 이성적 평가는 그를 연민하고 지지하는 많은 사람들에게 사실상 조소의 대상일 뿐이다.

평화를 지키기 위해 핵무기가 필요하다, 기술을 확보하라

박정희 대통령은 70년대 들어서면서 핵무기를 보유하고자 노력했다. 미국이 한미상호방위조약에 따라 필요한 시기에 한국 내 필요한 지역에 마음대로 반입, 반출하던 핵무기, 즉 핵우산의 그늘에서 벗어나 버젓한 '국산품 핵폭탄'을 갖고 싶어했다. 그러나 그 열망은 좌절됐다. 70년대 내내 박정희는 국내에서 확립한 독보적 권력과는 정반대로 한낱 약소민족의 추장 정도에 불과한 자신의 국제적 위치를 절감하고 시종 굴욕감을 느껴야 했다. 특히 미국에 대해 그러했다. "우리같이 작은 나라는 고슴도치가 돼야 한다. 온 몸을 바늘로 둘러싸서 사자나 코끼리 같은 큰 동물들이 작다고 깔보고 함부로 짓밟지 못하게 만들어야 한다"는 자신의 지론에 따라 방위산업에 박차를 가하던 박정희 대통령은 해가 갈수록 죄어드는 미국의 압력에 거듭 좌절해야 했다. 그러나 미국 카터 행정부의 등장과 함께 주한 미군 철수 문제가 최대 현안으로 부상되자 박정희 대통령은 직접 결단을 내렸다.

1972년 초 박정희 대통령은 김정렴 비서실장과 오원철 경제수석을 집무실로 불러 "평화를 지키기 위해 핵무기가 필요하다, 기술을 확보하라"고 긴밀히 지시했다. 대통령의 지시에 따라 핵무기 개발은 미국의 온갖 견제와 감시 속에서도 급진전되었고, 1970년대 말 핵무기 개발 프로젝트는 거의 완성 단계까지 진행됐다. 70년대 초에 시작된 국산 미사일 개발도 북한의 위협에 대응한다는 측면 외에 핵탄두 운반체로서의 기능도 염두에 두었다. 물론 연구를 담당한 실무자 선에서는 핵개발의 경우 핵무기 기술의 확립을, 유도탄의 경우 미제에 버금가는 제품의 개발을 목표로 삼는 식으로 프로젝트 자체에만 몰두했다.

국산 미사일 개발에 미국이 반대한 것은 핵탄두 운반체 역할을 할 수 있다는 점과 북한에 대한 선제공격용으로 쓰일 수 있다는 점 때문이었다. 우리 연구진은 이 때문에 방어용(지대공)미사일을 국산화한다는 목적을 내세웠다.

1978년 9월 26일, 서해안 한 바닷가에서 '백곰'이라고 이름 지어진 국산 미사일 발사 시험이 있었다. 노태우 당시 청와대 경호실 작전차장보와 이 지역 이상훈 사단장(국방부 장관 역임)이 박정희 대통령에 앞서 시범장에 도착했다. 대통령의 눈앞에서 해 보인 발사 시험은 대성공이었다. 세계에서 7번째로 미사일 보유국이 된 날이었다. 그 즈음 박정희 대통령은 1970년 중반기에 좌절됐던 중수로 4기의 건설 등 본격적인 핵 자립계획을 착착 실행에 옮기고 있었다. 이제 핵을 무기화하느냐 마느냐 마지막 결정만 남아 있었다.

박정희 대통령은 이를 위해 국방부 장관 등 관계 참모들과 비밀회의를 갖는 등 고심하다 10·26의 비극을 맞게 된다. 당시 한국의 핵무기 개발 노력은 박정희 대통령의 갑작스런 죽음과 함께 중단된다. 핵무기뿐 아니라 원전개발 노력도 중단됐다가 10년 후 노태우 정권 때 다시 원전개발에 뛰어들게 된다. 박정희 대통령 당시 핵무기 개발이 어느 정도까지 이루어졌는지 구체적인 관련 성과물과 기록들은 지금 어디에 있는지 알 수가 없다. 완전 미스터리로 남아 있는 것이다.

당시 원전개발의 총책임자였던 오원철 경제수석은, 이명박 정부 들어 총건설비 200억 달러 규모의 아랍에미리트 연합의 원자력발전소 프로젝트를 수주하는 등 우리가 원자력 선진국으로 발돋움한 것은 40여 년 전 박정희 대통령이 토대를 마련한 것이라고 말했다. 그리고 박정희 대통령의 핵무장은 최근의 북한과는 달리 한반도의 평화를 지키기 위해 내린 고뇌에 찬 결단이었다는 것이다.

이제 박근혜는 누가 뭐래도 차기의 유력한 대권 후보이다

내가 청와대를 출입하기 시작했을 때, 그때 박근혜는 서강대학교를 갓 졸업한 미모의 젊은 숙녀였다.

때로는 출입기자들과 주말에 테니스도 치고 가벼운 농담도 주고받는 재기발랄한 면모도 보였지만, 대체로 어머니를 대신해서 대통령인 아버지를 내조하는 데 여념이 없는 근엄하고 절제된 퍼스트 레이디로서의 모습이었다.

그를 쉽게 대할 수도 없었다. 그때 벌써 '구국여성봉사단'이다 '한마음봉사단'이다 하면서 박근혜를 정점으로 하는 조직화된 세력이 만들어져 있었고, 전국에서 이름 있는 남녀 인사들이 박근혜 주변에 몰려들었다. 대부분이 육영수 여사를 추종하던 사람들이었다.

그런 와중에 최태민 목사가 박근혜 주변에 나타났다. 막강한 권력의 중심에 있는 대통령 딸과 정체가 분명치 않은 중년 최 목사의 인연이 어떻게 이루어졌는지는 아무도 모른다. 대전 출신 공화당 K 중진의원의 형이 개입됐다는 이야기는 있었다. 육영수 여사가 꿈에 나타나 '근혜를 도와 달라'고 해서 박근혜 의원을 만나자고 했다는 등 믿기 어려운 이야기들도 있었지만, 졸지에 어머니를 잃고 슬프고 고독한 박근혜에게 최 목사가 계획적으로 접근해 왔던 것은 사실이었던 것 같다.

박근혜는 최 목사를 크게 신임하게 되었고, 두 사람은 심령적으로 무척 가까워진 것으로 소문났다. 최 목사 주변에는 외교관 출신의 C 비서관 등 유력인사들도 상당수 포진해 있었다. 정체가 분명치 않은 최 목사가 권력 내부로 끼어들자 이를 견제하는 세력도 나타났다. 특히 중앙정보부 등 정보기관이 줄기차게 최 목사의 행적을 들추어내면서 두 사람을 갈라놓으려

부산 여성단체 관계자들을 격려하는 박근혜. 내가 청와대를 출입하기 시작했을 때, 그때 박근혜는 서강대학교를 갓 졸업한 미모의 젊은 숙녀였다. 대체로 어머니를 대신해서 대통령인 아버지를 내조하는 데 여념이 없는 근엄하고 절제된 퍼스트 레이디로서의 모습이었다. 1978년.

했는데, 그때마다 음해성 모함으로 처리되었다. 물론 여기에는 박근혜의 강력한 해명과 엄호가 있었던 것으로 알려졌다.

이런 중에 대통령의 재혼 이야기가 간간이 주변에서 나왔다. 대통령의 건강을 염려해서였고, 대통령을 내조하는 데는 아무래도 딸보다는 부인이 나을 것이라는 판단이었기 때문이다.

재혼 이야기는 주로 정일권 국회의장과 김종필 전 총리가 꺼냈다. 그때 이미 재혼한 정일권 의장은 "이미 영부인이 돌아가신 지도 몇 년이 지났으니 각하 재혼을 하시는 게 어떻겠습니까?" 라고 물었다.

그때마다 박정희 대통령은 "아이들 시집 장가 보낸 다음 재혼하겠다"고 대답했고 "나보다는 근혜가 더 급하다. 그런데 근혜가 말을 듣지 않는다"고 불편한 속내를 비치기도 하였다.

실제로 당시 청와대에서는 대통령의 지시로 대통령의 사윗감을 물색하였고, 육사를 나온 경상도 출신 청년장교 H 대위가 신랑감으로 추천되기도 하였다. H 대위는 대통령의 여름휴가 때 진해 저도로 불려가 박근혜와 테니스도 치곤 하였는데 결혼은 성사되지 않았다. 박근혜가 그때 상황을 눈치채고 있었는지는 아무도 모른다.

그리고 박동진 전 외무부 장관도 박정희 대통령으로부터 "근혜 신랑감을 물색 중인데 외무부의 젊은 사무관 중에서 적임자를 골라 보라"고 하는 당부를 받았다. 마땅한 대상자가 없었지만, 두 사람의 인적사항을 정리하여 올렸는데도 대답이 없었다는 것이다.

만약에 그때 박근혜가 결혼하고 박정희 대통령이 재혼하였더라면 10·26이라는 비극이 가능했을까 하는 상상을 나는 가끔 해 본다. 물론 역사란 가정이 있을 수 없지만 말이다. 세월이 지나 박근혜는 국회의원이 되었고, 나는 15대 국회의원 보궐선거에 출마한 박근혜를 도우려고 당의 원내총무로 몇 차례 대구에 다녀온 적도 있다. 그 후 그는 한나라당 대표를 지냈고, 지금은 자타가 인정하는 가장 유력한 차기 대권주자이다.

그가 여전히 국민들의 인기와 지지를 받고 있으면서도 "지나치게 고고하다", "하늘 아래 둘도 없는 유아독존이다" 라는 등의 비판을 듣고 있는 것은 어려서부터 대통령의 딸이라는 특수한 환경에서 자라 퍼스트 레이디로서 역할을 다했고, 그러면서 지금까지 독신을 고집하고 있기 때문이 아닌가도 싶다. 당시 어느 외국기자가 "박근혜가 무슨 일을 하느냐?" 고 내게 물었다. 나는 "그는 우리나라 Acting first lady" 라고 대답했다.

이제 박근혜는 누가 뭐래도 차기의 유력한 대권 후보이다. 많은 사람들이 다음 대통령에 박근혜가 될 것이라 믿고 있고, 또 그를 열렬히 지지하고 있다. '박사모' 가 그렇고, 오죽하면 '친박연대' 라는 이름 하나로 10여 명의 국회의원이 배출되는 정치단체까지 생겨났을까? 호사가들은 경상도의 DJ가 바로 박근혜라고까지 말한다. 이렇게 되기까지 그녀에겐 남모르는 눈물이 있었을 것이다. 젊은 나이에 부모를 비명에 잃고, 더구나 여성의 몸으로 온갖 슬픔과 역경을 이겨 낸 그만의 인고의 세월이 있었을 것이다. 상상만 해도 눈물겹다. 그러나 이제 박근혜는 그때 그 사람이 아니다. 오늘의 대한민국에서 가장 폭넓게 국민들의 지지를 받고 있는 정치 지도자이다. 그는 '그때 그 사람' 에서 '이때 이 사람' 으로 변해야 한다. 그래야만 비명에 간 부모에게 보답하고, 또 그가 성공할 수 있기 때문이다.

첫째, 그는 나만의 고고함도 좋지만, 그러지도 못하고 그럴 수도 없는 이 나라 보통사람들과 눈높이를 맞추고 살아야 한다. 이 세상은 박근혜 의원보다 더 어렵고, 더 못 배우고, 더 못난 사람들이 훨씬 많다. 이제 그는 그들에게 삶의 기준을 맞추어 함께 생각하고 생활하는 모습으로 바뀌어야 한다. 그는 힘들게 살아가고 있는 국민들의 민생을 익혀서 보듬고 챙겨야 하는, 국가지도자의 반열에 서 있기 때문이다.

둘째, 그가 지금까지 지켜 온 원칙도 좋고 소신도 좋다. 그러나 정치 지도자는 최선을 좇되, 현실적으로 그것이 불가능하다면 가능한 차선이나 삼선이라도 택할 줄 아는 지혜와 용기가 있어야 한다. 타협과 양보는 민주주의의 필수이다. 세종시 문제를 비롯해서 이명박 대통령과 지금까지 지속되고 있는 껄끄러운 관계를 국민들은 안타깝게 여기고 있다. 만약에 이명박 대통령이 진지하게 제의해 온다면 국무총리직도 흔쾌히 수락하고 최선을 다해야 한다. 국정을 살피고 챙겨 익힐 수 있는 더없이 좋은 기회이다.

셋째, 정권 재창출에 앞장서야 한다. 중국의 문화혁명이 그랬고 한국의 좌파 정권 10년이 그러하듯이, 역사에는 두 번 다시 반복돼서는 안 되는 일들이 있다. 역사를 거꾸로 뒷걸음질치게 하는 '역사의 퇴행'이 그것이다. '자유, 민주, 인권, 시장경제'라는 보수의 가치에 대해, 아직은 인류가 그이상의 대안을 찾지 못하고 있다. 그러나 많은 국민들은 10년 만에 되찾은 보수정권이 또 실패할 수도 있다는 위기감에 빠져 있다. 이 나라의 정통성(Legitimacy), 정체성은 어떤 희생을 치르더라도 지켜져야 한다. 박근혜는 이명박 대통령이 성공한 대통령이 되도록 능동적이고 적극적으로 도와주어야 한다. 그것이 곧 박근혜가 성공하는 길이기 때문이다.

마지막으로, 아직도 불화가 있는 것으로 알려진 가족들을 보듬고 다스려야 한다. 박근혜는 가장이다. 가화만사성(家和萬事成)이다.

네 놈은 뱃대지에 철판 깔았느냐

18년에 걸친 박정희 대통령 일인 장기집권 체제가 졸지에 비극적인 종말을 고하자, 나라는 한마디로 진공 상태에 빠져들었다. 가장을 잃어버린 한 가정집이 일시에 망가져 가는 모습이라고나 할까. 혼란과 무질서, 문자 그대로 '카오스' 상태였다.

가장 두드러진 현상은 극렬해지는 정치적인 혼란이었다. 장기독재 정권에 끈질기게 저항해 온 야당과 반체제 재야 세력은 상도동에 김영삼(YS), 동교동에 김대중(DJ)을 앞세우고 '박정희 이후의 새 시대는 내 것' 이라는 속내로 서로가 동상이몽, 극한적인 세력다툼에 들어갔고, 또 한 사람 청구동에 캠프를 둔 김종필(JP)은 공화당의 적자임을 자처하고 박정희의 정치 유산을 독차지하려 했다.

10·26 사건 직후의 사회적 이슈와 여론은 단연 북한의 남침 가능성에 대한 불안과 간첩들에 의해 배후 조종되는 사회 소요였다. 하지만 당시 정치인들의 자세는 한마디로 "때가 왔다, 한판 잡아 보자"는 식의 골드러시였다. 국가안보는 안중에 없고 개헌과 차기 대통령 선거에 대한 정치 일정만이 중요했다. 그들은 이를 '민주화 일정' 이라 포장했다. 이로부터 안보를 걱정하는 과도 정부와 민주화 일정만을 중시하는 정치권 사이에 분열이 싹트기 시작했다.

그런 와중에 가장 무겁게 압력을 받고 시달린 사람은 언론사 정치부 데스크와 TV 뉴스 앵커였다. 매일 보도되는 뉴스의 주인공은 삼김(三金) 씨였는데, 세 군데 캠프에서는 하나같이 언론의 보도에 불만이 많았다. TV에 보도되는 자신들의 뉴스 한 컷 한 컷을 상대방과 비교하여 보고는 왜 자신의 뉴스가 상대방에 비해 시간이 짧으냐? 상대방은 육성으로 나가는데 왜 자기는 화면으로만 나가느냐? 캠프별로 일일이 직접 앵커에게 다그치는 일도 허다했지만, 취재기자들도 출입하는 각기 캠프의 주장을 하나라도 더 반영하려고 혈안이 되어 데스크를 못살게 했다. 종전과는 전혀 다른 모습이었다.

어느 날 모 캠프에서, 나와는 기자생활을 같이 한 L 씨가 "당신도 이제 우리 캠프에 합류해서 우리를 도와 달라. 정권을 잡는 데는 꼭 당신이 필요하다. 세상이 달라진다. 절대 잊지 않을 것이다"라는 공갈성 협조 요청을 해왔다.

나는 즉각 거절했다. "이토록 혼란한 정국을 수습하는 길은 누구보다 당신 캠프가 먼저 자중자애하며 국민에게 진중한 모습을 보여야 한다. 나라가 이 지경이 되었는데 30년 정치했다는 당신네 야당은 일말의 책임도 없느냐?" 라고 일침을 가했다.

충남대학교에서 대학생들이 총장실을 부수는 등 소요사태가 일어났다. 전국적으로 학생 데모는 급격하게 번져갔고, 아무도 이를 자제시키지 못하였다. 그런 시도조차 없었을뿐더러 오히려 혼란을 부채질하거나 혼란에 편승하였다.

어느 날 나는 서울역 앞을 지나면서 직접 목격하였다. 한 날품팔이 지게꾼이 밀물처럼 지나가는 데모대를 향해 "야 이놈들아 나는 무얼 먹고 사느냐?" 면서 대성통곡하고 울부짖는 장면이었다.

그날 저녁 나는 작심하고 학생 데모 등 일련의 시위사태와 정치권을 정면으로 비판했다.

"나라가 어지럽고 위기일수록 지식인 특히 대학캠퍼스가 이성으로 돌아가 냉정을 되찾아야 한다. 이렇게 지성인과 지도자들이 앞장서서 혼란을 주도하거나 부채질하는 것은 나라를 팔아먹는 매국노와 다를 바 없다."

나 자신이 4·19 학생시위 때 앞장서기도 하였지만, 항상 대학 4년의 황금 같은 시기를 볼품없이 끝내고 말았다는 후회와 자성(自省)이 있는 데다 나라가 위기일수록 지성인이 이성을 잃지 말고 냉철하고 현명하게 대처해야 한다는 것이 나의 주장이자 소신이었다. 하루는 방송을 끝내고 밤 늦게 돌아가는 나에게 협박전화가 왔다. '네 놈은 뱃대지에 철판 깔았느냐. 지금 네가 사는 아파트 근처에 애국청년들이 깔려 있다. 어린 자식을 생각해라." 나는 아내에게 말도 못하고 밤새 뒤척이며 고민했다. "지금 이 나라는 어디로 가는 것일까? 그리고 나는 이 시기에 어떻게 살아야 할까?' 당시 상당수 국민들은 "나라꼴이 이래서 되겠느냐. 건국 이후 최대의 위기이다. 또 "군인이 나와 힘으로 다스리는 길 밖에는 아무것도 기대할 게 없다"고 생각했고, 그렇게 해서 군(軍)의 정치개입설이 꾸준히 흘러나오기 시작했다. 전두환 소장이 10·26 사건의 수사본부장을 맡으면서 마치 서부 활극에서 나오는 '돌아온 장고'처럼 안개 속에 서서히 부각돼 갔다. 이른바 한 치 앞을 내다볼 수 없는 '안개정국'의 모습이다.

최규하 대통령, 그리고 5·18 광주사태의 전말

1979년 10·26 사건에서부터 12·12 사태를 거쳐 이듬해 5·18 광주사태가 진정되기까지 이 나라, 이 민족의 명운은 그야말로 풍전등화였다. 무엇보다 지도자의 때를 놓치지 않는 기민한 판단과 뚝심 있는 실행이 필요했다. 대통령이 유고되면 헌법상 국무총리가 그 권한을 대행한다. 최규하 국무총리는 전임 대통령의 시해로 비어 있는 대통령직에 취임하였다.

최규하 대통령에게 코앞에 닥친 일은 10·26 사건의 진상을 캐내는 일이었고, 김재규 이외에 혐의의 중심에 있는 정승화 참모총장을 조사하는 일이었다. 10·26 사건 당시 정승화는 김재규의 요청으로 사건 현장인 궁정동 안가 별채와 같은 담장 안에 있는 궁정동 안가 본채에 미리 대기하고 있었다. 그러나 정승화는 현직 육군참모총장이고 계엄사령관을 겸한 나라의 모든 실권을 장악하고 있는 권력의 본체였다.

그럼에도 국민들은 정승화가 조사를 받아야 하고, 설사 혐의가 없더라도 최소한의 도의적 책임을 지고 물러날 것으로 여겼다. 군 내부에서는 오히려 일반 국민들보다 더 강경하게 정승화에 대한 책임을 반드시 물어야 한다는 분위기였다.

전두환 수사본부장은 정승화에 대한 혐의점을 요약하고, 최규하 대통령에게 정승화를 합동수사본부로 연행해 조사하겠다고 보고했다. 그러나 최 대통령은 수사본부장의 결재 요청을 미루고 국방부 장관을 불러오라고 지시했다. 그러나 노재현 국방부 장관은 가족과 함께 한남동에 있는 단국대학교 체육관에 숨어 있어서 대통령과는 연락도 되질 않았다.

결국 뒤늦게 나타난 국방부 장관의 건의 형식으로 재가를 하였지만, 때는 늦어 이미 한남동에 있는 참모총장 공관에서는 정승화를 연행하려는 수사팀과 이를 거부하는 총장공관의 무장병력 사이에 유혈충돌이 빚어졌다. 소위 12·12 사태의 시발이다.

10·26 이후의 국가는 무주공산이었다. 먼저 점령하는 세력이 주인이 될 판이다. 김재규가 이끄는 중앙정보부, 김계원이 이끄는 청와대, 정승화가 이끄는 60만 육군이 단합했던 당시의 상황은 누가 봐도 막강했다. 이 엄청난 세력이 그 힘을 발동하여 기지개를 펴는 순간 이성(二星) 장군에 불과한 전두환이 재빠르게 선수를 쳐서 예봉을 꺾은 것이다.

최 대통령은 정승화에 대한 연행 계획을 결재하면서 배석한 신현확 총리에게도 서명하라고 요구했다. 그러나 대통령의 재가문서에는 총리의 서명란이 별도로 없어 여백에 서명하였다. 아마도 혼자보다는 같이 하는 것이 혹시나 모르는 후환을 최소화하는 것으로 생각했을는지도 모른다.

청와대 출입기자로 최규하 전 대통령과 이야기를 나누고 있다. 전임 대통령의 시해로 비어 있는 대통령직에 취임한 최규하 전 대통령에게 코앞에 닥친 일은 10·26 사건의 진상을 캐내는 일이었고, 김재규 이외에 혐의의 중심에 있는 정승화 참모총장을 조사하는 일이었다. 1980년.

이임하는 최규하 전 대통령과 청와대 출입기자들이 기념촬영을 하였다. 후대는 최 대통령을 '두드린 돌다리도 건너지 않은 대통령'으로 자리매김하기도 한다. 1980년.

10·26 사건을 수사하는 데 대통령의 결단은 더없이 중요하였다. 만약 대통령의 잘못된 결단으로 김재규가 정권을 잡았다면 어떻게 되었을까?

『수사기록으로 본 12·12와 5·18』의 저자 지만원 씨는 이렇게 내다봤다.

"김재규 그는 자신이 대통령을 죽인 사람이기 때문에 그 누구에게도 정권을 이양하지 않았을 것이다. 만일 그가 대통령이 되었다면 그는 대통령을 시해한 살인자라는 비난, 그것도 자기를 끔찍하게 챙겨 준 박정희 대통령을 시해한 패륜이라는 비난에 시달렸을 것이다. 이런 것들을 억압하기 위해서라도 그는 아주 가혹한 독재자가 되었을 것이다."

나는 10·26 사건을 현장 취재한 기자로서 지금도 지만원 씨의 견해와 주장에 동의하고 있다.

최규하 대통령은 누구보다 먼저 10·26 사건의 진상을 보고받고 파악했다. 그는 즉시 김재규 체포를 지시하고 박정희 대통령을 시해한 현장 바로 옆에 있었던 정승화에 대한 조사를 합수부에 지시했어야 했다. 그랬더라면 12·12와 5·18 참상이 과연 가능했을까? 역사는 달라졌을 것이다. 그러나 그는 그렇게 하지 않았다. 그래서 후대는 최 대통령을 '두드린 돌다리도 건너지 않은 대통령'으로 자리매김하기도 한다.

1980년 5월 18일, 전국에는 비상계엄이 선포되고 대학에는 휴교령이 내려졌다. 중요 대학에 계엄군이 주둔함에 따라 극심했던 학원 소요사태는 진정되어 갔다. 그러나 광주 지역만은 격렬한 시위가 계속되었다. 최규하 대통령은 이희성 계엄사령관 등으로부터 "대통령께서 직접 광주로 내려가 한번 호소하는 것이 어떻겠습니까?"라는 건의를 받고, 5월 25일 오후 광주로 내려갔다. 물론 출입기자였던 나도 대통령을 수행하여 현지 상황을 취재하였다. 최 대통령은 전투교육사령부에 들러 군인들의 광주 재진입 불가피성을 건의받고 희생을 최소화할 수 있도록 하라고 당부했다. 이어, 도청으로 가서 시민들을 위무하는 방송을 하였다. 최 대통령은 애절하고 눈물 어린 호소를 하였던 것으로 기억된다.

"저는 지금 광주에 와 있습니다. 여러분을 직접 만나 뵙지 못하고 이렇게 녹음방송으로 대신함을 용서하여 주시기 바랍니다. 하루 속히 여러분이 원하는 참된 민주주의로 광주 시민이 평온을 찾으시기 바랍니다."

그러나 광주사태는 민족 최대 비극이라는 참상으로까지 악화되었다. 당시 광주에는 북한에서 직접 내려보낸 북괴군 특수부대가 개입됐다는 주장이 지금도 나오고 있다. 아무튼 치안 부재의 무정부 상태가 계속되는 광주 지역의 혼란을 틈타 당시 북한이 심상치 않은 군사적인 움직임을 보였던 것은 사실이다.

그것은 광주사태 1주년을 계기로 북한에서 거행된 '1981년 광주폭동 1년 기념 강연회'에서 북한 스스로가 "광주폭동은 전적으로 우리의 대남공작의 빛나는 승리의 결과"라고 자화자찬했고, 최근까지 잇따른 많은 탈북자들의 증언에서도 속속 드러나고 있다. 이들의 증언에 따르면, 광주사태 당시 북한에서 '534 부대'가 많이 침투했고, '신천복수대', '61저격단' 등 각 부대에서 차출된 정예 전투원들이 봉기에 참가했다는 것이다.

10·26 그 후, 제5공화국의 탄생까지

박정희 대통령 피살 이후 이 나라는 짧은 시기에 그 어느 때보다 격심한 혼란을 겪는다. 전두환 대통령의 제5공화국 정부가 탄생하기까지의 일지를 살펴보자.

박정희 대통령이 피살되자, 한국에는 민주주의가 다시 살아나는 듯했다.

모든 국민들이 그렇게 되길 바랐고, 모든 정치 세력들이 유신체제에서 벗어나 새로운 체제를 구축하기 원했다. 그러나 그 노력은 물거품이 되었다. 정치적 혼란기의 힘겨움에서 군부가 궁극적인 승리자가 됐기 때문이다. 물론 당시의 세력 관계를 볼 때 군부의 득세를 막기는 어려웠을지 모른다. 그러나 군부를 견제하는 다른 정치 세력들의 전략, 전술과 행동이 달랐더라면, 상당히 다른 결과도 가져올 수 있었을 것이다.

특히 야권 지도자들의 행동이 문제가 된다. 야권 지도세력의 분열이, 그렇지 않아도 불리한 힘의 균형 속에서, 군부의 득세를 저지하지 못하게 한 가장 큰 요인이 된 것이다.

군부 안에서도 권력투쟁은 현실화되었다. 보안사령관 자격으로 합동수사본부장을 맡고 있던 전두환 소장을 중심으로 한 새로운 군부 세력이 독자적인 힘으로 부상하였다. 이러한 '신군부'는 보안사령부, 합동수사본부, 육사 11기, 하나회 등을 중심으로 뭉쳐 강력한 세력을 형성하였다.

유신 시절 박정희 대통령의 비호 아래 매우 정치화되어 있던 이들은 권력구조 개편에서 정승화 측과 의견 대립을 보였다. 정승화 세력이 새로운 민주질서를 원하는 국민적 대세를 인식하고 군부 내 권력을 확립하려고 했던 반면, 전두환 세력은 박정희 대통령 피살에 분개하면서 정치 변동이 가져올 수 있는 기득권 상실을 우려하였다.

정승화는 전두환의 부상을 우려하여 그를 동해경비사령관으로 좌천시키려 하였으나, 그 직전에 12·12 사태로 정승화 세력은 몰락하고 전두환을 중심으로 한 신군부가 군을 장악하게 된 것이다. 이런 점에서 12·12 사태는 박정희 대통령 피살 이후 전두환의 집권에 이르는 긴 과정 속에서 하나의 본격적인 전환점이 된 것이다. 그러나 신군부가 이 시점에서 정치 권력의 장악을 목표로 하고 있었는가에 대해서는 확실히 말하기 어렵다.

그들은 12·12 사태가 박정희 대통령 피살 당시 현장 부근에 있었던 정승화가 사건의 수사를 지연시키고 모호한 입장을 취했기 때문에 그를 조사하려고 하는 과정에서 발생한 불가피한 무력충돌이라고 주장했다.

12·12 사태로 군의 권력을 확보한 신군부 세력은 이희성을 신임 계엄사령관에 앉히고 미국의 반발을 무마하기 위해 노력하는 한편, 최규하 과도정부와의 밀월 관계를 과시하기 위해 노력하였다. 최규하 대통령은 12월 14일 신현확 총리를 중심으로 한 새 내각의 구성을 발표하였다.

광주사태는 6·25전쟁 이후 대한민국에서 가장 많은 희생자를 낸 정치적 비극이었다. 그것은 권위주의 체제로의 복귀와 민간정부 구성이라는 정치쟁점을 둘러싸고 학생을 중심으로 한 민주저항 세력과 신군부 세력의 전면 대결이었다. 그러나 광주사태가 광주에서 일어났다는 점과 피로 얼룩졌다는 점은 각각 호남—김대중으로 연결되는 정치권력과 개발에서 소외된 지역의 도전, 이에 대한 신군부의 진압을 상징하였다.

광주에서 일어난 힘겨룸에서의 승리로 신군부의 권력은 더욱 확고해졌다. 이제 남은 것은 정치권력의 장악에 필요한 제도적 절차를 밟는 것과 국민과 미국의 동의를 얻는 일이었다. 집권을 정당화하기 위하여 김대중과 주요 재야 인사들, 그리고 광주사태 관련자들을 내란 기도 혐의로 구속하였다.

7월 14일 김대중 일당 내란음모사건이 발표되었고, 동시에 김영삼을 자택연금하여 정계은퇴 선언을 받아 내었다. 또 김종필, 이후락, 박종규 등 구여권 인사들을 부정축재 혐의로 공직에서 사퇴시켰다.

여기에는 정치적 도전자들을 거세함과 동시에 사회 정화를 통해 대국민 이미지를 고양하려는 이중적 의도가 있었다. 정치사회 정화 조치는 대숙청으로 이어져, 수많은 공무원, 언론인, 교수가 일자리를 잃었다. 과외금

대장으로 승진해 있던 전두환 국가보위비상대책위원회 상임위원장은 퇴역하여 통일주체국민
회의의 선출로 제11대 대통령으로 당선된다. 청와대 출입기자로 마지막 취재에서 내가 전두환
전 대통령에게 취임 소감을 묻고 있다. 1981년.

지 등 교육개혁을 단행하고, 172개 정치 간행물의 등록을 취소하였으며, 불량배 소탕을 앞세워 3만여 명을 체포하고 이들 중 많은 수를 삼청교육대로 보냈다. 이러한 작업을 맡은 기구는 국가보위비상대책위원회였다. 위원 숫자는 내각과 계엄사가 같이 나누었으나, 임명직 10명 중 9명이 현역 장성이었다. 물론 전두환이 상임위원장을 맡았다.

이렇게 하여 신군부의 집권은 기정 사실이 되었고, 8월 16일 최규하 대통령이 잔여 임기를 채우지 못하고 하야함으로써 전두환 정권의 공식 출범이 가능하게 되었다. 미 국무부는 8월 18일 공식 성명을 내고 "한국 지도자의 선택과 채택될 헌법의 성격은 한국민들이 해결해야 할 과제"라고 함으로써 전두환의 집권을 인정하였다.

1980년 8월, 이미 대장으로 승진해 있던 전두환 국가보위비상대책위원회 상임위원장은 퇴역하여 27일 통일주체국민회의의 선출로 제11대 대통령으로 당선된다.

내가 어떻게 유신 잔당으로 지목되었을까?

국내 상황은 하루가 다르게 점점 악화되어 갔다. 대통령 한 사람의 18년 독주가 무너지자 정국은 선장 잃은 난파선과 같았다. 혼란을 수습하고 질서를 바로잡는 세력이 보이지 않았다.

최규하 대통령이 이끄는 정부는 무기력했고, 정치권은 각기 자기 속내 챙기기에 골몰하면서 민주화라는 목소리로 오히려 혼란만 부채질하였다.

박정희 대통령이 장기집권으로 쌓아 놓은 근대화의 기반은 취약했고, 일시에 무너진 체제 붕괴는 그 후유증만 심각하게 노출되었다. 가장 두드러진 분야가 경제 몰락이었다. 실제 1980년 우리 경제는 지금까지의 고도 성장과는 정반대로 한 해 마이너스 6%의 성장을 기록했다. 일자리를 잃은 실업자는 거리에 넘쳤고, 민생은 말이 아니었다.

특히 고도 성장의 견인차 역할을 해온 수출이 격감했고, 중동의 오일 달러 붐을 틈타 우리 건설업체와 체결되었던 수많은 건설수주 계약이 한국의 정정 불안을 이유로 취소되었다. 대통령이 직접 나서야겠다는 각계의 건의로 최규하 대통령은 부랴부랴 중동으로 날아가 사우디아라비아와 쿠웨이트의 국왕과 만나 경제외교에 나섰다.

직업외교관 출신 대통령의 방문 효과는 상당한 성과를 내었고, 덕택으로 해약된 건설 수출도 그 물량이 대량 확보되었다. 그러나 국내 사태는 더욱 걷잡을 수 없이 악화되어 최 대통령은 일 주일 순방일정을 단축해서 닷새 만에 귀국해야만 했다.

내가 대통령 해외 순방을 수행 취재하고 돌아왔더니 전국적으로 언론사가 시끄러웠고, 특히 내가 평생직장으로 여기고 다닌 문화방송, 경향신문이 벌집 쑤신 듯 소란했다. 그런데 사내에 나도는 삐라성 유인물에는 하순봉이라는 내 이름이 유신 잔당으로 지목되어 청산 대상에 오른 것이 아닌가. 유신 반대로 처벌까지 받은 내가 어떻게 유신 잔당으로 지목되었을까?

당시 언론계의 소요 사태는 대부분 외부 세력이 개입돼 있었다. 그들이 나를 청산 대상으로 지목하게 된 것은 청와대 출입기자로 박정희 대통령의 신임을 받았고, 경상도 출신에다 TV 앵커로 학생 데모 등 시위사태를 항상 비판 질타했으며, 모 캠프에서 요구한 협조요청을 단칼에 거절했다는 것 등이 그 이유였다.

이유야 어떠했든 언론계에서 동료로부터 매도됐다면 언론계를 떠나야

내 이름이 유신 잔당으로 지목되어 청산 대상에 올랐다. 이유야 어떠했든 언론계에서 동료로
부터 매도됐다면 언론계를 떠나야 한다. 나는 다음 날부터 출근하지 않았다. 당시 대통령 경호
실장 직무대행으로 있던 정동호 장군이 도움이 되어 주겠다고 나를 찾았다. 정 장군 고향은 진
주와 인접한 의령이었고, 특히 나와는 잠실 장미아파트 이웃에 살면서 가까이 지냈다. 정동호
청와대 경호실장과 만나 담소를 나누고 있다. 1980년.

한다. 자식은 어리고 젊은 나이에 무엇을 하며 사느냐를 고민하면서 나는 차마 아내에게 돌아가는 사정을 말할 수 없었다.

나는 다음 날부터 출근하지 않았다. 물론 출입처인 청와대에도 나가지 않았다. 그런데 대통령 경호실장 직무대행으로 있던 정동호 장군(육사 13기, 2선 국회의원)이 기자실에 들러 나를 찾았다. 정 장군 고향은 진주와 인접한 의령이었고, 특히 나와는 잠실 장미아파트 이웃에 살면서 가까이 지냈다.

청와대 기자들로부터 자초지종을 들은 정 장군은 "경호실장인 내가 당신을 위해 도와줄 게 없느냐"고 물었다. 반갑고 고마웠다. 나는 사정을 이야기하고 외국 특파원으로 갈 수 있도록 도와 달라고 부탁했다. 당시에는 워싱턴, 도쿄, 파리 세 곳밖에 특파원을 두지 않았으나, 솔직히 2년 동안 해외로 나가 거센 정치 바람을 피하고 싶었다. 다음 날 정 장군의 대답은, L사장이 경호실장의 부탁을 받고도 한마디로 잘라 거절했다는 것이다. 그는 신군부와 대단히 가까운 사이였다.

정국이 점점 혼란해지고 사회불안이 좀체 수습되지 아니하자, 최규하 대통령은 하야를 결심하게 된다. 사실 당시 정부를 책임진 국무위원들은 한 치 앞을 내다볼 수 없는 캄캄한 암흑기에 무엇이 내게 이로우냐에 따라 눈치를 보고 있었고 사태를 수습하기에는 너무나 무기력했다.

반면 전두환 소장은 10·26 이후 어쩌면 김재규, 정승화가 주도하는 쿠데타 세력이 국가를 지배할지도 모르는 상황에서 신속한 사태 파악과 거침없는 행동으로 국민 앞에 돋보이기 시작했다. 박정희 대통령을 잃은 혼란기에 그 이상 리더십을 발휘한 사람은 없었다. 국가 권력은 전두환 장군에게 집중되었고, 전두환 장군은 국보위상임위원장을 거쳐 대통령에 취임하게 된다.

전두환 대통령은 취임 초에 바로 미국을 방문, 미국의 조야(朝野) 지도자들과 박정희 대통령 때부터 쌓인 불편한 관계를 해소하는 데 진력했다. 나는 전두환 대통령의 미국 방문에도 수행기자로 함께했다. 이것이 취재기자로서 나의 마지막 활동이 되었다.

천직으로 여겼던 언론계를 떠나 정치의 길로 접어들다

전두환 대통령의 미국 방문을 수행 취재하고 돌아온 나는 정동호 경호실장으로부터 예상치 않은 제의를 받았다. 경호실장 보좌관으로 전경환이라는 분이 있는데 찾아보라는 것이었다.

대통령 동생으로 전경환 씨가 있다는 말은 얼핏 들었지만, 그와는 초면이었다. 전 보좌관은 나를 보자 "하 형, 우리 정치 한번 같이 해 봅시다" 라고 제의했다.

정 실장의 부탁을 받고 아마 나에 관한 신상을 자세하게 알아본 것 같았다. 사실 합천은 진주와 같은 서부 경남 지역이고, 또 나와는 동년배로 그와 나는 서로 쉽게 가까워질 수 있었다. 나는 당시 찬밥 더운밥을 가릴 형편이 아니었다. 나는 전 보좌관의 제의를, 곧 창당되는 민주정의당에 들어와 고향인 진주에서 공천받아 출마하고, 국회의원이 되어 함께 정치를 하자는 뜻으로 받아들였다.

진주는 내게 조상 대대로 천 년 동안 터전을 쌓아 온 고향으로, 부모님은 물론 많은 일족이 살고 있고, 또 집안의 아저씨 한 분(하만복, 2대 민의원)이 국회의원을 지낸 바가 있다. 나는 앞뒤 가리지 않고 "기회를 주면 열심히 하겠노라"고 대답하고, 즉시 고향에 계신 아버님과 친인척, 그리고 동창들에게 알렸다. 금방 진주 지역에 소문이 퍼졌고, 나는 그것이 선거에도 도움이 될 것이라 생각했다. 그러나 한동안 시간이 지났는데도 내게는 아무 연락이 없었고, 민주정의당이 창당되었다. 진주 지역은 안병규 씨가 발기인으로 참여했다. 안병규 의원(11, 12, 13대 국회의원 역임)은 나와 고등학교는 다르지만 서울대학교를 2년 먼저 다녔고, 서울대학교 총학생회장까지 지낸, 정치권에 이미 알려진 인물이었다. 그러나 안 의원은 한때 DJ의 보좌관까지 지낸 경력으로 안 의원이 여당인 민정당의 조직책으로 나와 경합하리라고는 상상도 하지 못하였다.

아마 당시 신군부의 핵심 멤버로 있었던, 안 의원의 사촌동생이 작용했던 것으로 나는 지금도 믿고 있다. 집권당에 들어가 정치할 것이라고 소문은 널리 퍼졌는데 아무런 진전도 없고 하니 정말 곤혹스러웠다.

나는 회사에 모든 경위를 설명하고 더 이상 언론사에 몸담고 있다는 것은 있을 수 없는 일로 판단해 사표를 냈다. 그리고 14년 동안 그토록 보람과 긍지를 가지고 몰두했던 정든 MBC에서 정치부장을 끝으로 떠났다. 얼마 지나지 않아 민정당은 11대 국회의원 전국구 후보로 하위 순위에 내 이름을 올렸다. 이렇게 해서 나는 천직으로 여겼던 언론계를 떠나 정치의 길로 접어들었다. 11대 국회에는 어느 때보다 언론인들이 많이 참여했으며, 나와 같이 활동하다 정치의 길로 들어선 동료 언론인은 중앙일보의 조남조(2선 국회의원), 서울신문 이민섭(4선 국회의원), 경향신문 정남(2선 국회의원), 한국일보 염길정(2선 국회의원), 대구매일 김정남(3선 국회의원) 의원 등 다수가 있다.

정치라고 인륜을 어길 수는 없다

1981~1996, 11대 국회의원, 국무총리 비서실장,
14대 국회의원 시절

전두환 정권에 대한 학생들의 반발은 즉각적이었다

전두환 정권이 당면했던 가장 근본적인 문제는 군부 통치의 시대적 역행성이었다. 다시 말해, 유신의 붕괴로 군부 통치가 끝났어야 했을 시점에서 폭력으로 군부가 다시 권력을 장악했다는 사실 자체에 가장 큰 문제가 있었다. 그리고 그 폭력이 엄청났다는 사실이 그 문제를 증폭시켰다. 게다가 신정부는 유신을 부정하면서도 유신의 근본적인 구조를 간직할 수밖에 없는 한계를 지니고 있었다.

유신체제 선포 때와는 달리 전두환 정권에 대한 학생들의 반발은 즉각적이었다. 1980년 5월부터 1983년 후반 유화 국면이 시작되기 직전까지 반정부 시위로 투옥되거나 구속된 학생수는 유신체제 기간보다 더 많은 1,400여 명에 달했다.

전두환 정권 기간의 학생운동은 이념적으로 급진화되었고, 대학별 연대와 상하부 조직의 체계화를 통해 조직적으로 크게 성장하였으며, 행동이 과격해졌고 반미운동이 태동하였다. 학생운동은 전국학생총연합(전학련)과 그 전위조직인 민족통일, 민주쟁취, 민주해방투쟁위원회(삼민투)가 주도했다.

이들은 1984년 11월 민정당사를, 이듬해 서울 미 문화원을 점거하여 정가에 충격을 주었다. 이들 조직은 1986년 반미, 반파쇼 민족민주투쟁위원회(민민투), 반미 자주화 반파쇼 민주화 투쟁위원회(자민투)로 대체되면서 더 과격해졌다. 이들은 이후 각각 PD(프롤레타리아 민주주의)와 NL(민족 해방)파의 모태가 되었다.

그 가운데 노동운동권이 큰 변화를 보였다. 이제 노동운동은 학생 및 재야운동과의 연계하에 이전까지의 주변적 역할에서 탈피하여 사회운동의 핵심적인 부문으로 변모하게 되었다.

이같이 운동권이 보인 이념적 급진화는 그 배경에 광주사태라는 비극이 뿌리박고 있었다. 이 비극은 운동권에게, 기존의 체제를 유지하는 한 민주주의와 사회 정의는 실현되기 어렵다는 믿음과 이러한 '파쇼' 체제의 배후에는 미국이 있다는 신념을 강화시키는 계기가 되었다. 이제 더 이상 체제는 개량의 대상이 아니라 타도의 대상이 되었고, 미국은 민주화의 친구가 아니라 적으로 탈바꿈하게 된 것이다.

여기에는 종속이론과 다양한 종류의 마르크스주의적 혁명이론들이 유입돼 이론적인 기초를 제공하였다. 그 결과 미국문화원에 대한 일련의 공격으로 상징된 반미운동이 나타났고, 사회변혁을 위한 민중 민주주의의 이론 논쟁들이 활발해졌다. 이제 더 이상 운동권은 반공과 냉전의 논리에 얽매이지 않고 사회주의 혁명까지도 공공연히 천명하게 된 것이다.

전두환 정권 초기에 정치사회는 의미 있는 활동을 보이지 못했다. 정권에 대한 반대의 표시로 야당 지도자였던 김영삼은 자택 연금된 상태에서 단식 농성을 벌였다.

1982년 5월의 장영자 사건과 이듬해 8월의 명성그룹 사건, 영동 사건 등 끔직한 금융부정 사건으로 정치적 정당성에 더욱 먹칠을 한 정부는 계속되는 시위와 항의 속에서 유화정책으로 선회했다.

야당의 지도자인 김영삼과 김대중은 여전히 정치활동이 금지되고 있었는데도 1984년 5월 18일 민주화추진협의회(민추협)를 발족하고 본격적인 민주화 운동에 착수하였다. 이는 이후 신한민주당(신민당)의 모체가 되어 정치사회에서 반정부 민주화 운동을 추진한 구심체가 되었다.

민정당 창당

새삼스런 이야기이지만, 대의민주주의는 선거를 통해 권력이 만들어지고 이를 위해 각기 정치세력은 정당을 만들어 선거에 임한다. 그러나 제5공화국 전두환 정권은 그럴 수가 없었다. 거꾸로 대통령을 탄생시켜 놓고 정당을 만들어 국민의 지지를 얻는 모양새를 갖출 수밖에 없었다.

정당을 만들려면 세 가지가 필요하다. 사람, 조직, 자금이다. 그 중 1단계는 사람을 찾는 일, 즉 인재 발굴이다. 권정달, 이종찬이 주축이 된 창당 실무팀은 보안사, 중앙정보부, 검찰, 경찰 등 각 정보기관이 갖고 있는 인물자료를 활용했다.

신군부는 김영삼, 김대중, 김종필 등 3김씨를 포함해 구 정치인들은 거의 모두 정치활동 규제자로 묶어 놓고 있었다. 시도 조직책이 정해지면서 창당작업은 막바지에 이르렀다. 서울 이종찬, 경기 김영선, 충남 천영성, 강원 이범준, 전북 임방현 등이었다. 그리고 이들과 상의해 뽑은 인물로 전국 92개 지구당 조직책을 임명했다. 이 모든 것은 그해 3월 25일로 예정된 11대 국회의원 선거를 위한 사전 준비절차였다.

제5공화국의 정치적 기반으로 조직된 민정당은 정권의 안정을 위해 이 선거에서 반드시 국회의석 과반수를 확보해야만 했다. 민정당이 창당되면서 정치활동에 대한 규제도 완화돼 민주한국당, 한국국민당 등이 잇따라 창당됐다.

11대 총선에서 민정당은 지역구 후보가 92명 중 2명만 떨어지고 90명을 당선시켰다. 압도적인 승리였다. 선거구당 1~2명이 동반 당선되도록 한 중선거구제를 채택했기 때문에 조직력과 자금력에서 월등히 우세한 민정당은 여러 모로 유리할 수밖에 없었다. 또 지역구 숫자와 같은 전국구 92

석을 제1당이 3분의 2인 61석을 무조건 배정받기로 되어 있었다. 그래서 민정당은 총 276석의 국회의석 중 절반보다 13석이나 많은 151석을 차지하게 되었다. 나는 이 선거에서 전국구 후보로 국회의원이 되었다.

　11대 총선 후 민정당은 사무국이 재편되었다. 창당 직후 시급하게 치렀던 선거여서 실제 하부조직은 구 공화당 조직이 이어졌다. 권정달 사무총장 밑으로 두 명의 사무차장이 있었는데, 원내사무차장은 전국구 의원이 된 윤석순, 원외사무차장은 보안사 출신인 이상재(2선 국회의원)가 임명됐다. 조직국장 강창희(5선 국회의원, 과학기술부장관), 선전국장 조남조(2선 국회의원, 전북도지사), 청년국장 이민섭(4선 국회의원), 훈련국장 정창화(5선 국회의원), 조사국장 김두종(12대 국회의원 역임), 연수원장 이영일(2선 국회의원), 정책조정실장 박현태(11대 국회의원, KBS사장 역임), 그리고 나는 직능국장에 임명됐다. 직능국장은 당의 중앙위원회 등 대의조직을 관장하는 직책으로 정치권에 관심을 갖는 전국의 많은 명망인사들이 나와 만나거나 관계를 맺기를 원했다. 당시 대부분의 국장들은 나를 비롯해서 현역 국회의원이었는데도, 매일 아침 국회의원이 아닌 이상재 사무차장의 방에 가서 이 차장 주재의 회의를 했다. 중앙당이 국회의원보다 힘이 더 세었던 시절이기에 가능한 일이었다.

　이상재 사무차장은 자주, 중앙당을 연의 실타래에, 국회의원을 연에다 비교하곤 했다. 국회의원은 연줄에 매인 연처럼 당에서 필요에 따라 요구하면 그에 따라 움직이는 수동적 존재라고 생각했다. 당이 우위이고, 국회의원은 당의 노선과 방침을 수행하는 도구로 인식했던 것이다. 그는 그런 강력한 당을 만들려고 누구보다 열심히 노력했다.

　나는 11대 국회가 개원되고 외무위원회 간사를 맡으면서 직능국장직을 그만두게 되었다.

나는 11대 국회 외무위원회 간사를 맡으면서 해외 여러 나라를 돌아보며 각 나라 정상들과 정치인들을 만났다. 간디 인도 수상을 예방하고 있다. 1985년.

스즈기 젠꼬 전 일본수상을 만나 인사를 나누고 있다. 1985년.

미국 최고령 상원의원인 써몬드 의원을 만나 인사를 나누고 있다. 1985년.

닉슨 전 미국 대통령을 환송하면서 기념촬영을 하였다. 맨 왼쪽에 반기문 의전비서관(현 UN사무총장)도 함께하였다. 1986년.

외무위원 시절에 이어 국무총리 비서실장 시절에도 해외 여러 나라 정상들과 정치인들을 만났다. 영국 대처 수상을 공항에서 영접하고 있다. 1986년.

미국 하원 세입세출위원회 위원장인 찰스 랑겔 의원과 오랜 교분을 맺고 있다. 그는 한국전 참전용사로 미국 의회에서 강력한 영향력을 행사하고 있다. 2000년.

풋내기 정치인의 다짐

1981년 4월 제11대 국회가 개원되면서 내가 한 일간지에 기고한 내용이다. 언론계를 떠나 정치인이 된 나의 심정과 각오가 잘 드러나 있어 옮겨놓는다.

한동안 몸담고 있던 언론계를 떠나 정계로 들어서면서 한마디로 망망대해 외계로 내팽겨진 듯한 두려움과 걱정이 앞선다.

나는 일제(日帝) 말기 태평양전쟁 발발 직전 우리 민족이 암흑 속을 헤맬 때 태어나 채 자라기도 전에 동족상잔 6·25의 비극을 겪었고, 4·19와 5·16, 그리고 10·26의 현장을 몸소 지켜보면서, 길지 않은 연륜이 결코 평탄치 못했고 또 복된 세월은 더욱 아니었다고 생각한다.

그것은 지난 세월이 질시와 반목, 이성보다는 감성을 앞세워 한때도 스스로의 슬기를 다하지 못한 부끄러운 역사가 점철되었기 때문이다. 그러나 한편으로 되돌아보면, 우리는 세계 어느 민족에도 뒤지지 않는 강인함과 지혜를 갖춘 자랑스런 선조의 후예라는 자긍심도 있다.

한민족의 위력을 북벌(北伐)에 떨쳤던 고구려의 광개토 대왕이나 삼국 통일의 위업을 이룩한 신라의 김춘추 대왕, 그리고 가까이는 세계 속에 한국의 맥박을 고동치게 했던 60~70년대의 대한민국. 우리는 그때마다 용기 있고 슬기로운 지도자를 가졌었고, 또 그 지도자를 중심으로 힘차게 뭉쳐 전진하는 지혜를 배웠다.

토인비(A.J.Toynbee) 교수는 인류 역사가 하나의 연속된 상승곡선이 아닌 계단식 발전을 거듭해 왔고, 일단계 발전에 앞서 반드시 한동안의 진통기를 겪는다고 했다. 그렇다. 인류사상 그토록 융성했던 민족과 나라도 그 진통기를 이기지 못해 지금은 흔적조차 찾아볼 수 없는 경우가 허다함을 우리는 역사를 통해 알고 있

윤보선 전 대통령을 찾아뵙고 인사를 나누고 있다. 1984년.

다. 10·26 이후의 혼란기를 거쳐 제5공화국의 출범을 맞은 이 시점은 바로 우리들의 다음 단계, 즉 제2의 도약을 위한 진통기임에는 틀림없다.

아직은 정치 초년생이라 무엇이 옳고 그른지 나름대로의 좌표정립조차도 제대로 되지 않은 게 솔직한 나의 고백이지만, 분명한 것은 11대 국회는 무엇보다 국민의 아픈 곳을 파악해서 국민의 뜻을 적극적으로 대변하는 첨병이 되어야 한다는 것이다.

'국회는 모양을 갖추기 위해 어쩔 수 없이 두어야 하는 필요악', '국회의원은 애보는 직업이거나 거짓말 잘하는 백수건달'이라는 식의 정치 불신이 지금까지의 현실이었다면, 이 그릇된 현실은 우선 11대 국회가 바로잡아야 할 기본 명제가 아닌가 싶다. 누적되어 온 정치 불신을 해소하기 위해서는 먼저 국회의원 스스로가 부정적이고 소극적이고 수동적인 행태에서 벗어나 보다 긍정적으로 적극적이며 능동적으로 오늘의 삶을 보고 내일을 가꾸도록 해야겠다.

국회운영은 무엇이 국가와 민족에 보탬이 되느냐는 생산적인 차원에다 지고의 가치를 두어야 할 것이다. 내일 지구의 종말이 오더라도 나는 오늘 한 그루의 사과나무를 심겠다는 마음으로, 당장은 꾀스럽지 못하고 손해를 보더라도 오만보다는 겸손을, 감성보다는 이지를 되찾아 우리 모두에게 주어진 이 엄숙한 임무를 다하는데 나의 신명을 다 바칠 작정이다.

국무총리 비서실장이 되다

11대 국회의원 임기가 막바지에 이르자 정치권은 다음 12대 국회로 진출하느냐 못 하느냐를 가늠하는 공천 경쟁에 돌입하였다. 나는 어쩔 수 없이 진주 지역구를 두고 안병규 의원과 경합하게 되었다. 원내 활동은 아무래도 내가 앞섰다고 나는 자부했다. 그러나 사십대 초반의 나는 아직도 입바른 소리 잘하는 기자의 티를 벗어나지 못했던 것 같다. 의원총회에서 "당이 살 길은 카키복의 군복 색깔을 벗어야 한다"고 발언해 당 지도부의 눈총을 샀고, 신군부에는 철없는 미운 오리 새끼가 되었다.

결국 지역구 공천에서 11대에 이어 이번에도 안병규 의원에게 졌다. 대신 나는 국무총리 비서실장으로 발령되었다. 전임자인 강창회 의원이 대전에 지역구 공천을 받아 내려가면서 내가 후임으로 발령된 것이다. 젊은 나이에 맡은 바 소임을 누구 못지않게 열심히 하는 나의 성실성을 높이 사서 권익현 사무총장과 이종찬 원내총무가 추천하였다는 뒷이야기가 있다.

아직은 11대 국회 임기가 남아 있어, 나는 국회의원으로 총리 비서실장을 겸직하게 되었다.

당시 총리는 당대표를 지낸 진의종(4선 국회의원) 씨였다. 그러나 내가 비서실장으로 간 지 채 한 달이 못 되어 진의종 총리가 쓰러진 것이다. 총리가 활동을 못 하게 되자 정부는 신병현 부총리를 직무대행으로 발령하였고, 나는 매일 총리실의 업무를 종합해 직무대행에게 보고하였다. 신병현 대행은 조용하고 치밀한 성격의 경제 관료로, 짧은 기간이지만 내각을 원만하게 지휘하며 대통령을 잘 보좌했던 것 같다.

당시 내 방에는 경제 관료를 지낸, 진 총리의 사위 이헌재(재경부 장관 역임) 씨와 사촌동생인 서예가 진학종 씨가 자주 들렀다. 그리고 아내는 총리 부인인 이학(수예가) 여사를 자주 찾아 가까이 지냈다. 이학 여사는 후에 『한국자수문화』라는 대작을 편찬해 내가 한국방송광고공사 사장으로 있을 때 공익자금으로 출판비를 지원해 주었다.

후에 나는 아내와 함께 고창 지역을 여행하며 진 총리 내외가 남긴 유물을 보관 전시하고 있는 기념관에 들러 인생과 세월의 무상함을 느끼며 고인을 추모하였다.

총리실 출입기자들에게 정국 현안을 설명하고 있다. 나는 국무총리 비서실장으로 총리가 등청하기 적어도 1시간 전(아침 7시 30분)에 출근하여 밤새 일어났던 국내외 정세를 파악해 분석 보고하고, 그날의 총리 일정을 조정, 준비하였다. 나는 내 인생 어느 때보다 가장 열정적으로 일했고, 총리를 보좌하는 데 진력하였다. 1984년.

나는 노신영 대통령을 꿈꾸었다

진의종 총리의 별세 이후 안기부장으로 있던 노신영 장관이 총리로 영전돼 부임해 왔다. 노신영 총리는 직업외교관 출신의 전형적인 외유내강형으로, 내가 11대 국회 외무위원회 간사로 있으면서 자주 접촉했던 적이 있었는데, 직속상관으로 모시게 될 줄은 상상도 못 하였다.

당시 총리실 기구는 비서실과 행정조정실 두 개로 나누어져 있었고, 비서실장은 정치, 정무 분야를, 행정조정실장은 경제업무 등 행정 분야를 관장하였다. 그러나 총리를 보좌하는 데 사안에 따라 그 업무가 겹치는 일이 많아 두 기관은 일을 놓고 서로간에 불편한 일이 많았다. 그러나 원만한 인품을 가진 이규성 행정조정실장(재무부 장관 역임)과 나는 좋은 관계를 유지하였다.

나는 총리가 등청하기 적어도 1시간 전(아침 7시 30분)에 출근하여 밤새 일어났던 국내외 정세를 파악해 분석 보고하고, 그날의 총리 일정을 조정, 준비하였다. 정무비서관에는 제주 출신 이계록, 공보비서관은 나와 문교부 출입기자를 같이 했던 동아일보 출신 정연춘, 의전비서관은 외무부 출신 반기문(현 UN사무총장), 총무비서관에 김순규 씨 등이 있었다. 나는 이들과 함께 내 인생 어느 때보다 가장 열정적으로 일했고, 총리를 보좌하는 데 진력하였다.

나의 또 다른 업무 중의 하나는 거의 매일 아침 청와대 근처 안가에서 장세동 안기부장이 주재하는 '시국 대책회의'에 참석하는 일이었다. 물론 공식 회의는 아니었으나 매일같이 터져 나오는 학생 데모 등 시국 사건들을 파악하고 대처하는 종합적인 대책을 숙의하는 중요한 회의였다. 관계 장관이 사안에 따라 직접 참석하였고, 치안본부장과 검찰이 고정 멤버였다. 나는 적극적으로 의견을 개진하기보다는 회의 내용을 정리해서 그때 그때 총리에게 보고하는 일에 주력하였다. 그 일도 내게는 벅찼다.

이를 계기로 나는 노신영 총리와 대화를 나누는 일이 많아졌다. 총리와 비서실장이라는 상하관계보다 더 자유스럽게 공사(公私)를 막론하고 많은 이야기들이 있었고, 때로는 스스럼없이 토론으로도 이어졌다. 그리고 그 이후 대통령이 발표하는 많은 유화정책들은 대부분 노신영 총리가 대통령에게 건의해서 이루어졌다.

노 총리에게는 세 아들과 두 딸이 있는데, 모두가 일류대학을 나온 명석한 젊은이들로 자식교육 잘 시켰다는 칭송이 자자했다.

일요일이면 전두환 대통령 내외가 총리 공관에 들르기도 하였다. 이러다 보니 노신영 총리는 실세 총리로 부각되었다. 당시 전두환 대통령 다음으로 누가 대통령이 되느냐에 세인의 관심이 쏠렸는데, 노태우 민정당 대표, 장세동 안기부장과 함께 노신영 총리도 함께 거론되었다.

하루는 내 방에서 정치 현안에 대한 기자들의 질문이 쏟아졌다. 다음 대권은 누가 맡아야 하느냐는 질문에 나는 평소에 나의 생각을 말했다.

첫째, 경상도 출신은 이번에는 적당치 않다. 박정희 18년, 전두환 8년의 우리 정치의 가장 큰 숙제는 지역감정의 해소인데, 이를 위해서 경상도 출신은 이번만은 스스로 참아야 한다는 것이다. 둘째, 우리는 국내외로부터 정권의 정통성 문제로 항상 비판과 시비를 받아왔는데, 이번에는 군 출신 특히 육사 출신은 적당하지 않다는 점이다. 셋째, 남북이 대치된 분단국가에서 국제적으로 외연을 넓힐 수 있는 대외관계에 깊은 경륜 있는 사람이 돼야 한다 등이 나의 소신이었다.

한마디로 세 사람 중에는 노신영 총리밖에 없다는 해석이 따르는 대단히 민감한 말이었다. 물론 비보도를 전제로 한 나의 발언이었지만, 당시 현장

국무총리 비서실장으로 미국으로 방문하여 닉슨 전 미국 대통령을 만났다. 닉슨 대통령은 예사롭지 않은 친화력과 특유의 유머감각을 갖고 있었다. 나는 그에게서 불굴의 정치가다운 모습을 찾아볼 수 있었다. 1985년.

노신영 총리와 함께 UN총회에 참석하였다. 1985년.

호주를 방문하였을 때, 시드니 항에서 노신영 총리와 함께 잠시 망중한을 즐겼다. 1986년.

에는 경찰과 안기부, 보안사 등 정보기관의 요원도 함께 있었고, 나의 발언 내용은 당사자인 노 대표와 장 부장에게도 보고되었다. 나의 그런 소신은 지금도 변함이 없다. 그러나 그때부터 민정당과의 당정 관계도 불편해졌고, 안기부와의 업무 협조도 되질 않았다.

노 총리는 내게 "나는 고향도 이북이고 대권에는 전혀 욕심이 없는 사람"이라고 분명히 하였지만, 나의 이 발언으로 총리실은 점점 고립무원의 입지로 몰렸다. 고심 끝에 나는 당시 대통령 정무수석으로 있던 김윤환 선배를 시내 한 음식점으로 모시고 가 장시간 해명하였다. 총리 자신은 전혀 대권에 욕심이 없다는데, 내가 그저 기자적인 감각으로 원론만 이야기한, 비서실장의 단순한 설화로 더 이상 문제 삼지 말아달라고 부탁하였다. 그러나 청와대 분위기는 심상찮게 돌아갔다.

노태우 대표 주위에는 정희택 감사원장, 정호용 내무장관, 그리고 박정희 정권 18년 동안 뿌리를 내린 이른바 TK 세력이 막강한 지원 세력으로 벽을 치고 있었다. 그러나 당시만 하더라도 고금동서를 막론하고 사관학교 동기에게 권력을 넘기는 권력의 수평이동은 전례가 없었고, 또 현직 전두환 대통령의 국정장악 능력이 견고한 상황에서 다음 대통령은 전두환 대통령의 의중에 따라 정해질 것으로 정치 호사가들은 내다봤다.

노태우 대표는 비밀리에 노신영 총리와 만나 대취해서 자기를 도와 달라고 하소연하기도 했으나 말이 사정이지 협박에 가까운 분위기였다. 물론 노신영 총리는 그때마다 당신을 돕겠다고 화답한 것으로 알려졌다. 그러나 전두환 대통령이 일찍이 노신영 총리를 후계자로 지목해 처음부터 그의 정치적인 모든 기반을 물려주었더라면 오늘 이 나라 정치는 어떻게 됐을까 하는 생각도 해 본다.

한때나마 노신영 대통령을 꿈꾸었던 것이 현실 정치의 잔혹한 실상을 모르는 나의 순진무구한 무지 때문이었을까?

비서실장 업무에 눈코 뜰 새 없는 상황인데도 노신영 총리는 내게 공부하라고 권했다. 나는 건국대학교 대학원에 늦깎이로 들어가 정치학 석·박사과정을 마쳤고, 정치학 박사 학위를 땄다. 이것은 전적으로 노 총리가 배려해 준 덕이었고, 학위를 받기까지 직접 논문을 쓰도록 도와준 후배 정차근 교수(창원대 교수)의 지도 덕분이다.

3년 가까이 나는 노신영 총리의 업무를 보좌하면서 국정에 대한 많은 식견을 쌓을 수 있었다. 인간적으로도 깊은 신뢰로 나는 그를 형님 대하듯이 하였고, 그도 나를 동생처럼 아꼈다.

그는 지금 팔순이 지나 롯데장학재단 이사장으로 있으면서 후진을 위한 장학사업에 몰두하고 있다. 얼마 전, 2009년 4월에 사모님이 별세하였다.

나의 아들, 딸 두 자녀 모두 노신영 총리가 주례를 서 주었고, 지금도 그는 나를 '하 실장'이라 부른다.

정치 선배 두 분의 나에 대한 회고

11대 국회의원으로 나의 원내 활동은 주로 두 분의 선배와 함께하였다. 전반기 2년은 외무위원회 간사위원으로 외무부 장관을 지낸 박동진 외무위원장을 가까이서 도왔고, 후반기 2년은 원내부총무 겸 의원실장으로 당시 실세였던 이종찬 원내총무를 보좌했다. 두 분이 모두 30여 년 전 풋내기 정치인이었던 나를 소개한 글이 있다. 나로서는 과찬으로 좀 민망스럽기도 하지만, 내게는 소중한 글이라 그대로 옮겨놓는다.

박동진 전 외무장관의 회고, 1987년 10월

내가 언론계에서 활약하던 하순봉 기자를 알게 된 것은 외무장관으로 재직하고 있을 때였다. 그 후 그는 인기 앵커맨으로 자타가 공인하는 유명인이 되었고, 그 이후 몇 번의 무심한 만남이 있었다.

정계에 첫발을 들여놓은 나와 역시 첫발을 내디뎠던 그와의 관계가 친밀하게 이루어지게 된 것은 제5공화국 출범 이후 11대 국회 개원과 더불어 외무위원장이라는 중책을 맡게 되었을 때였다. 대부분 여·야 원로급이자 중진급 의원들로 구성된 외무위원회에 하순봉 의원은 간사직을 맡게 되었다.

부담과 당혹감으로 얼마간을 어리둥절할 때 그는 젊은 나이임에도 불구하고 언론계에서 다져진 풍부한 경험으로 합리적이고도 지혜롭게 일들을 잘 처리해 주었다. 그의 그러한 많은 일들의 완성은 내가 외무위원장이라는 직책을 무사히 완수하는 데 큰 힘이 되었다. 또한 위원회의 특징상 가지게 된 몇 차례에 걸친 해외 출장을 통해서 정치나 외교문제뿐만 아니라 인생문제에 대해서도 서로 깊은 대화를 가질 수 있었다. 그는 뚜렷한 인생철학이 있었고 젊은 탓인지 힘도 있었으며 강직한 결단력도 있었다. 더구나 놀라웠던 것은 외교통일 문제에 대한 그의 해박한 지식이었다고 기억된다.

그의 성실성은 국회의원이 된 후에도 변하지 않아 언제나 마음속에 간직하고 있던 학문 정진에 정열을 쏟기도 하였다. 그 바쁜 와중에도 그는 학문 연구를 게을리하지 않았다. 늦게 시작한 감도 없지는 않았지만 꾸준히 학문에 정진한 결과 박사학위를 취득하는 인내력을 발휘하기도 하였다. 능력이 있는 사람은 많은 곳에서 원한다고 하더니 그는 관계에 발탁되기도 하였다.

그는 숱한 우여곡절을 겪으면서도 추호의 흔들림이 없어 보였다는 것이 내가 본 당시의 하순봉 의원이었다. 나는 그의 다재다능함이 좋은 결과로 이루어지는 것을 지켜본 까닭인지 그의 능력을 믿는다.

11대 국회 외무위원. 박동진, 유치송, 이만섭, 김판술, 김은하, 권정달, 김윤환, 임철순, 이경숙, 봉두완 의원 등 여야 중진들이 포진해 있었다. 1982년.

박동진 외무위원장과 함께 대만을 방문, 리덩후이(李登輝) 전 총통을 예방했다. 1982년.

남을 평한다는 것이 무척 어려운 일이나 내가 본 하순봉 의원은 나라가 필요로 하고 능력 있는 일꾼으로서 근면하고 완전한 상식이 통하는 정치인이다.

이종찬 전 민정당 원내총무의 회고. 1987년 10월

내가 하순봉 형을 알게 된 인연은 아마 그가 MBC의 앵커맨 시절로 기억된다. 나는 그때 그의 열성팬이었다. 그가 나오는 저녁 9시의 뉴스시간을 거의 보았으며 어쩌다 바빠 못 보면 여간 아쉬운 게 아니었다. 지금도 그가 앵커맨으로 나오던 때의 기다림의 기억이 생생하기만 하다. 수려한 용모, 가라앉은 목소리, 그보다 사람의 마음을 차분하게 해 주는 그의 안정감 있는 태도와 화법(話法)은 나를 사로잡기에 충분했다.

그에게 내가 매료된 것은 비단 외견상에 나타난 그러한 점들 때문만은 아니다. 이따금 짧은 시간에 토해 놓은 그의 시사논평은 나도 모르게 고개를 끄덕이게 하는, 그야말로 정곡을 찌르는 한마디였다.

바로 이 점이 소중했던 것이다. 그가 던지는 1분 이내의 짧은 코멘트는 촌철살인의 무게를 지닌 의미 있는 말이었다. 얼핏 들으면 평범하면서도 씹을수록 감칠맛이 나는 해박한 지식이 용해된 그러한 한마디 한마디였다고 기억한다. 사실 나는 그의 9시 뉴스를 듣고서야 세상 돌아가는 이야기의 의미를 알았고, 그가 짚어 주는 대목을 보고서야 사물의 진실에 보다 가까이 접근할 수 있었다. 그때부터 나는 하 형과의 대화를 기다렸다.

기회는 가장 엉뚱하게 다가왔다. 지난 1980년 혼란했던 정치상황에서 나는 그를 만난 것이다. 우리는 시국을 논했고 혼미한 사태를 진단했다. 그리하여 정당을 창당해야 한다는 결론에 도달하기까지 우리는 숱한 대화와 진통을 겪었다. 지금도 민정당 창당과정을 모르는 사람들은 이를 '꽃꽂이 과정'이라고 표현하는 이들이 적지 않다. 그러나 나는 결코 그러한 비난에 찬성할 수 없다.

지난 1980년 이종찬 총무와 함께 혼란했던 정치상황에서 시국을 논했고 혼미한 사태를 진단하여 정당을 창당해야 한다는 결론에 도달하기까지 숱한 대화와 진통을 겪었다. 나와 대화를 나누고 있는 이종찬 총무의 표정이 사뭇 진지하다. 1983년.

나는 오히려 그처럼 어렵고도 진지한 대화와 진통을 거쳐 전국 곳곳에 흩어져 있는 좋은 유실수(有實樹)를 옮겨다 심은 아름답고도 풍요로운 열매동산으로 평가한다. 그 중 가장 많은 열매를 맺은 분으로 나는 그를 꼽지 않을 수가 없다.

그는 그리 길지 않은 의원생활에서 외무위원회 간사로서 외교·통일 안보 분야를 섭렵했고, 재무위원회에 옮겨가서는 재정·금융 분야에 대한 예리한 분석력을 키웠는가 하면, 원내부총무를 겸임하면서 야당과의 협상능력을 발휘했고, 의원실을 실제로 운영하면서 각양각색으로 말 많은 당 소속의원의 뒷바라지를 말없이 해내기도 하였다.

내가 더욱 잊지 못하는 것은 나의 원내총무 시절의 기억이다. 그는 날마다 세상 돌아가는 사정을 정확히 진단해 주었고, 여당은 51% 정도 그 이상 독점하려 하지 말고 야당에게도 역할을 나누어 주어야 한다는 강한 의회주의 논리를 심어주는 데 절대적 영향을 내게 끼쳐 주었다.

나는 지금도 그의 건승을 기원한다.

한국방송광고공사 사장이 되다

1986년 8월, 아버님이 급작스레 뇌출혈로 돌아가셨다. 고희도 채 안 된 69세로 별세하신 것이다. 장례를 치르고 상경하는 차 안에서 나는 국무총리 비서실장 교체라는 정부의 인사 발표를 라디오 뉴스로 들었다. 밖에는 비가 내리고 있었다.

비서실장 후임은 윤석순 의원(11대 국회의원 역임)이 오고, 나는 한국방송광고공사 사장으로 발령이 났다. 팔자 소관인지는 모르겠지만, 나는 사회생활을 하면서 경제 분야와는 인연이 없어 언론에 있으면서도 경제부

기자는 단 하루도 한 적이 없었다.

아무리 국책기관이라고는 하지만, 내가 살아가면서 사장이라는 직책을 갖게 되리라고는 상상을 못 하였다. 당시 나는 언젠가는 국회로 돌아가 정치를 해야겠다는 생각이었고, 기왕 정부에 들어온 김에 기회가 주어지면 경남도지사로 한번 일해 봤으면 하는 욕심이 있었다.

얼떨결에 나는 방송광고공사 사장으로 부임했지만, 후에 들은 이야기로는 아내가 노 총리 부인에게 사장으로 가지 않겠다고 떼를 썼다는 것이다. 아버님까지 돌아가신 데다 형님처럼 의지하며 꿈을 키우던 젊은 남편이 뜻하지 않은 설화(舌禍)로 자리를 옮긴 데 대해 불만이 컸던 것 같다.

내가 청와대를 출입하던 기자 시절의 기억이다. 당시 이학봉 민정수석이 내게 5공화국 정부가 언론을 위해 무슨 일을 했으면 좋겠냐고 물었다. 나는 "중앙의 신문방송, 언론사 기자는 어느 직종 못지않게 대단히 우수한 인재들이다. 그러나 다른 분야에 비해 언론 기업의 경영이 어렵다 보니 기자들은 재교육을 받을 수도 없고 외국 한 번 나가볼 수도 없다. 이렇게 우물 안 개구리식의 환경에서 어떻게 발전적이고 진취적인 기사가 나오겠는가. 정책적으로 언론 기업을 활성화해서 기자들이 쉽게 해외연수 등을 할 수 있게 함으로써 안목을 넓게 하도록 해야 한다"고 대답하였다.

말이 빚이 되는가. 내가 바로 부임해 간 한국방송광고공사(KOBACO)가 바로 그런 목적으로 설립된 특수법인이었다. 이 나라 광고산업 전체를 관장하면서, 특히 한참 성황인 TV 광고의 일정요율을 떼어 내 공익자금을 조성하고, 그 돈으로 언론, 문화, 예술계를 지원해 주는 기관이었다. 그러나 그때 정가에서는 한국방송광고공사가 대통령의 비자금을 조성하는 기관으로 잘못 인식돼 야당으로부터 집중적인 비판과 공격의 대상이 되었고, 나는 국회가 열릴 때마다 불려나가 이를 해명하는 데 진땀을 뺐다. "70

년대 고도성장을 하면서 상대적으로 소외되고 재정이 열악한 언론, 문화, 예술계가 정책적인 지원을 받아야 할 것이며, 바로 그런 역할을 하는 데가 한국방송광고공사다. 절대로 집권자의 비자금을 만드는 등의 비리는 있을 수도 없다. 문화공보부의 감독과 감사원의 감사를 받고 있다"고 설명했다.

그동안 정권이 몇 번 바뀌면서도 한국방송광고공사에 대한 시비는 지금도 계속되고 있지만, 여·야를 떠나 한국방송광고공사의 역할과 기능은 절대 부정되어서는 안 된다고 나는 지금도 확신한다.

나는 그때 급격한 광고산업의 비대화와 국제화에 대비해서 민간 광고대행사를 허가해 주었고, 연수원과 광고문화연구소를 발족했으며, '88서울예술단'을 산하기관으로 창설해 예술활동을 진흥하는 데 직접 기여하기도 했다. 그리고 공익자금 조성책의 하나로 자회사를 만들어 뉴서울골프장을 건설하였다.

그러나 나의 마음은 항상 진주 지역구라는 콩밭에 가 있었다. 다음 13대 총선 때는 꼭 진주에서 출마한다는 결심을 굳히고 있었다.

전국 각 시·도별로 종합문화예술회관을 건립하는 데 경남에서도 울산에다 문화예술회관을 짓기로 했다. 이를 위해 한국방송광고공사가 공익기금에서 매년 몇 억씩 지원하고 있었다. 그런 시설이 세워진다면, 경남에서는 당연히 천 년 역사를 자랑하는 고도이면서 오랫동안 문화예술의 중심지인 진주에 건립돼야 한다고 나는 판단했다.

도지사에게 울산에 계획 중인 도립문화예술회관을 진주에 건립해야 하며, 대신 건립자금을 대폭 지원해 주겠다고 약속하였다. 시·도별로 매년 5억 내외로 균일하게 배정하던 것을 경남에다 집중 지원할 작정이었다. 감독기관인 문공부와 협의하면 틀림없이 거절할 것이고, 내가 직접 대통령의 재가를 받아 시행하기로 하였다.

한국방송광고공사 사장으로 나는 급격한 광고산업의 비대화와 국제화에 대비해서 민간 광고
대행사를 허가해 주었고, 연수원과 광고문화연구소를 발족했으며, '88서울예술단'을 산하기
관으로 창설해 예술활동을 진흥하는 데 직접 기여하기도 했다. 전두환 전 대통령이 한국방송
광고공사가 설립한 88서울예술단 창단 공연에 참석하여 격려하고 있다. 1987년.

전두환 대통령에게 "각하, 임기 말에 고향에 선물 하나 해 주시지요" 하고 결재판을 올렸더니 선뜻 사인해 주었다. 그 후에 당시 문공부 장관인 이응희(3선 국회의원) 선배로부터 격한 항의와 질책을 받긴 하였지만, 오늘날 진주 남강 변에 우뚝 서 있는 경남도립문화예술회관은 그렇게 해서 세워졌다.

한국방송광고공사 사장으로 있으면서 또 하나 자랑하고 싶은 일이 있다. 해직된 MBC 출신 인사들을 내가 작심하고 공사에 취업시킨 일이다. 새로 출범한 5공화국 정권은 대대적인 언론사 통폐합과 언론인 숙청작업을 단행했다. 물론 MBC에서도 수십 명이 해직돼 하루 아침에 실업자가 되었다. 물론 그 중에는 응분의 처벌을 받은 사람도 있지만, 상당수는 억울하게 쫓겨난 분들이었다.

이삼 년 사이에 신문 출신 해직기자들은 대부분 구제되거나 다른 직장에 취업했지만, 유독 MBC 출신 인사들은 한 사람도 그러지 못하였다. 신문기자들은 오랜 역사와 함께 이미 요소 요소에 자리 잡고 있었고, 그들이 선후배의 인연으로 해직된 기자들을 구제하였기 때문이다. 그러나 역사가 일천한 MBC는 누구도 그럴 만한 사람이 없었다.

나는 제일 먼저 국장으로 모시던 박근숙 선배를 새로이 창설한 88서울예술단 단장으로, 2기 노성대 선배와 3기 임동훈 선배, 그리고 동료 김광백 기자를 공사 연구위원으로 발령하는 등 10여 명을 한국방송광고공사에 취업시켰다.

공사를 출입하던 보안사 요원이 그럴 수 있느냐고 따지기도 하였지만, 나는 인사는 사장의 고유 권한이라면서 오기와 배짱으로 밀어붙였다. 후에 노성대 선배는 MBC 사장과 방송위원장으로, 임동훈 선배는 방송위원으로 재기하는 등 대부분이 한때의 어려움을 딛고 언론인으로 성공적인 마무리를 할 수 있었다. 그들은 물론 MBC 후배들도 내가 취했던 조치에 대해 고맙게 여기고 있다.

한국방송광고공사의 초대 사장은 홍두표(중앙일보, KBS 사장 역임) 씨였고, 나는 2대 사장이었다. 전무는 광고전문인인 이기홍 씨였고, 감사는 노태우 대통령의 고등학교 동기이자 보안사 참모장 출신인 남웅종 장군이었다. 남웅종 감사는 나의 후임으로 공사 사장을 역임하였다.

4·13 호헌 조치는 집권세력의 가장 잘못된 선택이었다

1985년 2월 12일에 실시된 12대 총선은 사실상 집권 세력의 패배로밖에 볼 수 없었다. 여당인 민정당은 승리를 의심치 않았고, 오히려 집권을 굳히는 계기로 삼으려 했다. 그러나 그러한 기대와는 달리 여당에 유리한 선거절차와 지원에도 불구하고 총선을 불과 3주 앞두고 급조된 신한민주당이 대도시에서 압승을 거두면서 제1야당으로 부상하였다.

이러한 결과는 체육관 대통령이라는 전두환 정권의 정당성에 대한 불신 외에도 명성 사건, 장영자 사건 등 부정부패 사건들에 대한 국민의 불만, 그리고 궁극적으로는 정치적 민주화를 바라는 국민의 열망을 대변하는 것이었다. 당시 야당은 강경한 대통령 직선제 지지자와 타협적인 내각제 옹호자로 갈라져 있었다.

먼저 제1야당 신한민주당을 위임 통치하던 협상파 이민우 총재는 1986년 12월 24일 그가 제시한 민주화 조치들(양심수 석방, 언론 자유 보장, 김대중 복권 등 7개항)이 받아들여지면 내각제 개헌을 수용하겠다는, 소위 '이민우 구상'을 정부, 여당과의 타협안으로 발표하였다.

그러나 신민당의 실세이면서 강경노선을 견지하던 김영삼, 김대중 양 김씨는 이를 수용하지 않았다. 그들은 신민당 탈당을 선언하고 통일민주 당을 창당함으로써 신민당을 와해시켜 버렸다. 이로써 야당 내 타협세력 은 정치투쟁의 핵심에서 사라지고, 정국은 강경투쟁으로 내달았다.

이러한 힘의 교착 상태를 깨뜨린 것이 이른바 4·13 호헌 조치였다. 집 권세력이 힘의 교착 상태를 타개하고 권력투쟁에서 승리하기 위해 강경책 으로 선회한 것이다. 이 조치는 당시까지 진행하던 모든 개헌논의를 1988 올림픽대회 이후까지 유보하고, 연내에 현행 헌법으로 대통령 선거를 실 시하여 정부를 이양할 것을 골자로 하고 있었다.

이 조치와 함께 집권세력은 정치탄압을 재개하여 김대중을 가택연금하 였으며, 야당의원을 구속하고, 폭력배들을 동원하여 통일민주당의 창당을 방해하였다. 이러한 방해공작에도 아랑곳없이 통일민주당은 5월 1일 창 당식을 가졌다.

그 뒤 5월 박종철 군 고문치사사건이 정국에 회오리를 몰고 올 때까지 정부는 강경책을 고수하였다. 이 호헌 조치는 집권세력의 가장 잘못된 선 택이었다. 호헌 조치는 개헌 논의를 억압하기는커녕 오히려 민주화 투쟁 에 더욱 불을 붙였다. 집권세력과 저항세력의 양쪽에서는 모두 온건파보 다는 강경파가 전면에 나가 대립을 벌이게 된 것이다.

이러한 전면투쟁은 6월 봉기로 극화되었고, 뒤이은 6·29 선언으로 완 전히 다른 양상으로 뒤바뀌게 되었다.

호헌 철폐, 독재 타도의 구호로 시작된 6월 봉기는 당시까지 교착 상태 에 있던 호헌세력과 개헌세력 간의 힘겨룸을 근본적으로 바꾸어 놓았다.

6월 봉기의 촉매는 1987년 5월 18일 박종철 군 고문치사사건을 천주교 정의구현사제단이 폭로한 일이었다. 당시 서울대학교에 재학 중이던 박종철 군은 1987년 1월 치안본부 대공수사단에 연행되어 조사를 받던 중 물고문으로 숨졌다. 경찰과 정부는 이를 온갖 방법으로 은폐하려 했으나 뒤늦게 폭로됨으로써 정국은 파란을 맞았다.

이를 계기로 전 국민적인 민주화 투쟁이 벌어졌다. 집권세력은 통일민주당을 재야 세력과 분리시켜 협상하려고 했다. 6월 10일 민정당 대통령 후보로 공식 선출된 노태우는 여·야 대화를 추진하였다. 전두환 대통령은 여·야 지도자들이 개헌 논의를 재개할 것을 요청하여 4·13 호헌 조치를 사실상 철회했지만, 직선제 개헌에 대해서는 확실한 언질을 주지 않았다. 이에 통일민주당과 국민운동본부는 전두환과의 영수회담이 결렬되었다고 판단하고 국민평화 대행진을 강행하였고, 이 대행진에는 무려 140만여 명이 참여하여 대규모의 국민저항이 가시화되었다.

이러한 저항세력의 강경투쟁과 힘의 과시 앞에서 집권세력은 정치적 결단을 하지 않을 수 없었다. 그러한 정치적 결단은 집권세력 내 온건파의 승리를 통해 6·29 선언으로 나타났다.

6·29 선언은 유효적절한 선택이었다

집권세력 내 강경파의 쇠퇴와 온건파의 득세는 5월 26일의 대폭 개각을 통해 강경파의 선두주자였던 장세동 안기부장이 해임된 데서 대표적으로 나타났다. 당시까지 집권세력 안에서의 권력투쟁은 노태우 대표위원과 장세동 안기부장을 중심으로 일어나고 있었다. 노신영 총리는 합리를 기본으로, 사안에 따라 다르긴 하였으나 대체로 온건파에 가까웠다고 본다.

4·13 호헌 조치를 권한 것으로 알려진 장세동은 이후 박종철 군 고문

치사사건으로 국민적 저항이 거세게 일어나자 정부 안에서 그 입지가 약화되었고 상대적으로 열세에 놓여 있던 온건파의 노태우가 정호용의 도움으로 우세한 위치를 차지할 수 있었다. 노태우는 6월 10일 민정당 대통령 후보로 공식 선출됨으로써 집권세력 내부의 권력투쟁에 마침표를 찍었다.

야당의 강경입장으로 타협이 불가능하게 되자 노태우는 내외신 특별기자회견을 통해 소위 6·29 선언으로 불리는 정치적 선택을 제시했다.

이 선언은 야당과 일반 국민이 요구한 핵심사항이었던 대통령 직선제 개헌을 받아들이고, 연내 대통령 선거를 통해 이듬해 2월 안에 정부를 이양한다는 것을 골자로 하고 있었다. 이러한 타협안은 물론 민주화를 요구한 국민적 공세에 밀려 나온 것이었다. 또한 김대중과 김영삼의 뿌리 깊은 경쟁과, 정부, 여당의 막강한 조직과 자금으로 대통령 직선 경쟁에서도 승리할 수 있다는 계산이 있었던 것으로 보인다. 6·29 선언은 노태우 자신이 표현한 대로 국민에 대한 항복이라고 말할 수 있겠으나, 국가로 볼 때 저항세력의 거센 도전에서 취해진 유효적절한 선택이었다.

6·29 선언은 어떻게 해서 나오게 된 것일까? 노태우의 주변 사람들은 6·29 선언이 노태우의 승부수였다고 지금도 칭송하고 있다. 그러나 6·29 선언 당시 현장을 지켜본 기자들은 대통령 전두환 기획에, 대통령 후보 노태우 각색으로 규정했다. 내 생각으로는, 당시의 상황을 종합해 보건대, 전두환과 노태우의 합작품으로 보는 게 타당할 것 같다. 이는 훗날 전두환 대통령이 6·29 선언의 경위를 직접 밝히는 육성 증언에서도 확인된다.

"사실은 2주일 전에 노태우 대표와 저녁을 함께 할 때, 내가 직선제를 검토해 보라고 했더니 노 대표가 펄쩍 뛰었다. 그래서 내가 '필사즉생(必死卽生) 필생즉사(必生卽死)'라고 했어. 그리고 인간사회의 모든 원리가 백보 전진을 위한 일보 후퇴에 있다. 지는 사람이 이기는 거라고 말해 주었다."

6·29 선언의 결과 헌법개정 작업이 가속되어 10월 22일 여·야 합의에 의한 헌법개정안이 국민투표를 통과하여 확정되었다. 새 헌법에 따라 실시되는 대통령 선거에 여·야 정치권은 어느 때보다 뜨거운 열기로 달아올랐다.

야권에서의 후보 단일화 협상은 양 김씨가 모두 대통령 후보가 될 것을 전제로 한 협상이었기 때문에 처음부터 성공 가능성이 희박했다. 두 사람은 모두 야권 후보가 단일화되지 못하더라도 당선되리라고 믿었다. 특히 김대중은 대체로 호남 지역에 국한된 확고한 지지기반 때문에, 지지기반이 지역적으로 분산되고 유동적이었던 김영삼보다 더 그렇게 믿었던 것으로 보인다.

후보 단일화 협상이 난항을 거듭하자 10월 28일 김대중은 대통령 출마를 공식선언하고, 통일민주당을 탈당하여 평화민주당을 창당하였다. 이로써 대통령 선거전은 민정당의 노태우, 통일민주당의 김영삼, 평화민주당의 김대중, 그리고 신민주공화당의 김종필, 4파전으로 전개되었다.

선거결과는 노태우 36.6%, 김영삼 28.0%, 김대중 27%, 김종필 8.1%의 득표로 나타났다. 이로써 직선제 개헌 쟁취에서 승리한 저항세력은 그 승리가 마련해 준 선거전에서 패배했다.

많은 사람들은 양 김씨 가운데 한 사람으로 대통령 후보가 단일화되었더라면 반드시 그 후보가 당선되어 정권교체가 이루어졌을 것이라고 여겼다. 그러나 내 생각으로는 꼭 그렇지만은 않다. 실제로 김대중으로 단일화되었더라면 노태우에게 질 가능성이 많았으며, 김영삼으로 단일화되었더라도 어려웠던 것으로 가상 득표율에서 나타났다.

노태우가 아니라 김영삼이나 김대중이 대통령으로 당선되었더라면 민주화가 5년 더 앞당겨졌을까? 이것 역시도 반드시 그렇다고 자신할 수 없다. 만약 그렇게 되었더라면 정치의 민간화는 앞당겨졌을지 몰라도 노태우보다 더 급진적인 민주화 정책을 펼치기 어려웠을 것이고, 군의 동요와 이에 따른 정치 혼란은 더 컸을 가능성이 높다. 지나고 나서 생각해 보면, 반드시 나쁜 결과는 아니었던 것 같다.

이렇게 보면 양 김씨의 분열은 민주화의 지연보다는 오히려 지역주의를 폭발시켰다고 봐야 할 것이다. 물론 지역주의의 근원은 박정희의 장기집권에 있었지만, 그것이 폭발한 것은 당시 양 김씨의 분열과 밀접한 관련되었기 때문이다.

청문회 정국, 1988년 11월부터 시작되었다

1988년 2월 공식 출범한 노태우 정부는 권위주의에서 민주주의로, 그리고 군사정권에서 민간정권으로 이행하는 과도기적 성격을 지닌 정부였다. 노태우 정권은 과도기정권으로서 민주화의 길에서 볼 때 모호한 부분이 많았다. 하지만 일단 민주주의 체제와 제도를 국민의 힘으로 다시 일으켰기 때문에 시간이 지날수록 한국 민주주의의 숨결은 활기를 띠어 갔다.

노태우 정권에서 민주화가 처음 시작되었고, 김영삼 정권에서 민간화가 완성되었으며, 김대중 정권으로 접어들면서 야당에 의한 정권교체가 이루어져 민주주의가 명실상부하게 공고화되었다고 할 수 있다. 이러한 점진적인 민주화는 급진개혁을 추구한 세력과 구체제의 온존을 바란 보수세력의 협공으로 혼란을 겪기도 하였다. 급진개혁세력은 노태우 대통령을 구체제로 회귀하는 수구세력으로 매도하였고, 보수세력은 유약하기만 하다는 뜻으로 '물태우'라 불렀다.

노태우 전 대통령과 함께 담소를 나누고 있다. 1988년 2월 공식 출범한 노태우 정부는 권위주의에서 민주주의로, 그리고 군사정권에서 민간정권으로 이행하는 과도기적 성격을 지닌 정부였다. 노태우 정권은 과도기정권으로서 민주화의 길에서 볼 때 모호한 부분이 많았다. 하지만일단 민주주의 체제와 제도를 국민의 힘으로 다시 일으켰기 때문에 시간이 지날수록 한국 민주주의의 숨결은 활기를 띠어 갔다. 1987년.

노태우 정권의 가장 큰 문제의 하나는 3김씨를 포함한 4파전의 경쟁 속에서 지역 붕당체제가 탄생하여 정부, 여당은 여소야대 구도에서 정국을 장악할 수 없었고, 이에 따른 당파싸움이 고조된 점이었다. 게다가 노태우의 유약한 정치지도력으로는 당파싸움과 이로 인한 정치혼란을 제대로 통제할 수 없었다.

이런 가운데 노태우 정권은 소위 '5공 청산' 을 추진하여 전두환 정권과 절연하려 하였고, 어느 정도 성과를 보이기도 하였다. 노태우 정부는 새마을운동 비리로 전두환의 동생인 전경환을 구속하고, 5공화국 실세인 이희성, 정호용 등을 공직에서 사퇴시켰다. 이러한 5공 청산의 추진에는 여소야대라는 새로운 정국 상황이 큰 영향을 주었다.

국회에 '제5공화국' 에서의 권력형 비리조사 특별위원회(통칭 5공특위)와 광주민주화운동 진상조사특별위원회가 설치되어, 이른바 청문회 정국이 1988년 11월부터 시작되었다.

그럼에도 여소야대 정국은 집권세력에게 계속적인 위기감을 초래하였다. 그래서 집권세력은 야당의 일부와 연합하여 통치권을 강화하고자 하였다. 집권 민정당은 김영삼이 이끈 통일민주당 및 김종필의 신민주공화당과 합당을 결의하여 총 218석의 거대 여당으로 변신하였다.

1990년 2월 9일의 민주자유당(민자당)의 탄생은 민주화 전환에서 새로운 단계의 출현을 의미했다. 민자당은 창당의 명분으로 지역연고 중심의 4당체제를 타파하고 새로운 국제정세의 변화에 대처하기 위한 정치적 재편성이 필요함을 들었다. 그러나 이런 수사와는 상관없이, 합당의 목표가 각당, 특히 그 지도자들의 권력추구에 있었다는 점은 명백했다.

민정당은 야당이 우세한 국회의 현실을 타파하고 정치적 주도권을 장악하기를 원했고, 통일민주당의 김영삼은 4당 구조에서 정권을 잡기 힘들게 되자 새 여당의 차기 대통령 후보로 나서려고 했으며, 공화당의 김종필은 제4당의 약한 지위에서 벗어나 집권여당의 핵심인물로 지위 상승하려고 했던 것이다.

민자당의 탄생으로 한국 정치는 한동안 일본의 자민당 지배와 같은 우세 정당체제의 탄생을 예고하는 듯했다. 그러나 민자당은 김영삼의 민주계와 민정계 사이에 내각제 합의 파기를 둘러싼 갈등이 심화되었다. 민자당 내 분은 뿌리와 지지기반이 다른 인맥 정당들이 합친 데 따른 필연적인 결과 였는데, 특히 김영삼의 당내 위상을 둘러싸고 갈등이 본격화되었다.

1991년 하반기에는 차기 대통령 후보를 둘러싼 갈등이 표면화되었다. 노태우 대통령은 공식적으로는 공정관리를 표방하였으나 실제로는 김영삼 대세론을 인정하였고, 민정계의 단일후보 이종찬은 불공정 경선에 반 발해 탈당했다.

대통령의 협조를 얻은 김영삼은 당내 권력투쟁에서 승리를 거두고 제14 대 대통령 선거에서 대통령에 당선될 수 있었다. 김영삼의 승리에는 김윤 환을 중심으로 한 민정계의 상당수 인사가 김영삼 지지로 돌아선 것도 큰 역할을 하였다.

정치라고 인륜을 어길 수는 없다

1988 서울올림픽은 누가 뭐래도 전두환의 작품이다. 전두환 대통령이 처 음부터 끝까지 온갖 노력을 다해 1988 서울올림픽을 성사시킨 것이다. 그러나 노태우는 1988 서울올림픽 개회식에 전임자인 전두환을 나오지 못하게 했다. 전임자의 어두운 그림자에서 철저하게 벗어나야겠다는 노태

우의 속좁은 판단이자, 지금까지 살아온 자신의 인생이 항상 전두환의 엄호 속에 양지가 아닌 그늘진 음지의 연속이었다는 자괴와 콤플렉스를 떨쳐버리겠다는 속내가 있었기 때문이다.

전두환은 퇴임 이후 곧바로 '제5공청문회'의 표적이 되었다. 여론의 압력에 밀린 그는 1988년 11월 23일 대국민 사죄와 함께 재산 헌납을 발표한 뒤 백담사로 들어갔다. 그로서는 5공청문회의장을 열어 주고, 자신을 악의 원흉으로 몰아가는 데 일조하여 백담사 귀양을 주도한 노태우에게 심한 배신감을 가질 만했다. 이때의 앙금으로 인해 그는 지금도 노태우와 상면하지 않고 있다. 백담사에 은둔 중이던 그는 1989년 12월 말, 국회의 5공특위와 광주특위의 연석회의에 출석하여 125개 항목에 걸친 서면질의에 관해 증언을 해야 했다.

백담사로 들어간 지 2년여 만인 1990년 12월 말에 그는 하산할 수 있었다. 1988년 12월 나는 아내와 함께 전두환 전 대통령이 유배되어 있는 백담사를 방문했다. 눈 내린 강원도 산사는 유난히 추웠다. 비닐로 바람막이를 하고 추위를 견뎌 내고 있는 승복 차림의 전직 대통령 내외를 보자 아내는 왈칵 울음을 터뜨렸다. 사실 내가 백담사를 방문한다니까 여기저기서 걱정을 했다. 청와대에서 백담사 방문인사를 일일이 체크하고 있는데, 계속해서 정치할 사람이 그럴 필요가 있느냐는 것이었다. 그러나 정치의 본질은 무엇인가. 정치라고 인륜을 어길 수는 없다.

나는 전두환 대통령 시절에 인연이 되어 정치를 하게 되었다. 더구나 전두환 대통령은 노태우를 자기 후임으로 만들어 내다시피 하지 않았는가. 동석한 모두가 권력의 비정함을 분개해 하였지만 그는 끝까지 입을 다문 당당한 모습이었다. "산(山) 정상에 살고 있는 나무는 모두가 엎드려 있더라"는 이순자 여사의 말이 두고두고 기억에 남는다. 그러나 전두환의 수난은 여기서 끝나지 않았다.

김영삼의 문민정부가 들어선 지 3년째인 1995년 터져 나온 '4,000억원의 비자금설'로 인해 그는 다시 곤경에 처했다. 이와 더불어 12·12 사태와 5·18 광주민주화운동의 유혈진압에 대한 국민적인 비난이 거세어졌다. 김영삼이 '5·18 특별법' 제정을 지시하면서, 이른바 '역사 바로 세우기' 운동이 전개되었다.

12월 3일 전두환과 노태우 등 관련자 16명이 내란 및 반란 등의 혐의로 기소되었다. 아내는 구속된 전두환 전 대통령을 선처해 달라는 각계의 청원서를 수천 장 받아 재판부에 제출하였다. 복역 중이던 그는 1997년 4월 사형선고를 받았다가, 연말 15대 대선 직후 노태우와 함께 김영삼의 특별사면으로 풀려났다. 그러나 그는 재산 은닉과 비자금 조성 혐의로 2,205억 원의 추징금을 선고받아 532억 원을 납부했고, 현재 자신의 통장에 29만 원밖에 없다며 추징금을 납부하지 않고 있다. 그럼에도 수천억 원의 추징금을 낸 노태우보다 그를 비난하는 소리가 상대적으로 적다. 다른 집권자도 그러하듯이 전두환에 대한 평가는 찬반이 엇갈린다.

긍정적인 평가를 내리고 있는 사람은, 그의 재임기간 중 물가안정, 범죄소탕, 경제성장, 서울올림픽 유치 성공, 무역흑자 달성 등을 논거로 들고 있다. 그러나 또 많은 사람들은, 그가 재임기간 중 무소불위의 권력으로 무단통치를 하였고, 친인척의 비리도 많았다고 부정적인 평가를 하고 있다. 아무튼 그가 재임기간 중 강력한 통치력을 바탕으로 경제를 회복시킨 업적과 6·10 민주항쟁 당시 마지막 단계에서 위수령 발표계획을 포기하고 국민들의 직선제 개헌 요구를 수용한 뒤 단임 약속을 지킨 것도 우리 헌정사에 진일보하는 다행스러운 대목으로 평가돼야 할 것이다.

고향 사람들의 오해와 나의 반성

1987년도 막바지 10월로 접어들었다. 1988년은 13대 국회의원 총선거가 있는 해이다. 11대, 12대 연이어 지역구 출마를 접어야 했던 나로서는 한국방송광고공사 사장이라는 공직에 있으면서도 오매불망 진주에 관심을 쏟고 있었다. 그렇다고 공개리에 움직일 수도 없었다. 왜냐하면, 선거란 항상 경쟁자가 있기 마련이고, 특히 지역구를 선점한 사람은 다음 선거를 노리는 경쟁자를 온갖 수단과 방법으로 견제하기 때문이다.

11대부터 같은 지역구로 공천경합을 벌여온 안병규 의원과 나 사이는 본의 아니게 이래저래 불편한 관계가 지속되었다. 그러나 이번 13대만은 공천을 자신했다. 그것은 선거법이 바뀌어서 지금까지의 중선거구가 소선거구로 나누어졌기 때문이다.

어느 날 나는 진주 출신 선후배 동문들의 골프모임에 초대됐다. 그날따라 공이 잘 맞아 나는 난생 처음으로 홀인원을 하였고, 스코어도 싱글을 기록했다. 톡톡히 한 턱 내기는 하였지만, 문제는 돌아온 다음이었다. 공사 출입기자들이 신문에 쓰겠다는 것이다. 나는 크게 당황하지 않을 수 없었다. 나는 이미 며칠 전에 청와대 김윤환 비서실장에게 불려가, 다음 진주 지역구에 공천이 내정됐으니 지금부터 내려가 고전을 면치 못하고 있는 민정당 노태우 후보를 도우라고 두둑한 선거운동비까지 받은 터였다.

기자들에게 사정사정하여 기사화는 되지 않았지만, 나는 다음 날 부랴부랴 진주로 내려가 대통령 선거운동에 들어갔다. 선거운동은 안병규 의원과의 관계도 있고 해서 가능한 한 공조직보다는 집안, 친지, 동문 등 사조직을 중심으로 하였다.

그러나 전두환, 노태우 두 대통령의 당권다툼과 여·야 간의 지리한 선거법 협상으로 2월로 예정됐던 13대 총선거가 4월로 늦추어졌다. 더구나 나의 상대 민주당 후보는 이제 갓 사법시험에 합격한, 안 의원의 지역구 비서로 있던 조만후 씨로 결정됐다. 그는 당의 조직을 나보다 잘 파악하고 있었고, 그나마 핵심인사들은 진양군의 선거운동을 하고 있었다. 남은 조직도 사조직과 공조직의 대립, 갈등으로 선거운동 분위기는 처음부터 걷잡을 수 없는 혼돈 속으로 빠져들었다.

더구나 호남을 중심으로 한 DJ의 황색바람과 함께 경남지역 YS의 녹색바람은 진주에도 걷잡을 수 없이 일기 시작하였다. 나는 5공 말기의 청산대상으로 지목됐고, 온갖 모함과 모략을 받게 되었다. 전통적인 야당도시 진주의 모든 민주세력과 양심세력은 하나같이 '반하순봉', '민정당 후보 하순봉 낙선'에 앞장섰다.

"하순봉은 부정축재한 돈으로 서울에 골프장을 건설했다. 그래서 당선되더라도 전두환과 함께 구속될 것이다"라는 등 온갖 거짓 선동과 모략이 판을 쳤다. 결과는 2,000여 표 차이로 나의 낙선이었다.

사실 13대 총선은 2월까지만 해도 전국에서 민정당 최고득표 가능지역으로 진주가 빠지질 않았다. 그것은 선거가 지연, 학연, 혈연을 중심으로 치러진다는 전통적인 관념으로 볼 때 나는 당연히 상대후보보다 앞섰고, 또 뉴스데스크 앵커로 나의 명성이 고향 진주에 너무나 잘 각인돼 있었기 때문이다. 그러나 결과는 낙선이었다. 경남 지역의 경우 YS의 녹색 바람으로 마산, 창원, 울산 등 도시지역의 민정당 후보는 모두 떨어졌고, 군지역도 며칠만 선거가 늦어져도 당선되지 못했을 것이라는 사후 언론의 분석이었다. 아내는 혼절하였고 온가족이 초상집 같았다.

나는 선거 다음 날 화물트럭을 빌려 타고 지역구 곳곳을 다니면서 눈물의 낙선인사를 하였다. 지금은 작고하고 안 계시지만, 형님 같은 정지호

(시의원 역임) 씨가 끝까지 나를 부축하며 곁을 지켜 주었다.

곰곰이 낙선한 원인을 따져 보니 100가지도 넘었다. 그러나 어쨌든 진 것은 진 것이다. 패자의 변명은 있을 수 없다.

진주는 내가 태어나고 자란 곳이다. 초·중·고등학교를 여기서 다녔고, 조상 대대로 선조들이 뼈를 묻고 있는 곳이다. 그리고 나도 죽으면 여기서 묻힐 것이다. 그런 내 고향인데, 나는 고향에 무엇을 하였고 또 고향 분들에게 어떤 모습이었는가. 방송기자로 텔레비전에 자주 비쳐진 덕으로 연예인 못지않게 알려지긴 하였으나 솔직히 내 살기 바빠 고향 분들에게 인사 한번 제대로 하질 못하였다.

군사정권에 참여하여 전국구 의원을 하였고, 젊은 나이에 정부에 들어가 벼슬도 하지 않았는가. 급기야 국민들에게는 5공 청산의 한 대상으로까지 인식되지 않았는가. 40대 초반의 젊은 나이 하순봉이 고향에는 오만하고 건방진 모습으로 비춰지면서, 선거에서 절대 유리하다고 여겨진 두꺼운 지연, 혈연, 학연이 오히려 악재로 작용하게 된 것이다. "원숭이는 나무에서 떨어져도 원숭이이지만, 국회의원은 선거에서 떨어지면 아무것도 아니고 아무것도 할 수가 없다"는 일본 속담 그대로 나에게는 온통 세상이 끝나 버린 것 같은 절망뿐이었다.

쑥대밭이 되어 버린 집에는 중학교와 고등학교에 다니는 아들과 딸이 있었다. 미국에 이민 가 계시는 장모님은, 정치하는 사위를 도와줄 수 있는 일은 자식 걱정 덜어 주는 것이라며 당신의 손자, 손녀를 미국으로 데려갔다. 덕택으로 두 아이는 고등학교부터 조기유학을 하게 되었다.

주변이 다소 진정되자, 나는 미국에 있는 아이들도 볼 겸 캘리포니아에 있는 미국의 한 지방대학 채프만 칼리지의 국제정치 연구과정에 등록하고 1년 예정으로 훌쩍 미국에 갔다. 그 후 6개월이 지나 서울의 당 사무총장 박준병 의원으로부터 전화가 왔다.

김영삼 총재가 당의 대통령 후보로 선출됐다는 것과 3당 합당이 되었으니 지구당은 당선된 조만후 의원에게 물려주라는 것이다. 그리고 하 의원은 아직 나이도 젊고 생활도 어려울 터이니 들어와서 국영기업체 어디라도 사장을 맡으라는 것이다.

나는 국제전화로 박준병 사무총장의 제의를 단번에 거절했다. "내가 정치를, 그것도 고향 진주에서 이렇게 끝낼 수는 없다. 그리고 다음 선거에서 설욕해 반드시 재기하겠다"는 결심을 피력했다. 그리고 나는 1년 예정의 유학을 중도에서 포기하고 귀국하여, 지구당 조직을 조 의원에게 즉시 넘겨주고 혈혈단신 선거운동 표갈이 작업에 들어갔다.

무소속 후보로 전국 최고득표율을 기록하다

나는 지구당 조직부장으로 있던 최진덕(도의원 역임) 군과 함께 지역구 표갈이 작업에 들어갔다. 우선 시민들의 경조사부터 챙기는 일이었다. 특히 상을 당한 상갓집은 어떤 일이 있어도 거르지 않았다.

보통 매일 평균 다섯 군데 이상의 상갓집을 저녁시간에 돌고 상주를 위로하다 보면, 으레 새벽 한두 시를 넘기기 일쑤였다. 상대방은 나를 상갓집 개라고 비아냥거리기도 하였지만, 나는 1년 365일 하루도 빠짐없이 시민들의 경조사를 챙기는 데 전심전력하였다. 그것은 돈 없이 유권자와 가까워질 수 있는 유일한 방법이기도 하지만, 무엇보다 고향 분들에게 내가 할 수 있는 모든 정성을 다해야 한다는 나의 결심이 있었기 때문이다.

나는 3년 동안 지역구를 누비면서, 중국의 모택동이 대륙을 통일하면서

실천했다는 전법을 생각했다. 즉 국민들과 함께 같이 자고, 같이 먹고, 같이 입고, 같이 공부하는 것이다. 집안살림은 아내 혼자서 꾸려 갔는데, 이때 고등학교 동기동창 이평성 사장이 영창피아노 대리점을 받도록 해 주어 힘든 시기를 이겨 나가는 데 크게 도움을 주었다. 물론 내가 20년 넘게 정치생활을 하는 데는 예나 지금이나 내가 어려울 때마다 물심양면으로 나를 배려해 주는 동기동창 황성욱 회장을 비롯해 미국 뉴욕의 김종호 회장 등 많은 친지 분들의 정성 어린 후원이 있었다. 친구 이평성 사장의 그 우정 어린 배려는 지금도 내게 소중한 기억으로 남는다.

이 무렵, 현대그룹의 정주영 회장이 몰래 사람을 보내왔다. 자기가 당을 만들고 다음 대통령 선거에 나설 텐데, 경남 지역을 하 의원이 맡아 주면 충분한 재정지원을 해 주겠다는 것이다. 그러면서 꼭 한번 만나자는 것이다. 정주영 회장은 내가 잘 알지는 못하지만, 내가 보좌했던 노신영 총리와는 사돈뻘이 된다.

울산의 한 호텔에서 정 회장을 만났는데, 그 자리에는 김광일 의원(13대 국회의원 역임)과 아들 정몽준(한나라당 대표 역임) 의원이 함께 있었다. 나는 경제인 정주영 회장을 존경한다. 그러나 재벌이 대통령 된다는 것은 있을 수 없다는 생각이었다. 결국 나는 정 회장의 제의를 거절했다.

얼마 후에 노태우 대통령의 정무수석이 된 손주환 의원(13대 국회의원 역임)이 내게 왜 공천 신청을 않느냐고 전화를 했다. 솔직히 나는 3년여의 외롭고 눈물겨운 지역구 활동을 하면서, 특히 경제적인 어려움이 많았고, 심신이 지쳐 있었는데도 무소속으로 당선될 자신이 있었다.

또 공천 신청을 하여도, 당시 YS의 비서실 차장으로 있는 조만후 의원을 넘어설 수 없다고 판단하여 끝까지 공천 신청을 하지 않았다. 그리고 당 간판이 없는 순수한 '개인 하순봉' 이 있는 그대로 고향 유권자들의 심판을 받겠다는 것이 나의 당초부터 결심이었다.

가장 유력한 대통령 후보였던 YS가 세 번이나 진주에 와서 조만후 후보를 지원했다. 심지어 그는 지원유세 연설을 하면서, 설사 내가 당선되더라도 절대 입당시키지 않을 것이라고 말했다.

나는 다섯 명의 여·야 후보 가운데 득표율 73%라는 압도적인 표로 당선되었고, 이 표는 무소속 후보로 전국 최고득표율을 기록했으며, 그 기록은 지금까지도 깨어지지 않고 있다. 나는 화려한 재기를 하게 된 것이다. 낙선한 조 의원은 나의 중학교 후배이기도 한데, 그 후 그는 변호사로 활동하다 지병으로 작고하였다.

그때부터 나에 대한 YS의 끈질긴 입당 권유가 시작되었다. 진주는 서부 경남의 중심지일뿐더러 자신의 정치 안방이라 할 수 있는데, 그 지역을 그냥 둘 수는 없지 않느냐는 것이다. 처음에는 K 의원을 시작으로 나와 친분이 있는 십여 명이 차례로 내게 와서 YS의 뜻을 전하고 입당을 종용하였지만, 나는 끝내 답을 주지 않았다. 정치인의 거취는 대의명분이 있어야 하고 유권자의 뜻을 따라 결정돼야 한다는 나의 소신 때문이었다.

마지막에는 YS가 직접 전화로 상도동에서 만나자는 것이다. 사실 나는 그때 유권자인 진주 시민의 뜻을 묻기로 하고 진주 지역 모든 가구에 설문지를 보냈다. 돌아온 답변은 80.2%가 신한국당에 입당하여 김영삼을 대통령으로 만들라는 것이었다. 전통적으로 야당세가 강한 진주에서 결론은 뻔한 것이라 믿었지만, 이렇게 YS에 대한 지지가 절대적이라고는 예상을 못 하였다.

솔직히 국가의 명운을 좌우하는 대통령 선거가 코앞에 왔는데, 압도적으로 국회의원에 당선된 책임 있는 정치인이 그냥 팔짱만 끼고 방관하는 것은 있을 수 없는 일이고, 또 YS와 DJ 두 사람이 유력한 대통령 후보로 거론되는 마당에 나는 YS를 도울 수밖에 다른 대안이 없었다. 나는 김영삼 후보에게 두 가지 신한국당 입당조건을 제시했다. 전두환 대통령 시절에 기공식까지 한 진주—대전 간 고속도로 건설을 대선공약으로 넣어줄 것과, 내가 진주 시민에게 약속한 천수교 건립을 도와 달라는 것이었다.

천수교 건설은 내가 13대 선거 낙선 이후 실의에 빠져 있을 때 경남일보 사장이던 김윤양 박사가 내게 충심 어린 격려와 함께 권하였던 사업이다. 김 박사의 말씀은 "하 의원은 젊은 나이에 중앙에서 활동도 했으니 정부의 도움과 진주 시민의 성금을 모아 남강을 가로지르는 다리를 놓으라는 것"이었다. 다리 건설은 진주의 교통난을 완화하는 숙원사업일뿐더러 예로부터 다리를 놓으면 후대가 두고두고 복을 받는다는 전래의 속설도 함께 이야기해 주었다.

나는 김 박사의 권유로 다리 건설을 서두르기로 하고, 교통이 불편한 망경동과 신안 평거동 사이에 진주 역사 1000년을 기리는 뜻으로 천수교를 건설하기로 했다. 사업회를 구성하고 먼저 시민들의 건립 성금 모금에 들어갔으나 뜻대로 되질 않았다.

더구나 나의 정치적 경쟁자들은 하나같이 내가 천수교 근처에 땅을 사두고 땅투기를 한다고 매도하였고, 심지어 김재천 후배는 선거 합동유세장에서 백지로 된 거짓문서를 흔들며 이것이 바로 천수교 근처 하 의원의 땅문서라고 선동하였다. 시민들의 성금과 정부의 예산지원으로 천수교는 삼 년 만에 완공되었지만, 근 십여 년 동안 나는 지역에서 악덕 부동산 투기꾼으로 몰려 곤욕을 치렀다. 천수교를 건너면서 지금도 나는 깊은 감회에 빠져 든다.

김영삼 대통령은 나를 당 대변인으로 임명하였다. 당은 JP가 대표 최고위원으로 있었지만, 사무총장은 민주계의 문정수 의원이, 기조실장은 강삼재 의원이 맡아 사실상 당의 실권은 민주계가 잡고 있었다. 대변인은 정치인으로서 초년에 한번 맡아보았으면 하는 선망의 직책이다. 여러 의원들과 함께 당무를 협의하고 있다. 1994년.

'대변인 하순봉'의 입지도 대단히 외롭고 어려웠다

14대 국회는 개원도 하기 전에 여·야 정당이 모두 연말에 있을 대통령 선거로 열기가 뜨거웠다. 나는 입당과 함께 대통령 선거대책위의 청년조직 책임을 맡게 됐다. 당시 민주자유당은 민정, 민주, 공화 3당의 합당으로 겉은 덩치 큰 여당이지만 내부적으로는 갈등과 불협화음이 심각했다. 특히 청년조직은 서로가 화합할 수 없는 물과 기름이었다.

나는 민주자유청년봉사단(약칭 청자봉) 총단장을 맡아 전국을 세 차례 이상 돌면서 청년조직을 추스렸다. 선거는 '기'와 '세'의 경쟁인데, 선거판에서 기와 세를 잡지 못하면 반드시 지고 마는 것이고, 또 이것은 청년조직이 책임져야 하는 것이다. 김영삼 후보는 큰 표차로 당선되었고, 여기에는 누구보다 청년조직의 힘이 컸다고 나는 자부하고 있다.

경북의 이승무(14대 국회의원 역임) 의원이 수석부단장으로 나를 도왔고, 이를 계기로 후에 내가 부총재와 최고위원 경선을 치르는 데 청년조직의 도움을 많이 받았다. 김영삼 대통령은 나를 당 대변인으로 임명하였다. 당은 JP가 대표 최고위원으로 있었지만, 사무총장은 민주계의 문정수(3선 국회의원, 부산시장 역임) 의원이, 기조실장은 강삼재 의원이 맡아 사실상 당의 실권은 민주계가 잡고 있었다.

대변인은 정치인으로서 초년에 한번 맡아보았으면 하는 선망의 직책이다. 특히 언론인 출신이라면 더 그렇다. 대변인은 전투 최일선에서 적과 직접 마주치는 첨병이자 백병전에서 사투를 치러야 하는 병사의 역할을 하면서도 전쟁판세 전체를 내다보는 사령관의 입장이 돼야 한다고 나는 생각했다. 특히 집권당의 경우에는 복잡한 당내는 물론이고, 권력의 중심에 있는 대통령의 심중을 누구보다 잘 헤아리면서 야당의 공격을 막아내야 하는, 어쩌면 참 어려운 자리이다.

그래서 정권의 내부와 잘 소통하는 실세가 맡아야 하는 자리이다. 내가 대변인직을 6개월도 채 안 돼 도중하차하게 된 것도 그러질 못했기 때문인지도 모른다. 어느 날 가까운 선배의 아들 결혼식에 참석하고 돌아오는 차 중에서 이회창 총리가 사표를 냈다는 라디오 방송을 들었다. 대쪽 이미지의 이회창 총리는 당시 국민적인 인기가 대단했다.

이회창 총리는 내가 일면식도 없는 사람이지만, 높은 인기의 총리가 그만 둔다면 당장 대통령에게 그 피해가 올 것 같았다. 나는 당사로 돌아와 "이렇게 산적한 국정 현안을 앞에 두고 총리가 사의를 표한다는 것은 책임 있는 정치인의 도리가 아니다" 라는 내용으로 논평을 내었다. 그런데 즉시 청와대 이원종 정무수석이 내게 전화를 하였다. 사의를 표한 게 아니라 대통령이 총리를 파면한 것이라고 논평을 정정할 수 없느냐는 것이다.

나는 설사 그렇더라도 총리가 스스로 물러나는 것으로 해야 한다고 고집하였고, 결국 이 수석과 나는 전화상으로 고성이 오가는 등 심한 의견충돌이 있었다. 그 사건 이후 나는 총재인 대통령에게 눈치 없는 대변인으로 각인되었고, 얼마 지나지 않아 대변인을 그만두게 되었다. 물론, 소위 'DJ 사주론' 등으로 야당인 민주당과 배후에 있는 김대중 씨를 노골적으로 공격하는 나에 대해 야당이 표적으로 삼은 것도 사실이지만, 당내에서 '대변인 하순봉'의 입지도 대단히 외롭고 어려웠다.

또 한 가지, 당시 통합민주당의 대표로 있던 이기택 총재에 대해 나도 모르게 대변인실에서 '집 나간 가출소년'에 비유해 비난하는 논평을 낸 적이 있는데, 후에 들은 이야기로는 이기택 총재가 이를 두고 무척 서운해 했다는 것이다. 이기택 총재와는 여·야를 떠나 가까이 지내는 사이로, 나는 지금도 그를 존경하고 있다.

대변인을 그만두고 얼마 후에 나는 당의 제3정책조정위원장이라는 당직을 맡게 되었다. 정책위 김종호(6선 국회의원) 의장 산하에 정치, 외교, 안보 담당 제1정조위원장은 유흥수(4선 국회의원) 의원이, 경제 담당 제2정조위원장은 이상득(6선 국회의원) 의원이, 그리고 사회 복지 등 일반 행정은 제3정조위원장인 내가 맡았다. 우리는 수시로 해당 정부부처와 정책을 조율했고, 집권당의 정책을 이행하는 데 최강팀이라는 언론의 평가를 받았다.

이때가 내게는 국무총리 비서실장에 이어 국정 현안을 챙기고 공부하는 데는 좋은 기회였지만, 계속해서 실무당직을 맡아 당무에 전념하는 바람에 국회의원으로서 본연의 의정활동은 아무래도 소홀했다. 그러나 나는 모든 지역구 출신의원들이 다 그렇듯이 지역구와 관련된 일에는 열과 성의를 다했다. 상임위원회도 지역구 사업과 관련이 많은 상임위를 희망해 14대 국회 전반기에는 내무위원회를, 후반기에는 건설위원회를 맡아 지역구 사업을 챙겼다.

심혈을 기울인 지역구 사업

지역 출신 국회의원이 되면, 전체 국정을 챙기는 일과 함께 자기를 뽑아 준 지역구에 필요한 사업을 해야 한다. 물론 지방자치 단체장이나 지방의회가 많은 몫을 하지만, 국비로 해야 하는 대형 사업은 중앙정부와 국회의원의 몫이다.

나는 일찍부터 진주 지역에 꼭 필요한 대형 국책사업은 '남강댐 보강공사'와 '진주—대전 간 고속도로 건설'이라고 꼽았다. 저지대인 남강 하류

박근혜, 양정규 의원이 진주지구당을 방문해서 당원들을 격려하고 있다. 1994년.

지역에 해마다 되풀이되는 홍수 피해를 막는 일과 전국에서 가장 교통이 불편한 교통오지를 해결하는 것은 진주 시민들의 오랜 숙원사업이기도 했다.

이미 박정희 대통령 시절에 건설된 남강댐은 그 용량이 너무 적어 여름, 장마철에 지리산에서부터 밀려오는 홍수를 막기에는 태부족이었다. 내가 자란 단목 앞 들판은 매년 여름 장마철이 되면 물바다가 되어 애써 가꾼 농작물은 물속에 잠겨 버리기 일쑤였고, 주민들은 쌀밥 한번 실컷 먹어 보는 게 소망이었다.

이를 해결하기 위해서는 기존의 댐을 묻어 버리고 적어도 두 배 반 이상의 새 댐을 건설해야 하는데, 여기에는 보상비를 포함해 1조 5,000억이라는 막대한 예산이 있어야 했다. 나는 건설부 등 관계부처에 이 사업의 필요성을 역설했고, 국회 예산심의 때는 무엇보다 남강댐 보강공사 예산을 따 내는 데 온갖 노력을 다했다. 드디어 십 년이 넘게 걸려 이 공사는 완공되었다.

덕택으로 진주 시내 도동 지역 등 저지대와 진양, 하동, 함안, 의령 등 남강 하류 지역은 연중행사로 되풀이되던 장마 피해를 면하게 되었고, 쓸모 없던 들판은 특용작물을 재배하는 비닐하우스가 가득 찬 옥토로 변하였다. 반대로 지리산 밑자락 산청 지역과 수곡, 대평 등 남강 상류 지역은 물이 범람하는 수해를 입는 경우가 있어, 개인적으로 죄스러운 생각도 든다. 그러나 이 문제도 앞으로 계속 대비해야 할 것이다. 정치의 기본은 예나 지금이나 국태민안이고, 치산치수에 있기 때문이다.

또 하나 진주에서 대전 사이에 직통으로 고속도로를 건설해 진주를 비롯한 서부 경남 교통오지를 해결하는 일이다. 이 공사는 나의 국무총리 비서실장 시절에 당시 이규호 건설부 장관과 권익현 민정당 사무총장의 주도로 계획이 됐으나 예산 사정으로 착공이 미루어지다가 김영삼 대통령의 선거공약에 포함돼 나의 14대 국회의원 당선 이후 착공됐다.

지리산을 관통하는 이 도로는 주로 산악 지역을 지나면서 터널을 뚫어야 하는 등 공사비가 많이 들어, 한때 2차선 도로로 건설할 수밖에 없다고 계획되기도 하였다. 나는 강력히 4차선을 주장했고, 드디어 착공 십여 년 만에 완공되었다. 이제 서울에서 진주길은 예닐곱 시간 걸리던 것이 절반인 세 시간 내지 세 시간 반 만에 갈 수 있는 거리로 단축됐고, 지금은 남해안 통영까지 이 길이 뚫려 부산이나 마산 지역에서도 서울에 가려면 이 길을 이용한다.

물론 국책사업은 정부가 예산으로 하는 것이지만, 나라와 지역을 위해 꼭 필요한 사업도 그 지역 출신 국회의원이 못 챙기거나 소홀히 하면 다른 사업에 밀려 성사되기 어렵다. 나의 이십 년 정치인생에서 이 두 가지 사업을 마무리할 수 있었다는 데 나는 큰 보람과 긍지를 느낀다. 모두에게 감사하는 마음이다. 이제 나는 한 달에 두세 번씩 진주—대전 간 고속도로를 이용하여 고향 진주를 오르내린다. 감회가 깊다.

나는 네 번의 국회의원을 하면서 지역구 사업이라면 양보하지 않았다. 한때는 다른 지역 사업비를 진주로 빼돌려 그 지역(강원도)에서 화형식을 당하는 수모도 겪었지만, 지역구 사업은 표와는 상관없이 지역구 출신 의원이라면 꼭 책임 있게 이루어 내야 하는 일이다.

나는 정치를 하면서 그동안 지역구를 위해 한 일을 스스로 생색내거나 자랑하지 않았다. 그러나 정치를 그만둔 지금은 떳떳이 밝히고 싶다. 나는 이십 년 정치생활 기간 동안 진주에서 산청, 마산, 하동, 합천에 국도를 건설해 진주가 명실공히 서부 경남의 교통요충지가 되도록 하였고, 천수교를 비롯한 남강을 횡단하는 다리를 놓는 일, 진주성을 정화하는 일, 농산

물 도매시장을 건설하는 일, 그리고 상락원 등 노인복지시설을 건립하는 일 등 많은 지역사업을 하는 데 정성을 다했고, 필요한 예산은 내가 책임져야 했다.

호랑이 굴에 들어가다

1996-2000, 15대 국회의원 시절

호랑이 굴에 들어가다

제14대 대통령 선거에서 민자당 후보로 출마한 김영삼은 41.4%의 득표율로 당선되었다. 민주당 후보로 출마한 김대중은 33.4%, 국민당의 정주영 후보는 16.1%, 신정당의 박찬종 후보는 6.3%를 획득하였다

정주영 후보가 막강한 자금력과 실물경제 전문가로서의 호소력을 바탕으로 한때 선풍을 일으키기도 하였으나, 선거전은 김영삼과 김대중의 2파전으로 치러졌다 해도 과언이 아니었다. 여기서 김영삼이 승리를 거둔 것은 여당 후보자라는 이점 외에도 김대중의 진보적 성향을 두려워한 기득권 세력이 김영삼을 선호하였고, 또 지역적으로는 영남과 호남의 경쟁구도가 이루어져 수적 열세인 김대중에게 불리하게 작용하였기 때문이다.

김영삼 정부는 1993년 2월 25일 공식 출범하였다. 선거를 통해 순수한 민간정부가 구성된 것은 제2공화국이 쿠데타로 붕괴된 이후 삼십이 년 만의 일이었다. 대통령은 취임 초 5·16을 쿠데타로, 12·12를 하극상에 의한 군사 쿠데타적 사건으로 규정했다. 거기다 당시 민주당의 박계동 의원은 노태우가 집권 당시 기업체들에게서 받아들인 뇌물과 성금들을 비밀계좌에 은닉해 있다는 사실을 폭로하여 정국에 회오리를 일으켰다.

그 결과 노태우 전 대통령은 1995년 11월 16일 구속되었다. 이를 계기로 전두환 전 대통령에 대한 사법처리도 불가피하게 되어 검찰은 전두환 전 대통령을 12월 3일 구속하여 반란 수괴 등의 혐의로 기소하였다. 정부는 과거 정권에 대한 이러한 단죄를 '역사 바로 세우기'로 이름 지었다.

그러나, 그것만으로 역사가 바로 서는 것이 아니었고, 예상했던 대로 옛 대통령들을 추종하는 일부 세력들의 반발을 사 새 정부는 점증하는 정치적 도전에 직면해야 했다. 이런 상황에서 김영삼 대통령은 집권 동안에 수

많은 개혁을 이루려는 과욕을 보였고, 법과 제도보다는 측근들에게 의지하고 국민들에게 직접 호소하는 방식을 채택하였다. 그래서 문민독재라는 비판을 받았고, 대통령의 인기가 급격히 떨어지면서 개혁 작업들은 파행으로 치달았다.

김영삼 정부의 출범 이후 정주영이 이끌었던 국민당은 해체되었고, 정치구도는 여당인 민자당과 야당인 민주당의 양당 구조로 좁혀졌다. 김영삼 정부의 개혁정책은 민자당 안에서 계속되던 계파 갈등을 심화시켰고, 급기야 김종필과 그 추종세력의 탈당으로 이어졌다.

이러한 지역연합의 분열은 김영삼 정부의 지지기반을 약화시켰고, 그 결과 1994년 8월의 보궐선거와 1995년 6월의 지방선거에서 민자당이 참패하게 된다. 여기에 고무된 김대중은 7월 18일 정계복귀를 선언하고 신당을 창당하여 새정치국민회의라고 이름 지었다.

당시 야당을 대표하던 민주당은 지역에 관계없이 김영삼의 3당 합당을 추종하지 않은 인사들이 주류를 이루고 있었는데, 김대중의 복귀로 민주당 인사 대부분이 국민회의 깃발 아래 모이게 되었고, 그 결과 민주당은 꼬마 정당으로 전락하였다. 김종필의 자민련과 국민회의의 창당으로 한국의 정당구조는 결국 3당 합당 이전과 같은 3당 체제로 복귀하였고, 정당의 지역성은 이전보다 더 강화되었다.

민자당은 15대 총선을 앞두고 신한국당으로 당명을 바꾸고, 민주, 민정계를 중심으로 재규합을 시도하면서 강도 높은 개혁으로 국민지지를 호소했다. 또한 감사원장 출신으로 대쪽 이미지를 지닌 이회창 선거대책위원회 의장의 참신성도 국민의 호감을 샀다. 1996년 4월에 실시된 15대 국회의원 선거에서 신한국당은 지역구 121석, 전국구 18석을 얻어 모두 139석을 차지했다. 반면 새정치국민회의와 자유민주연합은 각각 79석과 50석

김영삼 대통령 후보와 함께 조깅으로 새벽을 열고 있다. 1992년.

청자봉 단원들과 함께 김영삼 대통령 당선을 축하하고 있다. 1992년.

김영삼 전 대통령과 함께. 김영삼 정부는 1993년 2월 25일 공식 출범하였다. 선거를 통해 순수한 민간정부가 구성된 것은 제2공화국이 쿠데타로 붕괴된 이후 삼십이 년 만의 일이었다. 1992년.

을 차지하는 데 그쳐 여당이 다시 승리를 구가했다.

김영삼 정권은 5·16 군사쿠데타 및 유신 세력과 신군부의 5, 6공 세력과 합동으로 정권을 획득했으나, 전자의 세력은 개혁이라는 이름으로 축출하고, 후자는 역사 바로 세우기의 방향에서 단죄했다.

이로써 정권의 변동형식 면에서는 집권당의 정권 연장이지만 내용에서는 김영삼을 중심으로 하는 민주화 세력의 정권 장악이었다. 김영삼 정권은 세력의 평정을 통해서 강도 높은 개혁을 추진했다. 그러나 이러한 사정과 개혁은 기득권 세력과 경제계의 비판과 저항을 초래했다.

특히 정치적 경쟁자에 대한 사정으로 인해 표적 사정과 정치 보복이라는 비판을 받았다. 금융실명제는 그 당위성에도 불구하고 중소 상인으로부터 비판을 받았다. 그리고 1996년 말 국회의 노동법 변칙처리에 대한 노동계의 거센 반발과 1997년 초에 터져 나온 한보 비리사건은 김영삼 정권을 휘청거리게 만든 강편치였다.

그뿐만 아니라, 대통령 차남의 국정 개입 및 재계 유착 의혹 등으로 김영삼 정권의 권위가 추락되고 권력누수 현상이 급속화되었다. 특히 김영삼 정권은 임기 말에 외환관리의 잘못으로 대외 신인도가 추락하면서 결국 한국경제를 IMF의 관리 체제로 빠뜨림으로써 그의 민주화 세력에 대한 도덕성마저도 먹칠을 하게 되었다.

노동법 날치기 처리의 경과

내가 겪은 네 번의 선거 가운데 15대 총선이 가장 수월했던 것 같다. 13대 낙선 이후 지역구를 관리하는 데 모든 정성을 다 쏟은 데다, 14대 당선 이

후 지역구 의원으로 누구보다 지역 활동에 열심히 노력했기 때문이라고 생각된다. 그러나 내가 온갖 정성을 쏟고 있던 지역구 진주시가 진양군과 통합되면서 진주 갑, 을 두 개 선거구로 개편되어 선거구를 어떻게 획정하느냐를 놓고 나의 고등학교 4년 선배이기도 한 진양군 출신의 정필근 의원과 다소 신경전을 펴기도 했다.

나의 출생지인 대곡면을 포함한 을 지역구는 내가 맡고, 정 선배는 출신 지역인 대평면이 포함된 갑 지역을 맡아 출마했다. 지금까지 누구보다도 가까이 지내던 정 선배와 나 사이가 거의 한 선거구다시피 한 지역구에서 선거를 치르다 보니 때로는 서로가 소원해지기도 하였다.

나는 예상대로 큰 표 차이로 당선됐으나 정필근 의원은 고등학교 후배인 김재천 후보에게 떨어지고 말았다. 정 선배는 2008년 신병으로 별세했는데, 지금도 그를 회상할 때마다 '정치가 무엇인데' 하는 아쉬움과 아련한 아픔이 있다. 다시 한번 고인의 명복을 빈다.

흔히 3선 국회의원을 정치의 꽃이라 한다. 그것은 3선 국회의원이 돼야 당 삼역(三役)을 맡거나 국회상임위원장을 맡아 각자의 정치력을 발휘할 수 있고, 또 개인적으로 정치적인 대성을 할 수 있느냐 없느냐의 전환점이 되기 때문이다. 그러나 당은 민주계가 실권을 잡아 나 같은 민정계 출신은 이래저래 주요 당직에서 소외되거나 찬밥 신세가 되기 일쑤였다.

그런데 민주계인 서청원 원내총무가 나에게 수석부총무를 맡아 달라고 제의해 왔다. 서 총무는 조선일보 출신으로, 언론계 경력으로는 내가 조금 앞서기도 했으나 그는 벌써 4선의 정치 중진이었다. 몇 번의 고사 끝에 나는 수석부총무를 맡아 원내 전략을 선두에서 지휘하였다.

당시의 정국은 IMF 직전의 시기로 경제가 매우 어려웠다. 더구나 당은 3당 합당으로 외형상 덩치는 컸으나 DJ 새정치국민회의에 밀리고 있었고,

흔히 3선 국회의원을 정치의 꽃이라 한다. 그것은 3선 국회의원이 돼야 당 삼역(三役)을 맡거나
국회상임위원장을 맡아 각자의 정치력을 발휘할 수 있고, 또 개인적으로 정치적인 대성을 할
수 있느냐 없느냐의 전환점이 되기 때문이다. 국회 본회의장에서 최형우 의원과 이야기를 나
누고 있다. 1997년.

또 사회적으로도 극심한 노사분규로 연일 시위가 그치질 않았다. 그런데 정부가 노동법 개정안을 국회에 내놓았다. 그때는 격화된 노사분규를 법으로라도 막지 않으면 외국자본이 대거 빠져나가 국가부도 위기를 불 보듯이 예상할 수 있는 대단히 심각한 상황이었다. 그러나 새정치국민회의를 비롯한 야당과 노동계의 분위기는 강경 일색으로 대화와 타협의 여지를 전혀 주지 않았다.

나는 서청원 총무와 숙의하여, 지도부의 방침도 그렇고 여당 단독으로라도 노동법 개정안을 처리하기로 하고, 성탄일 전날 새벽 의사당 내 지하 회의실에서 본회의를 열어 노동법 개정안을 날치기 통과시켰다. 가히 007작전과 같은 비밀 작전이었다. 본회의 사회는 오세응 부의장이 보았고, 법안 통과 후 김영삼 대통령은 내게 수고 많았다는 내용의 격려 전화를 해왔다.

그러나 DJ 새정치국민회의의 집요한 대국민 선동과 노동계의 극렬한 저항으로 국민 여론은 크게 나빠졌고, 할 수 없이 이 법은 다시 고쳐져 경제 위기를 막아 보겠다는 당초의 입법 취지는 무산돼 버렸다. 그러나 당시 조선일보를 비롯한 일부 언론이 이 법의 필요성을 역설하기도 했다.

그 후 노동법 강행 처리가 마치 정치적인 범죄처럼 돼 버렸지만, 만약에 그 법이 무산되지 않고 제대로 시행됐더라면 IMF 관리라는 국가부도 사태를 막을 수 있지 않았을까 하는 생각을 나는 지금도 한다. 경제 전문가라고 자처하는 DJ의 정치적인 양식을 의심하지 않을 수 없는 일이다.

이회창의 첫 번째 도전

이회창 당대표가 만나자고 연락이 왔다. 이 대표는 나와 생소하지만, 감사원장과 국무총리를 지낸 대쪽 이미지의 대법관 출신 정치인이다. 차기 대통령으로 제일 유력했고, 실제 당내에서도 그와 필적할 만한 후보가 없을 만큼 국민적인 인기도 높았다. 그를 지지하는 당원도 대단했다. 시내 한 호텔에서 조찬을 같이하며 그는 내게 비서실장을 맡아 달라고 하였다.

나는 즉시 그의 제의를 거절했다. 3선 의원으로 그 자리는 내겐 적합하지 않다는 점과 이 대표를 지지하는 의원들이 많으니 나보다 더 유능한 인사를 찾아보라고 말했다. 그리고 비서실장이 아니더라도 이 대표를 도와드리겠다고 약속했다. 그는 나의 거듭된 거절에도 불구하고, 김영삼 대통령의 동의까지 얻었다면서 계속해서 비서실장을 맡아 달라는 것이다.

자기는 정치에 처음 입문한 초선 의원이지만, 3선인 내가 가까이서 도와주어야 대사에 힘이 될 것이라고 그의 뜻을 솔직히 털어놓기도 하였다. 이 대표 나름대로의 계산이 있었던 것 같다. 얼마간 고심 끝에 나는 그의 제의를 받아들이고 이회창 비서실장이 되었다. 당시 당내에서는 차기 대권을 노리는 당내 경쟁자들, 이른바 구룡(九龍)들의 전쟁이 시작되었다.

이회창, 이한동, 이수성, 이홍구, 이인제, 김윤환, 김덕룡 의원 등 아홉 명이 각자 캠프를 차리고 당내 세력을 규합하는 대권경쟁을 벌인 것이다. 말이 당내 경선이지 그 열기는 대통령 본선보다 더 치열했다. 민정계인 내가 이회창 진영의 참모로 활동하자, L 후보 등 민정계 출신 의원 캠프에서 유감을 표시해 오기도 하였다.

이회창 대표는 공정 경선에 문제 있다는 상대 후보들의 요구에 따라 막바지에는 대표직을 사퇴했다. 그러나 이회창 후보는 여당사상 처음으로 실시된 대통령 후보 경선에서 압도적으로 당선되었다.

이회창 후보가 여당 대선 후보가 되자, 이 후보의 국민 지지도는 40%를 훌쩍 넘는 수준까지 치솟았다. 여론조사 결과 당시 본선에서 경쟁 상대였던 김대중, 김종필 총재와의 3자 구도는 물론, 김종필이 김대중을 밀어주는 2자 구도에서도 이회창이 넉넉하게 승리하는 것으로 나타났다. 이회창 후보는 당내 탕평책을 구사하기로 결심하고, 그동안의 경선과정에서 이 후보의 당선을 위해 주도적인 역할을 한 국회의원들을 소집하였다.

이 후보는 앞으로 있을 당직 인사에서는 경선과정에서 중립 또는 반대편에 서 있던 인사들을 중심으로 기용할 것이니, 자신을 지지하던 국회의원들은 뒤에서 도와달라는 것이었다. 당대표로 김윤환 의원을 건의하였으나 받아들여지지 않았다. 당대표에 이한동 의원을, 사무총장에 강삼재 의원을, 정책위 의장에 이해구 의원을 임명하였다.

정상적인 방법으로 이회창 후보를 이기기 어렵다는 사실이 여론조사를 통해 분명해지자, 김대중 후보 진영에서는 네거티브 전략을 구사하기로 작정하고 이 후보의 두 아들이 군복무를 필하지 않은 문제를 거론하기 시작하였다. 사실 이 문제는 당내 경선과정에서 간간이 흘러나온 것으로 본선과정에서 당연히 제기될 것으로 예상되었다. 그러나 두 아들이 병역 면제 과정에서 아무런 법적 하자가 없었기 때문에, 이것이 그렇게 큰 정치적 문제로 부각될 것이라고는 미처 예상하지 못하였다. 법적으로 재단하는 것이 반드시 국민정서와 일치하지는 않는다는 사실을 간과했던 것이다.

더욱이 이회창 후보 본인이 법무관으로 군복무를 필한 반면, 김대중 후보는 군복무 경력이 없기 때문에 아들의 병역 문제가 후보의 당락을 결정지을 정도로 큰 쟁점이 되리라고는 아무도 생각하지 못한 것이다. 김대중 후보 진영은 이 문제를 집요하게 물고 늘어졌고, 병역 면제 과정에 법적 문제가 없었다는 이 후보의 설명은 국민들에게 별 호소력이 없었다.

아들 병역 문제가 2주일 이상 신문 1면 기사를 장식하고, 특히 TV로 연일 보도하자, 이 후보의 지지도는 추락하기 시작했고, 얼마 후에는 18% 수

이회창 대통령 후보가 대선을 앞두고 진주에 내려와 지역 당원들을 격려했다. 이회창 후보가 여당 대선 후보가 되자, 이 후보의 국민 지지도는 40%를 훌쩍 넘는 수준까지 치솟았다. 여론조사 결과 당시 본선에서 경쟁 상대였던 김대중, 김종필 총재와의 3자 구도는 물론, 김종필이 김대중을 밀어주는 2자 구도에서도 이회창이 넉넉하게 승리하는 것으로 나타났다. 1996년.

준까지 내려갔다. 이런 정도의 네거티브 캠페인으로 이회창 후보의 지지도가 급락한 것은 김대중 후보에 비해 이 후보의 지지도가 상대적으로 견고하지 못한 데 기인한 것이었다. 또한 김대중과 같이 오랜 정치 생활을 하면서 색깔논쟁을 포함한 수 없는 정치공세를 받아 온 기성 정치인에게는 아들의 병역 문제 같은 인신공격이 큰 타격이 될 수 없겠으나, 대쪽 이미지로 급부상한 정치 신인 이회창에게는 후보의 참신한 이미지에 먹칠을 하는 것이기 때문에 그만큼 타격이 컸던 것이다.

비유하자면, 더러운 걸레에는 잉크를 부어도 표 나지 않지만, 깨끗한 행주에는 고추가루 하나라도 확연하게 보이는 것과 같다고나 할까. 아들 병역 문제를 파헤쳐 이 후보에게 결정적인 타격을 준 장본인은 김영삼 대통령 밑에서 이회창 총리와 함께 국무위원으로 참여하여 이 총리에게 가장 적극적으로 지지 발언을 많이 한 C 의원이었다.

그 공으로 그는 DJ 정부 시절 장관과 안기부장을 역임하는 영광(?)을 누렸다. 이회창 후보의 국민 지지도가 추락하자 새로운 문제가 생겼다. 당내 경선에 참여한 이인제 의원이 경선 결과에 불복하고 탈당하여 독자 출마를 하겠다는 것이다. 서석재 의원을 포함한 상당수의 민주계 인사들이 탈당하여 국민신당을 창립하였다.

이에 더해 당내에서는 S, L 의원들이 중심이 되어 이회창 후보 교체론을 들고 나왔다. 대선을 얼마 앞둔 시점에서 새로운 후보를 선출하자는 주장이 당내에서 공공연히 제기될 정도였으니, 당시 신한국당 당내 사정이 얼마나 한심했나를 잘 알 수 있을 것이다. 민주주의 절차에 익숙하지 않은 한국에서 당내 경선을 잘못하면 당이 깨질 것이라는 걱정이 현실로 나타난 것이다.

사태가 이렇게 되기까지는 후보로 당선된 이후 이회창 총재가 채택한 탕평책이 별 효과를 발휘하지 못한 것도 한 원인으로 분석되었다.

당시 주요 당직자들은 이른바 비주류 인사들로 채워졌기 때문에 당 내분 수습에 소극적이었다 그래서 이회창 후보 당선에 핵심적인 역할을 한 의원들이 별도의 비공식 모임을 만들어 선거 관련 대책을 논의하고 후보에게 의견을 건의하게 되었다. 이른바 '7인방 모임'이었으며, 서상목, 김영일, 백남치, 변정일, 황우여, 박성범 의원, 그리고 이 후보 비서실장인 내가 멤버였다.

당시 불리한 상황을 반전시키려는 여러 가지 방안 중 하나가 전두환, 노태우 두 전직 대통령에 대한 사면 건의였다. 이는 영남 지역과 보수층의 지지를 굳히는 차원에서 이루어졌는데, 김영삼 대통령은 이회창 후보의 건의를 거절하였다.

사실 이 사면 건의는 김대중 캠프에서 먼저 논의돼 월요일에 일방적으로 발표할 것이라는 정보가 들어와 주말인 토요일에 서둘러 이루어졌는데, 청와대 등 관계 실무자들과도 연락이 안돼 충분한 사전협의를 하지 못하였다.

나중에 알고 보니, 자신과는 사전 상의도 없이 사면 건의가 언론에 미리 보도된 것에 대해 김영삼 대통령은 매우 불쾌하게 생각했다는 것이다. 결국 이 후보가 공개적으로 망신만 당하는 결과를 초래하였다. 그해 12월 말 김대중 대통령 당선자는 전두환, 노태우 두 전 대통령 사면을 김영삼 대통령에게 건의하였고, 김 대통령은 이를 받아들였다.

전, 노 사면카드도 사용할 수 없게 되자, 이회창 후보 진영은 새로운 전략카드를 모색하였고, 그것은 김대중 후보의 정치 비자금 문제였다. DJ 진영의 네거티브 선거전략을 우리도 같은 방법으로 대응하자는 것이었다.

사실 1992년 대선과정에서 정주영 후보가 회사 자금을 선거에 사용한다

이한동 대표, 서청원 총장과 대선전략을 협의하고 있다. 이 자리에서 나는 이회창 후보의 뜻을 당 지도부에 반영하려 했다. 1996년.

당 5역이 이회창 후보의 대선 필승을 다짐하며 함께 손을 잡았다. 왼쪽부터 이사철 대변인, 이부영 총무, 총장이었던 나, 이회창 후보, 정창화 정책위 의장, 맹형규 비서실장이다. 1998년.

는 주장에 대한 검찰수사가 당시 상승세에 있었던 정주영 후보의 지지도를 제자리에 머물게 한 효과를 낸 적이 있었다. 이회창 후보와 강삼재 총장은 DJ의 정치 비자금 관련 증거자료를 공개하면서 검찰 수사를 촉구하였다. 이 역시 사전 조율 없이 이루어진 것으로 김영삼 대통령을 불쾌하게 하였고, 김태정 검찰총장은 이 사건을 수사하지 않겠다는 공식 발표를 하였다. 전, 노 사면 건의에 이어 이 후보의 건의가 김영삼 대통령에 의해 또 다시 무시된 것이다.

역대 대통령 선거에서는 집권당 후보의 대선전략이 언제나 청와대와 긴밀한 협의를 거쳐 결정되든지, 비록 후보 진영에서 독자적으로 추진하였더라도 현직 대통령이 협조하거나 뒷받침해 주는 것이 관례였는데, 이것이 깨진 것이다. 사실 역대 대통령 선거에서 현직 대통령은 집권당 후보에게 조직, 자금, 정책 등 모든 면에서 지원을 아끼지 않았다.

검찰총장의 발표에 격분한 이회창 후보는 김영삼 대통령의 탈당을 공개적으로 요구하였고, YS는 이를 받아들임으로써 이 후보는 여당 후보의 위치를 상실하게 되었다. 이 후보가 대선에서 패배하는 가장 큰 요인으로 작용하였다.

이때 마침 김종필 자민련 총재 측으로부터 예상치 않았던 제안이 왔다.

내각제 약속만 들어주면, 이른바 DJP 연대를 깨고 이회창과 연대할 수도 있다는 것이다. 나는 자민련의 제의를 받아들일 수밖에 없다고 생각했다. 지금까지 이 나라 대선 판도는 이른바 산업화 세력과 민주화 세력의 양자 대결이었고, 그런 판세 속에 설사 JP가 표를 모으지는 못한다 하더라도 있는 표를 지킬 수 있다는 이유에서였다.

나도 그랬고, 많은 인사들이 JP와 연대할 것을 건의했다. 그러나 이회창 후보의 생각은 달랐다. 이 후보 자신이 내각제는 우리나라 현실에 맞지 않는다고 생각하는데 어떻게 내각제를 근거로 JP와 연대할 수 있는냐는 것이다. 내각제를 추진할 의사가 전혀 없었음에도 불구하고 내각제를 전제로 DJP 연합을 이루어 낸 DJ와는 정말 대조되는 행동이 아닐 수 없었다. 그리고 당내 민주계 인사들의 JP에 대한 강한 거부감도 산토끼 잡으려다 집토끼까지 놓친다는 위기의식으로 이 후보의 결단을 불가능하게 만들었다.

일이 이렇게 되자, 우리는 열심히 다른 대안을 찾았다. 마침 미국 클린턴 대통령의 선거 과정에서 많은 공헌을 한 것으로 알려진 미국의 한 홍보회사에 의뢰하여 실시한 유권자 여론조사에 의하면 유권자들의 가장 큰 관심사는 경제 문제이기 때문에 이것을 대선의 주제로 삼으라는 것이었다.

이회창을 경제 전문가로 부각시키는 데는 한계가 있고, 민주당의 조순 총재와 연대할 것을 건의하였다. 이 후보도 이를 흔쾌히 받아들여 신한국당은 민주당과 합당, 한나라당을 창당하였다. 선거 슬로건도 "깨끗한 정치 튼튼한 경제"로 내세워, 드디어 선거전에서 기선을 잡을 수 있는 반전 카드가 마련된 것이다.

이회창, 조순 연대는 국민들에게 참신한 인상을 주었고, 이 후보의 지지도는 급상승하였다. 11월 8일까지만 해도 26%에 있었던 이 후보의 지지도가 11월 22일에는 36.6%까지 상승하여 김대중 후보의 36.8%와 거의 같은 수준까지 회복되었다. 이러한 추세가 계속되면 12월 18일의 선거에서 이회창의 승리가 충분히 예측되기도 하였다. 지지도가 상승하자 그때까지 큰 반응을 보이지 않던 기업들도 한나라당에 후원금을 내겠다고 나서기 시작했다.

바로 이때 예상치 못한 외환 위기가 발생하였다. 그 해 8월 태국에서 외환위기가 일어났을 때 당정회의에 참석한 강경식 부총리에게 우리는 문제가 없는지 물었는데, 그때 강 부총리는 한국 경제는 태국과는 달라 기반이 튼튼하기 때문에 괜찮을 것이라고 대답했고, 이는 얼마 전 한국을 방문한 IMF 조사단의 의견이기도 하다고 덧붙였다.

그 후 당에서는 고전을 거듭하는 선거전에 매달리느라 솔직히 경제 상황을 제대로 챙기지 못하였고, 더욱이 김영삼 대통령이 탈당한 뒤라 당정협의도 할 수 없었다. 선거를 불과 한 달 앞두고 터진 외환 위기는 이회창 후보의 지지도 상승에 찬물을 끼얹었다.

급상승하던 이 후보의 지지도는 12월 내내 답보 상태였고, 선거전은 한 치 앞을 내다볼 수 없는 백중세가 계속돼, 선거 하루 전에 실시한 여론조사는 판별분석이 안 될 정도였다. 최종 개표 결과는 김대중 후보가 30만 표 차이로 승리하였다. 아무리 현직 대통령이 한나라당을 탈당하였다 해도 국민들은 한나라당을 집권당으로 생각하였고, 집권당은 당연히 외환 위기와 같은 국가적 위기상황에 대해 책임을 져야 한다고 인식한 것이다.

이회창은 이렇게 해서 떨어졌다

1997년 대선 결과는 한국 정치사에서 처음으로 여·야 간 정권교체가 이루어졌다는 의미도 있으나 해방 이후 한국 정치를 실질적으로 장악해 온 보수세력에서 진보세력으로, 우파에서 좌파로 정치의 중심이 옮겨진 중대한 역사적 사건이었다. 참신한 정치 신인 이회창 후보가 기성 정치를 대표하는 김대중 후보에게 패했다는 것 역시 정치적 분석의 대상이 되지 않을 수 없었다.

이회창의 패인으로 가장 중요한 것은 지금까지 한국 정치의 흐름을 좌우

해온 지역주의를 적절히 활용하지 못했다는 것이다. 우선 이회창은 자신의 출신 지역인 충청권 유권자의 지지를 얻는 데도 실패했다. 이는 이 후보가 충청권 유권자에게 충청인이라는 인식을 심어 주지 못했기 때문이다.

이 후보 자신은 물론 나도 "이회창은 원래 고향은 충남 예산이나, 출생지는 황해도이고, 전라도에서 학교를 다녔다. 후보 본인은 충청도, 외가는 전라도, 처가는 경상도라는 등 전국 여러 지역과 연고가 있기 때문에 출신 지역을 볼모로 삼아 정치를 하는 3김과는 다르다는 점을 강조하고 다녔다. 이에 더해, 이회창 후보는 지역주의의 맹주인 3김 중 어느 누구와도 정치적 제휴를 맺지 않았다. 이 후보 자신이 속한 당의 총재였던 김영삼 대통령과도 결별하였고, 김종필 총재로부터의 연대 제의도 거절하였다. 조순 총재와 연대를 이루었으나 강원도 출신의 조순 총재 역시 이 후보와 같이 끈끈한 지역 연고를 갖고 있지 못했다. 1997년 대선은 이회창, 조순의 이상주의 연대가 김대중, 김종필의 지역 연대와 싸워 패한 것으로 한국 정치사에 기록될 것이다.

이회창 후보의 두 번째 패인은, 흔히 발생할 수 있는 악재 관리에 실패하였다는 것이다. 아들 병역 문제는 선거전이 시작되기 전부터 충분히 예상되었던 것인데, 이 문제의 중요성을 미리 감지하여 적절한 대응을 하지 못하였다. 초기 단계에서부터 법적 하자가 없다는 논리로 대응하지 않고, 무조건 사과하고 아들들이 자진하여 소록도 병원 등 사회봉사 활동을 하도록 했다면 사태악화를 조기에 수습할 수 있었을지도 모른다. 이 문제를 조기에 보다 적극적으로 대응하지 못한 것이 두고두고 아쉽게 생각된다.

세 번째 패인으로, 이인제 의원의 탈당과 독자 출마로 상징되는 당내 분란을 지적할 수 있다. 이 모든 것을 두 번이나 경선에 불복한 이인제 의원의 개인적 책임으로 돌리기보다는 한국 정치의 민주주의 수준이 성숙 단계에 있지 못하다고 설명하는 것이 타당할 것 같다. 이회창이 직접 나서서 이인제의 탈당을 막았어야 했는데, 그렇지 못한 것은 이 후보의 정치력 부족 탓이라고 비판하는 시각도 있으나, 정치 9단이라는 김영삼 대통령도 1992년 당내 경선에서 탈락한 이종찬 의원의 탈당을 막지 못했다.

그러나 당시 김영삼 대통령이 당사자인 이인제는 물론 이회창에 반발하는 당내 민주계 인사들에 대해 좀 더 분명하고 강경한 태도를 보였더라면 결과는 달라질 수도 있지 않았겠느냐는 아쉬움은 지금도 여러 사람들이 가지고 있다. 나는 그때 경기도 도지사실로 이인제 후보를 찾아가 1시간 이상 격론을 벌이며 "이번에 당신이 참고 이회창을 도와주면, 총리는 물론 당내 2인자 자리를 기약할 수 있다"고 설득하였다. 그러나 모든 상황은 이인제 의원의 기만 돋우어 줄 뿐이었다.

이회창의 네 번째 패인은, 선거홍보전에서의 실패였다. 1992년 대선 때까지는 홍보전보다는 조직을 통한 지상전이 선거운동의 주된 내용이었다. 대규모 정당 연설회가 곳곳에서 열렸고, 연설회에 참가하는 군중의 규모는 선거 대세를 가늠하는 잣대로 인식되었다. 선거전에서 홍보전이 위세를 발휘하기 시작한 것은 1995년 서울시장 선거에서였다.

당시 조순 국민회의 후보는 현대적 감각의 홍보전을 통해 서민적이면서 참신한 이미지를 유권자들에게 부각시키는 데 성공한 반면, 민자당의 정원식 후보는 기존의 홍보기법에서 벗어나지 못하여 유권자들에게 비쳐진 이미지는 매우 딱딱하고 권위주의적인 것이었다. 결과는 정원식 후보의 참패였다. 1997년 대선에서 국민회의는 서울시장 선거에서 활약한 홍보팀을 그대로 활용하면서 홍보기법을 한 단계 높이는 데 주력하였다. 그 결과 고령의 기성 정치인 김대중 후보의 이미지를 자상하면서도 준비된 대통령 후보로 국민들에게 심어 주는 데 성공하였다. 평생 색깔논쟁으로 시달린 김대중을, 보수 색깔의 김종필은 물론 포항제철 신화를 이룬 박태준 회장과의 연대를 부각시켜 중도 성향의 정치인이라는 이미지를 심어 주었고, 경제 전문가라는 인상도 함께 심어 주었다.

반면, 이회창 후보의 홍보팀은 과거 여당에서 사용하던 홍보기법의 범위를 벗어나지 못했다. 이 후보의 참신한 이미지도 부각시키지 못하였고, 김대중 후보와 국민회의의 집권이 국정혼란을 가져올 것이라는 메시지를 유권자들에게 효과적으로 전달하지도 못하였다. 1997년 대선 선거운동은 대선 사상 처음으로 후보 본인은 물론 지지자들의 TV 연설이 허용되었다. 그러나 앞서 지적한 대로 이회창 후보 진영은 TV 홍보전에서도 김대중 후보 진영에 밀렸다.

한나라당은 여당의 강점인 당조직을 가동하려 하였으나 선거자금의 부족으로 이조차도 여의치 못하였다. 과거에는 여당 총재인 대통령이 대선자금 모금을 도와주었으나, 1997년 대선에서 이회창 후보 진영은 대선자금과 관련 청와대로부터 아무런 도움도 받지 못하였다. 이에 더해 후보 자신도 자금 모금에 관여하려 하지 않았기 때문에 당의 조직 가동에 필요한 자금을 마련할 수 없었다.

끝으로, 선거 직전에 발생한 외환 위기는 국민들에게 집권당으로 인식되고 있었던 한나라당 후보에게 매우 불리한 요인으로 작용하였다. 외환 위기가 발생한 태국에서도 비슷한 시기에 정권이 바뀐 것과 같이, 국가적 위기 상황에서 집권당이 정권을 그대로 유지한다는 것은 사실상 어려운 일이라는 것을 1997년 대선은 물론 외국의 예를 통해서도 잘 알 수 있다. 앞서 지적했듯이 '깨끗한 정치 튼튼한 경제' 라는 슬로건을 내건 이회창, 조순 연대로 급상승세에 있던 이회창 후보 지지도는 외환 위기 발발과 더불어 정체되었고, 김대중 후보가 선거 막판에 승리를 굳히는 계기가 되었다.

대통령과 대통령 후보

나는 결코 짧지 않는 언론과 정치 생활을 통해 역대 대통령을 취재하거나 접할 기회가 많았다. 그리고 우리와 같은 대통령 중심제 나라에서, 그 자리가 나라의 운명과 국민의 생존에 얼마나 결정적인 영향을 미치는가를 절감하였다. 그러면서 이런 저런 자질을 갖춘 대통령이 나와야 하는데, 그러지 못한 현실을 안타까워했다.

내가 직접 겪은 박정희, 최규하, 전두환, 노태우, 김대중, 그리고 노무현 등 이 나라 역대 대통령들은 역사에 많은 공과를 남겼다. 그러나 그들의 종말은 한결같이 아름답지 못하였다.

나도 젊은 시절에 대통령의 꿈을 키워 본 적도 있었다. 그러나 정치는 본인이 자신의 꿈과 포부를 이루는 것도 중요하지만, 그에 못지않게 다른 사람을 통해 정치적인 이상을 펴는 것도 가치 있는 일이라 생각했다. 다시 말해, 1인자보다 오히려 2인자의 역할이 더 돋보이는 경우가 동서고금 역사를 통해 많았기 때문이다.

나는 인연을 맺은 인사 가운데 노신영 전 총리와 이회창 총재를 두고 이 정도의 자질이면 대통령을 해도 괜찮겠구나 하고 생각했다. 노신영 총리는 자신이 스스로 그 꿈을 접었고, 이회창 총재는 직접 그 꿈을 이루려고 나섰다. 역대 대통령의 끝이 좋지 않았다면, 그 원인의 하나가 모두 법과 원칙을 지키지 않았기 때문이다.

이회창은 정치 신인으로 아무런 부담 없이 법과 원칙에 따라 국정을 펼수 있을 것이라고 나는 믿었다. 어디까지나 대쪽이라는 그의 행적과 이미지가 그러했다. 나는 그가 대통령이 되도록 혼신의 노력을 다해 왔고, 또 그와 함께 이 나라의 국정을 이렇게 저렇게 펼쳐야겠구나 하고 나의 정치적인 꿈과 포부를 키워 왔다. 그러나 나의 정치인생을 걸고 그의 옆에서 도와온 1997년과 2002년 대선은 실패했다. 이회창의 패배는 곧 나의 정치적인 패배였다. 많은 반성과 교훈, 그리고 회한이 남는다.

우리나라 정치풍토에서 현직 대통령이 차기 대통령을 뽑는 데 발휘할 수 있는 영향력은 그야말로 막강하다. 권위주의 시대의 정치 체제는 말할 것 없지만, 민주정치 체제에서 평화적인 정권교체 때에도 마찬가지이다. 대통령 중심제라는 헌정제도에서, 대통령은 대개 집권당의 총재를 겸하고 있다. 그래서 설사 국회의원의 수가 야당이 더 많더라도 대통령을 배출한 정당을 우리는 집권당이라 부른다.

대통령이자 집권당 총재는 선거에서 필수인 조직, 자금, 정책 등 모든 면에서 절대적인 힘을 가지고 있다. 혁명으로 쫓겨나거나 피살된 이승만, 박정희 두 대통령을 제외하고, 전두환 대통령은 "나를 밟고서라도 대통령이 되라"고 물심양면으로 노태우를 도왔고, 노태우는 뿌리가 같은 이종찬을 잘라 내면서까지 김영삼을 지지했다. 그뿐인가, 김대중은 자기 힘이 부치자 국민경선이라는 절묘한 정치 술수까지 동원하여 노무현을 대통령으로 만들어 내었다.

꼭 대통령 아니더라도, 권력의 속성은 예나 지금이나 마찬가지이다. 중국의 한신이 유방을 도와 천하를 통일하기까지의 고사도 그러했다. 오죽했으면 대원군은 실성한 사람으로 위장해서 권력자의 사타구니까지 끼어들었을까.

그러나 이회창은 그러질 못하였다. 아니 어쩌면 권력자 김영삼 대통령이 이회창보다는 김대중 대통령을 내심으로 더 바랐는지도 모른다. 물론 김영삼 대통령은 이회창을 국무총리로 발탁했고, 집권당 대통령 후보로까지 밀기도 하였다.

그러나 그들은 정치적인 배경이나 인간적인 성장배경이 너무나 달랐고, 성격과 생각조차도 판이했다. 누구의 잘잘못을 따지거나 원망할 틈도 없이 두 사람은 분명코 인간적인 합(合)이 맞질 않았다. 1997년 대선 직전의 일이다. 당은 계파 간의 갈등으로 분열은 갈수록 심화되었고, 이회창에게 탈락한 대권 예비후보들은 후보를 돕기는커녕 집중 견제하였다.

더구나 김영삼 대통령과 이회창 후보와의 불협화음은 좀체 해소되질 않았고, 지금까지 청와대와 안기부, 국세청 등 권부가 해왔던 여당 후보에 대한 지원은 단절돼 버렸다. 말이 여당 후보이지 이회창은 그야말로 고립무원의 상태였다. 나는 권영해 안기부장을 찾아가 당의 형편과 분위기를 털어놓고, 제발 대통령과 숙의하여 후보를 도와달라고 간청하였다.

노회한 DJ와 JP를 이겨 내고 정권을 다시 창출하기 위해서는 사소한 감정은 떨쳐 내고 대통령과 정부, 그리고 후보가 혼연일체 힘을 모으는 것밖에 없다고 누누이 설명했다. 그리고 그렇게 하면 분명히 이길 수 있다고 강조했다. 그러나 때는 이미 너무 늦었다. 대통령과 대통령 후보, 현직과 차기와의 관계가 역사의 향방과 흐름을 바꾸는 것이다.

한나라당, 영욕의 세월 13년

1997년 신한국당 이회창 대통령 후보는 야권에서 DJP 후보 단일화가 성사되자, 민주당 조순 총재와 전격 합당해 한나라당을 만들었다. 이때만 해도 한나라당의 등장은 선거 때마다 생기는 급조 정당이라는 관측이 우세했다. 하지만 이 정당은 차떼기 정당의 오욕을 뒤집어쓰면서도 십 년 만에 재집권에 성공했다. 한나라당은 제 3, 4공화국의 집권당이었던 민주공화당(17년 6개월)에 이어 한국 정당사에서 두 번째로 장수한 당명이 됐다.

한나라당이라는 당명은 한학에 밝은 조순 총재가 지었다. 크다는 뜻과 하나라는 뜻을 가진 이름이다. 한글 이름 자체가 기존의 당명과 달라 정치권에선 생소하게 비쳐지기도 하였다. 일부 당직자가 이 당명에 반대했으나, 조순 총재가 버텨 한나라당이라는 이름이 태어났다. 이름이 생소한 탓에 '당나라당', '딴나라당'이란 우스갯소리도 나왔다.

한나라당의 간판을 내리자는 시도도 몇 차례 있었다. 검찰의 대선자금 수사가 한창인 2004년에 차떼기당의 부정적 이미지를 불식하기 위해 당명 개정 움직임이 본격화된 적이 있었다. 당시 박근혜 대표는 과거와 단절하고 당이 새롭게 태어나기 위한 조치로 당명 개정 카드를 꺼내 들었다.

새로운 당명을 공모까지 했다. 하지만 당명 개정에 대해 "굳이 당명을 바꿔서 뭐 하느냐"는 반발이 거셌다. 결국 박 전 대표도 당명 개정 카드를 접어야 했다.

창당 주역인 조순, 이회창 전 총재는 차례로 당을 떠난 뒤 자신이 만든 당과 맞붙었다. 당명을 지은 조순 총재는 1997년 대선에서 패배한 후 당권을 놓고 이회창 전 총재와 갈등을 빚다가 조기 퇴진했다. 2000년 총선을 앞두고 주류 측이 공천 물갈이에 나서자 탈당한 뒤 공천 탈락자들을 규합해 민주국민당을 만들어 한나라당에 도전했다. 하지만 결과는 참패였다.

두 차례나 한나라당의 대선후보로 나섰던 이회창 총재는 2002년 대선 패배 후 정계은퇴를 선언했다. 하지만 그도 2007년 대선을 앞두고 정계에 복귀해 충청권을 기반으로 자유선진당을 만들어 이명박 한나라당 후보와 맞붙었지만 참패했다. 한나라당의 역사는 영광보다는 오욕과 좌절로 이어진 세월이었다. 대선을 위해 당을 만들었지만, 창당 한 달여 만에 치른 대선에서 패배했다.

김대중 정부 말기, 원내 제1당으로 사실상의 여당 행세를 하며 승리를 자신했던 2002년 대선에서도 잇달아 패배했다. 하지만 2007년 대선에서 압승하면서 10년 야당의 오랜 설움에서 벗어날 수 있었다.

2002년 대선자금 수사 때 한나라당은 가장 큰 위기에 몰렸다. 차떼기당이라는 오명을 쓰고 존폐의 기로에 섰다. 대선자금 수사에 곤욕을 치르던 당시 한나라당 지도부는 2004년 총선을 한 달여 앞두고 노무현 대통령에 대한 탄핵을 주도했다가 탄핵 역풍을 맞았다.

한나라당은 박근혜 신임대표를 내세워 위기를 돌파했다. 차떼기당의 이미지를 쇄신하기 위해 여의도 당사를 떠나 여의도 공원 건너편 천막 당사로 옮겨야 했다. 2005년엔 정당 당사 중 아시아 최대 규모라고 불렸던 10층짜리 여의도 당사를 팔았다. 대지만 약 12만 평에 이르렀던 충남 천안연수원도 국가에 헌납했다. 사무처 당직자 퇴직금과 빚을 갚고 불법 대선자금을 변제하기 위해서였다. 이런 덕분에 한나라당은 가까스로 2006년 지방선거에서 승리해 다음 해 대선 승리의 발판을 만들 수 있었다.

한나라당은 그동안 몇 차례의 탈당과 분당 위기를 겪었으나 매번 막판에 갈등을 봉합했다. 하지만 최근 세종시 문제로 당내 친이, 친박계 간 갈등이 증폭되면서, 당 일각에선 이러려면 차라리 당을 깨야 하는 것 아니냐는 우려의 목소리도 다시 흘러나온다.

정치는 교도소 담장 위를 걷는 것

1997-2000, 원내총무, 사무총장 시절

김대중과 김영삼

김대중은 여러 면에서 김영삼과 다르다. 김영삼이 즉흥적이고 투박한 데 비해 김대중은 사변적이고 세심하다. 그러므로 앞사람은 행동파요, 뒷사람은 사색파라 할 수 있다. 김대중은 던져진 문제에 대해 논리적으로 꼼꼼히 따지고 귀납적 결론을 내린 뒤에도 바로 행동에 들어가지 않는다. 성공과 실패의 확률을 거듭 점검한 다음에야 행동으로 옮긴다. 이에 반해 김영삼은 배짱이 두둑하고 '이거다' 싶으면 곧바로 행동에 들어간다. 일을 처리할 때는 파죽지세로 나간다. 좌고우면이란 없다. 김영삼이 아니고선, 전두환, 노태우를 감옥에 보낸다는 건 상상도 못할 일이다.

성격은 이처럼 차이가 나도 두 사람 모두 정치적 후각은 남달리 발달돼 있다. 김영삼은 성격대로 기회가 왔다 싶으면 전광석화처럼 낚아챈다. 김대중은 돌다리도 두들기고 가는 성격이지만, 기회 포착에는 남달리 빠르다. 특히 김대중의 장점은 후퇴할 때 재빨리 물러선다는 점이다.

사태가 여의치 않으면 이내 몸을 도사린다. 일보 후퇴 이보 전진을 위한 실용적 자세인 셈이다. 1992년 대선에서 김영삼에게 패퇴하자마자 김대중은 즉각 정계 은퇴를 선언했다. 그리고는 서둘러 영국 유학을 떠났다. 평민당 사람들이 "선생님이 떠나면 우리는 어쩌란 말이냐"고 읍소했지만, 그는 뒤를 돌아보지도 않고 짐을 꾸려 떠난 것이다. 김대중의 판단은 정확했다. 김영삼이 휘두른 개혁 칼날에 전두환, 노태우가 날아가고, 대선 때 애를 먹인 정주영도 혼이 났다. 김대중이 국내에 남아 있었다면 어찌됐을까.

양 김씨는 서로를 잘 안다. 물론 김영삼은 어떤 면에서 의리를 아는 사람이라 민주화 동지였던 김대중을 어쩌지는 않았을 것이라고 말하는 이도 있다. 그러나 권력을 쥔 쪽은 권력의 칼날을 휘둘러 보고 싶은 충동을 느끼게 마련이다. 어디 그뿐인가. 늘 충성파도 나오게 돼 있다. 조작이건 아니건 '김대중이 선거 때 누구누구로부터 얼마를 받았다' 느니, '과거 민통 사건의 진상은 이렇다' 느니 하고 문제삼을 가능성은 충분히 있었다.

이회창이 1997년 선거 후에 당한 것만 보아도 알 수 있는 일이다. 김대중은 이런 가능성을 미리 꿰뚫고 있었다. 현장을 떠나 있음으로써 정권의 칼날을 피하고, 한편으로 정치 라이벌에게 홀가분함을 주는 뜻도 있었던 것이다. 전두환 정권하에서 수모스런 탄원서를 쓰고 미국으로 나간 것도 같은 맥락이다. 이제 김대중은 타계했고 김영삼은 남아 있다.

김영삼은 김대중의 죽음을 누구보다 깊이 애도했고 안타까워했다. 그들은 40년 정치 여정에서, 때로는 가장 가까운 민주화 동지로서 때로는 적의를 가진 첨예한 맞수, 경쟁자로서 서로가 앞서거니 뒤서거니 하였다. 김영삼은 김대중 편에서 그를 경원시했던, 소위 동교동 식구들을 불러 화해와 단합의 만찬을 같이 했다.

이른바 상도동, 동교동계의 화합의 한마당이었다. 그들이 이 나라 정치의 민주화에 크나큰 업적과 공을 남겼고, 그들의 40년 정치 인생 자체가 이나라 근대 정치사의 큰 족적이 되는 것은 분명한 사실이지만, 아직 그들에 대한 역사적인 평가는 끝나지 않았다. 이제 JP를 포함한 3김 시대는 막을 내렸다. 그리고 냉엄한 역사의 평가가 진행 중에 있다.

DJP 연대의 겉과 속

내가 대변인 시절의 이야기다. 당대표였던 김종필 씨가 내게 말했다. "대변인, 지금 숨어 있는 DJ는 반드시 다음 선거에 나올 겁니다. 그리고 반드시 또 떨어질 겁니다. 그리고 그는 확실히 빨갱이입니다" 김종필 씨는 나와 서울대학교 사범대학 선후배 지간이다. 사범대학 출신 정치인이 그렇게 많지 않아, 나는 그를 따랐고 그도 나를 무척 아꼈다.

그랬던 JP가 DJ와 손을 잡고 이회창을 떨어뜨렸고, 김대중 대통령 밑에서 국무총리가 돼 1인지하 만인지상의 영광(?)을 누렸다. DJ와 JP가 대선에서 연대한 것은 양쪽의 정치적 이해가 절묘하게 맞아떨어졌기 때문이다. 먼저 김대중 측의 이해타산을 따져 보자.

그의 정치적 기반은 호남이다. 1971년 박정희와 한판 승부를 겨룬 뒤 김대중은 호남의 희망으로 부상했다. 영호남 간의 지역대결이 첨예화되고 그가 군부 집권자들에 의해 핍박을 받는 것과 비례해서 정치적 입지는 오히려 강화됐다. 중앙정보부에 의한 납치사건과 5·18 광주사태 이후 그는 일약 국제적 인물로 등장했다.

그러나 국내에서 그는 지역을 넘어서 폭넓은 지지를 얻는 데 실패했다. 가장 큰 원인은 출신지인 호남의 절대적 지지를 받고 있는 데 대한 반작용 때문이었다. 다시 말해, 그는 늘 지역주의의 수혜자인 동시에 최대 피해자라는 양면의 칼날에 서 왔다. 그가 과거 세 차례의 도전에서 번번이 실패한 것도 이런 결과 때문이었다.

1997년 선거는 그의 마지막 도전일 수밖에 없었다. 당시 호적 나이로만 따져도 73세, 이미 늙어 있었던 것이다. 1997년 선거는 지역성에 관한 한 DJ로선 어느 때보다 유리했다. 경쟁자인 이회창이나 이인제가 영남 출신이 아니라는 점만 해도 가슴을 쓸어내릴 만했다. 그럼에도 지역적 딜레마를 극복하는 일은 여전히 DJ가 당면한 최고의 과제였다.

그 돌파구를 JP에게서 찾은 것이다. 김종필은 지역 극복뿐만 아니라 김

김대중 정권의 야당 말살 공작에 맞서 강력한 대여투쟁에 앞장섰다. 1997년.

대중의 이념을 중화시키는 촉매로서도 이용가치가 있었다. 아직은 보수주의가 지배하는 한국사회에서 진보 좌익의 정치지도자가 대권을 잡는다는 것은 상상도 못할 일이다. 김종필이 누구인가. 군사쿠데타를 주도한 반공 이데올로그(Ideologue)인 동시에 보수 우파의 대표적 인물이 아닌가.

김대중의 색깔을 중화시킬 수 있는 적임자임에 틀림없다. 당시 김종필은 정치 조직상 잠재적 이점을 갖고 있었다. 한나라당 전신인 신한국당 대표로서 구 공화계와는 끈끈한 유대를 유지해 안티 이회창 세력을 규합할 수 있는 잠재력도 있었다.

문제는 김종필을 어떻게 끌어들이느냐는 방법론. 그러나 김대중이 수판을 굴릴 때 김종필도 바둑판을 점검하고 있었다.

김종필로서도 자신의 정치적 입지가 날이 갈수록 어려워져 가던 판이었다. 대선에 나설 채비를 했지만, 여론조사는 겨우 4%대를 오락가락, 언론에선 후보토론회에 끼어 주지도 않았다. 그렇다고 한나라당과 다시 손잡는다는 것은 자존심도 상하려니와 그쪽 반응도 냉담했다.

김영삼에 의해 강제로 당을 떠나야 했던 감정이 가시지 않았고, 이회창과도 좋은 사이가 아니었다. 그러나 그보다는 김대중에 배팅하는 것이 더 큰 이자를 받을 것이라는 이유가 작용했다. 김종필이 노리는 최대의 정치 목표는 소수로서 정권을 잡는 일이다. 다름 아닌 내각제가 바로 그것. 우리 정치판이 지역 구도를 벗어나지 못하는 한 어느 일방의 다수 지배는 불가능하다는 데 착안한 것이다.

김대중과 김종필의 계산은 소수 정파라는 공통분모 위에서 일단 합의점을 찾을 수 있었다. 김대중이 내각제를 받아만 준다면, 후보 사퇴는 물론 지역과 색깔에서 그를 도와 정권 창출에 몸을 던질 수 있다는 자세였다.

김대중은 현실정치에 민감한 사람이다. 내각제가 쉽게 이뤄질 것 같지 않다는 점도 내다보았을 것이다. 개헌을 하려면 국민투표와 그 결과에 대한 국회동의를 받아야 한다. 그것도 3분의 2라는 절대 다수의 찬성이 필요하다.

당시 15대 국회는 한나라당이 과반수를 웃도는 160여 석을 차지하고 있었다. 물론 집권만 하면 그 일각을 무너뜨릴 수는 있겠지만, 절대다수 의석으로 바꾸는 것은 불가능하다는 점을 왜 김대중이 몰랐겠는가. 그렇게 될 경우 내각제는 자연히 물 건너갈 수밖에 없겠지만, 그게 자신의 약속 불이행으로 공격받지는 않으리란 점을 꿰뚫어 보았을 것이다.

여기서 정치 9단이라는 양 김의 수읽기 게임은 시작된다. 김종필인들 이런저런 사정과 김대중의 수를 몰랐을 리 없다. 그러나 그에겐 김대중과의 연대 이외에 다른 선택이 없었다.

양김을 잘 아는 이들의 말에 따르면, 꿍꿍이속으로는 김종필이 김대중을 능가한다고 한다. 김종필은 마지막 순간까지 연대에 대한 확언을 하지 않고 버텼다. 급한 사람이 돈을 대는 법. 1997년 11월 2일 밤, 김대중이 김종필의 신당동 집을 찾았고, 짐짓 느긋한 표정을 관리하며 김종필은 합의문에 유리한 내용을 얻어 냈던 것이다. 소위 'DJP 연대'의 속내다.

한화갑과의 기싸움

지금 원내대표로 호칭되고 있는 원내총무는 정치인이면 누구나 한 번쯤 해 봤으면 하는 자리이다. "원칙과 소신을 지키면서 최선을 추구하되 차선을 찾아내는 정치기술. 그래서 공동체를 통합시키고 공동의 이익을 극대화 하는 것" 이것이 정치 본연의 임무와 역할이라면 바로 이 역할의 주체가 원내총무이다.

그래서 흔히들 원내 총무를 정치인의 꽃이라 부른다. 대선 낙선 이후 이회창 총재는 명예총재로 2선에 머물고, 조순 총재가 당의 총재로 오면서 당 3역도 바뀌었다. 그리고 지금까지 총재와 당 지도부의 의중에 따라 사실상 결정돼 온 당 3역 가운데 원내총무는 당 소속 국회의원들이 직접 선출하는, 이른바 직선제 총무로 뽑기로 하였다.

나는 대선 낙선 이후 자중하며 가능한 조용하게 지역구 관리에 전념하고 있었다. 그런데 내가 자연스레 원내총무 후보로 거론되었다. 이회창 후보를 앞장서 밀었던 주류 측의 분위기였다.

솔직히 나도 3선 의원으로 원내총무에 도전해 보고 싶었다. 출마의사를 밝히자 함께 거론되던 김중위 의원(4선 국회의원, 환경부 장관 역임)이 흔쾌히 나를 지지하며 출마를 포기했다. 직전까지 당 사무총장을 맡아 온 민주계의 강삼재 의원과 꼬마 민주당에서 재야 빈민 활동을 해온 제정구(2선 국회의원) 의원이 나와 맞상대로 입후보하였다.

제 의원은 나의 고등학교 2년 후배이다. 나는 주로 민정계 출신 의원들의 지지를 받아 많은 표를 얻어 가볍게 당선되었다. 무엇보다 동료 국회의원들이 나를 신임했다는 데 큰 보람과 긍지를 갖고, 잘해야겠다는 의욕에 불탔다. 대학 1년 후배인 이규택 의원을 수석 부총무로 해서 총무단을 구성했다. 상대는 새정치국민회의 박상천(5선 국회의원) 총무였다.

나는 본회의 의결을 거쳐 15대 국회운영위원장으로 선출되었다. 그러나 박상천 총무가 DJ의 복심이자 실세였던 한화갑(4선 국회의원) 총무로 바뀌었고, 한 총무와 나는 국회 운영을 두고 사사건건 불꽃 튀기는 기싸움을 벌였다. 한 총무는 먼저 당연히 국민회의가 집권당이 됐으니 국회운영위원장은 자기가 맡아야겠다고 했고, 나는 행정부는 행정부이고 국회는 한

원내총무에 선출된 뒤 함께 경합했던 강삼재 의원과 함께. 1997년.

국회 운영위원장으로서 상대당 한화갑 민주당 총무, 구천서 자민련 총무와 원내 대책을 협의하고 있다. 1997년.

나라당이 다수이기 때문에 당연히 내가 국회운영위원장을 해야 한다고 주장해 끝까지 위원장직을 고수했다.

1998년 2월 25일 DJ가 대통령으로 취임했다. 정국은 여소야대로 순탄치 못했다. 집권당은 야당이 된 한나라당 의원들을 빼가기 시작했다. 이회창 총재가 명예총재로 물러난 그 시기에 하루 평균 3~4명씩 의원들이 집권당 쪽으로 갔다.

서울 출신 K 의원은 밤에 이회창 총재 집을 찾아와 눈물을 흘리면서 집권당인 새정치국민회의에 입당하기로 했다고 털어놓았다. 큰 생산업체를 운영하고 있던 K 의원은 은행에서 융자한 돈이 많았다. 중진급의 Q 의원은 정부기관원이 좀 보자고 해서 단 둘이 만났다. 정부기관원은 큼직한 보따리를 풀어놓더니 "이것이 모두 의원님에 관한 비밀자료입니다" 라고 했다. 그 한마디에 그는 한나라당을 탈당했다. 털어서 먼지 안 나는 사람 없다는 말이 실감났다. 당은 '야당성 회복 투쟁위원회' 를 구성하고 의원들의 탈당을 막는 데 안간힘을 썼다.

내가 총무 된 지 5개월이 지나 국회의장단을 새로이 구성해야 했다. 관례대로라면 원내 제1당에서 국회의장과 부의장 1명을 합의로 뽑으면 된다. 그런데 한화갑 총무는 본회의장에서 무기명 비밀투표로 선출하자는 것이다. 나는 지금까지 해온 국회의장단 선출 관례를 주장했고, 한화갑 총무는 비밀투표 선출을 고집했다. 그러나 선거의 본산인 국회에서 투표하자는 데 이를 거부할 명분은 궁색했다.

솔직히 나는, 아직은 한나라당이 다수당이고 설사 협박과 회유가 있었더라도 국회의원으로서 양심과 양식을 믿고 싶었다. 결과는 한나라당의 오세응 후보가 DJP 진영에서 내세운 박준규 후보에게 졌다. 한나라당의 패배였다.

지나고 보니, 상당수 한나라당 의원이 비밀리에 집권당으로 넘어간 상태였고, 조순 총재 체제는 당을 결속시키기에는 여러 가지로 역부족이었다. 당연히 누군가 정치적인 책임을 져야 하는 것이고, 그래서 나는 6개월이 채 안 돼 총무직을 사퇴했다.

주변의 많은 동료 의원들은 국회의원들이 직접 비밀투표로 뽑은 직선 원내 총무는 과거와 달리 특별한 사정이 없는 한 임기를 채워야 하며, 또 국회의장 선거 실패가 총무만의 잘못이냐면서 나의 사퇴를 만류하였다. 이회창 명예총재도 그런 뜻을 내게 보내왔다.

그러나 나는, 정치는 결과에 대해 스스로 책임질 줄 아는 풍토가 있어야 하며, 다수당이 선거에서 실패한 것은 분명히 원내총무가 책임져야 한다고 나의 뜻을 꺾지 않았다. 솔직히 풍비박산이라도 날 것 같은 뒤숭숭한 당을 추스려 나가는 데 나는 몸과 마음이 지쳐 있었다. 물론 조순 총재 등 주요 당직자들도 연이어 물러났고, 당은 이기택 의원을 임시 총재로 추대해 당 내분 수습에 들어갔다.

김대중과 남북문제

1997년 제17대 대통령 선거에서 새정치국민회의 김대중 후보가 한나라당 이회창 후보를 힘겹게 누르고 대통령으로 당선되었다. 이로써 그는 세 번의 실패 끝에 드디어 대통령의 꿈을 이루었다.

김대중은 당선 뒤 합의에 따라 김종필을 국무총리에 임명하고자 하였다. 그러나 야당의 거센 반발에 부딪혔다. 여당은 김종필 총리의 국회인준을 위해 한나라당과 대결하였고, 이를 위해 자민련을 국회 교섭단체로 만들려고 민주당 의원들이 자민련으로 당적을 바꾸는 '의원 꾸어주기'를 강행하여 정쟁을 일으켰다. 2000년 16대 총선에서 여당인 새천년민주당은 비례대표를 포함하여 96석을 얻은 반면, 한나라당은 112석을 차지했다. 여소야대일 뿐 아니라 그야말로 분점정부였다.

정부는 여전히 소수파 비주류 세력에서 벗어나지 못했다. 소수파 정부의 약점을 만회하기 위해 김대중은 정치연합을 펼친 데 이어 남북한 관계 개선을 정당성의 터전으로 삼아 적극적인 대북정책 곧 햇볕정책을 펼쳤다. 그 결과 2001년 6월 15일에 남북정상회담을 열고 남북공동성명을 발표하였는데, 이것이 이념논쟁과 당파싸움을 극도로 고조시켰고, 지금도 그 논쟁은 계속되고 있는 것이다.

우리 정치인 가운데 통일론을 이론적으로 연구하고, 더 나아가 실천적 방법론을 제시할 정도로 일가견을 가진 인물로는 단연 김대중을 꼽지 않을 수 없다. 그가 대선 때 '준비된 대통령론'을 제시한 것도 그 속마음은 자신이야말로 '통일 대통령'이 될 자신이 있다는 뜻이었다. 그는 70년대 이미 3단계 통일방안을 제시한 바 있다. 박정희 정권은 그의 각종 언행을 '친북 좌파적 시각'으로 간주, 혹독한 비난을 퍼부었다.

김대중이 집권한 뒤에도 그의 북한 시각을 놓고 정치권에선 논쟁이 끊이지 않았다. 야당인 한나라당에서 강경보수파를 자처하는 김용갑은 김대중 정권을 아예 '친북 정권'이라 못박아 공격했다. 2001년 10월 국회에서의 일이다. 이 논쟁으로 국회가 1주일씩이나 공전하는 파란도 겪었다. 민주당 측이 '색깔론'이라며 강하게 반발한 때문이다. 색깔론과 관련하여 가장 흥미로운 부분은 김종필의 역할과 언행이다. 공화당과 유신정권 시절, 그는 김대중의 사상적 기저를 문제삼아 공격한 집권세력 중의 한 사람이다. 그러던 그가 1997년 대선에선 김대중에 대한 이회창 한나라당 진영의 사상 시비를 차단하는 데 앞장섰다.

그로부터 3년 반이 흐른 2001년 가을, 김종필은 김대중의 대북정책 노선을 이유로 결별을 선언한다. 두 차례 아이러니를 실천한 꼴이다. "정권 안에 불그스레한 사람들이 있는 게 문제다." 김종필이 그 특유의 언사로 던진 말이다. 남북정상회담 이후 마치 영웅인 양 표현된 김정일이 누구인가. 권력을 세습하고 과거 KAL기 폭파 등 대남 도발사건들을 지휘한 테러 우두머리 아닌가. 그런데 어찌하여 이런 일들은 깡그리 잊고 '통 큰 지도자'니 '합리적 사고를 가진 영특한 사람'이라느니 하는 아부성 말들이 판을 치고 있는가.

김대중이 드디어 노벨평화상을 받았다. 이에 대한 일반의 평가는 다양하다. 그의 지지자들은 말 그대로 열렬한 지지와 찬사를 보냈다. 듣기 거북할 정도의 용비어천가도 있었다. 반대자들은 경제 등 내치를 뒷전에 둔 채 북한에 막대한 지원을 해 준 대가로 얻은 상이 뭐 그리 대단하냐는 비아냥과 혹평을 해댔다.

2000년 6월 13일 평양 순안공항. 김대중 대통령이 분단 오십오 년 만에 이뤄진 첫 남북 정상회담을 위해 이곳에 도착했다. 김정일 북한 국방위원장이 마중 나왔고, 두 사람은 뜨겁게 포옹했다.

이틀 뒤 두 정상은 통일 방안과 이산가족 상봉, 경제협력 원칙 등을 담은 6·15 남북공동선언에 합의했다. 그로부터 7년이 흐른 2007년 10월 2일엔 노무현 대통령이 금단의 선이었던 군사분계선을 걸어서 넘었다. 이틀 뒤 10·4 남북정상선언이 나왔다.

지난 10년 남북관계 발전은 눈부셨다. 두 차례 정상회담이 있었고, 21번의 장관급 회담, 13번의 경제협력추진위원회 회의를 통해 남과 북은 교류의 폭을 넓혔다. 북한 인민군 부대가 주둔했던 군사분계선 북쪽 5km지점에 개성공단이 생겨 남쪽 근로자가 출퇴근하고 있다. 1985년 이후 중단됐던 이산가족 상봉행사는 17차례나 진행됐다.

남측은 매년 40만 톤 안팎의 식량을 북한에 제공했다. 정부 집계로는 김대중, 노무현 정부 시절 대북지원 총액은 2조 7,304억 원이다. 그러나 두 정부의 대북 포용정책이었던 '햇볕정책'은 오히려 남남갈등을 불러왔다. 한나라당 등 보수진영은 대북지원이 일방적인 퍼주기라고 비난했다.

북한은 남측의 지원에도 불구하고 전혀 외투를 벗지 않고 뻣뻣함이 여전하다. 특히 북한은 자신을 '악의 축' 국가로 규정한 부시 미 행정부와의 갈등 속에 1차 핵실험을 강행했다. 오바마 행정부가 들어선 2009년 5월에는 2차 핵실험을 실시했다. 국민들은 대북 피로감을 심각하게 호소하고 있다. 절대 다수의 국민들이 대북정책 속도조절론을 지지하고 있다. 결국 2008년 이명박 정부가 들어서면서 남북관계는 대립과 갈등의 구도로 접어드는 양상이다. 개성공단은 한때 위기에 처했고, 식량지원은 중단됐다.

2009년 신종플루치료제 지원으로 모래성처럼 불안하게 이어지던 남북관계는 급기야 2010년 3월 26일, 북한의 소행으로 빚어진 '천안함 사건'으로 사실상 단절된 상태이다. 북측의 어뢰공격으로 우리 해군 함정 '천안함'이 침몰되고 장병 46명의 목숨을 앗아 간 이 사건은, 지금 UN이 개입하긴 하였으나, 결국은 미국과 중국 등 한반도를 둘러싼 열강들의 아귀다툼으로 번져 한반도 정세의 긴장상태는 그 어느 때보다 고조되고 있다.

한반도의 긴장완화는 무엇보다 북의 김정일 집단이 그토록 집착하는 핵무장을 확실히 포기하는 비핵화 결단에서부터 시작되는 것이다. 그 결단은 제도로써, 또 열강의 담보로써만이 보장되는 것이다.

남북관계는 정권이 몇 차례 바뀐 지금도 풀리지 않는 우리 민족 비원의 숙제로 남아 있다. 우리 모두에게 남겨진 역사의 교훈은 어떤 구실, 어떤 명분이 있다 하더라도 남북 문제를 특정인이나 특정집단의 이익을 위해 정략적으로 접근해서는 안 된다는 것이다. 그것은 바로 나라와 민족에게 끼치는 역사적인 범죄이기 때문이다.

정치는 교도소 담장 위를 걷는 것

지금은 망해 버린 한보의 정태수 회장은 나와 같은 고향 출신이다. 내가 태어난 진주 대곡면 단목에서 재만 하나 넘으면 그의 생가이다. 초등학교도 같은 선후배지간이다. 그런데도 나는 그와 일면식이 없었다. 나는 기자시절도 경제분야와는 거리가 멀었고, 정치를 하면서도 경제인들과는 별로 친분을 맺지 못하였다.

그러나 고향에서는, 잘나가는 대재벌 회장이 같은 고향 출신인데, 정 회장은 당연히 하 의원을 물심양면으로 도와줄 것이라고 믿는 분들이 많았다. 마침 나와 함께 인근 진양에서 14대 의원으로 당선된 활동적인 정필근 선배가 정 회장과 같은 해주 정씨 집안인데다 재무위원회 소속으로 자주 만나고 있다는 이야기는 들었다. 나는 명색이 3선으로 중진의원이 되었는데도, 정 회장은 나의 후원회 명단에도 없어 내심 섭섭하기도 했다.

그런 정태수 회장이 내게 만나자고 연락이 왔다. 은마아파트 자신의 사무실로 한번 들러 달라는 것이다. 정 회장은 "내가 지금까지 몇 차례 선거를 치렀는데도 도움을 주지 못했는데, 늦었지만 15대 당선 축하금"이라면서 검정색 가방 하나를 내밀었다. 나는 망설이다 받았고, 돌아와 열어 보니 현금 5,000만 원이었다. 마침 정 회장의 생가에 가는 길을 포장해야 한다는 지역구 민원도 있고 해서, 나는 사무국장을 불러 지역사업에 쓰도록 조치했다.

그런데 한보사건이 터졌고, 나도 그 일로 검찰에 불려가 조사를 받게 됐다. 지역구 사업에 그 돈이 쓰여진 것이 확인돼 나는 무혐의 기소중지 처분을 받았지만, 정치생활하면서 처음으로 비리혐의로 검찰의 조사를 받는 불명예를 안게 되었다. 정치라는 말은 좋은 말이고, 또 인간사회에서 싫든 좋든 필요한 행위이다. 말 그대로 부정을 바로잡고(政) 수리한다(治)는 뜻을 생각해 봐도 그렇다. 그러나 우리 정치는 그러질 못했다. 많은 덕을 쌓은 훌륭한 인품의 사람도 정계에만 들어오면 망가지기 일쑤였다.

나는 정치를 하면서 내 나름의 각오와 소신을 다져 왔다. 역사 앞에 자랑스런 존재는 못 되더라도, 적어도 부끄러운 일은 하지 말아야 한다. 그 중에서 가장 경계해야 하는 것은 부정한 돈을 탐내거나 부정과 타협하는 일이다. 어떤 정치인은 "정치의 길은 교도소 담장 위를 걸어가는 길"이라고 말했다. 사실이다. 정치를 하다 보면 수없이 많은 유혹과 갈등이 따르기 마련이다. 그러면서 자신도 모르게 비리에 빠져들게 된다. 그래서 항상 스스로를 경계하고 조심해야 하는 것이 정치의 길이다. 나는 다행히 그런 흙탕물에 빠져 본 적은 없다. 물론 내 주변 많은 친지들의 희생과 도움이 있어 가능했겠지만, 나는 항상 최소한 돈 문제만큼은 깨끗해야 한다고 다짐해 왔다.

김대중 대통령 시절의 이야기다. 나의 학교 후배이기도 한 한 검찰 간부가 귀띔을 해왔다. 지금 검찰에서 나의 뒷조사를 하고 있다는 것이다. 혐의 내용은 SK 손길승 회장이 동기동창 친구지간이고, LG그룹 구 회장이 나와 같은 동향으로 친척이 되니까, 이회창의 측근인 내가 아무래도 정치자금과 관련해 비리가 있을 것이라는 것이다.

실제 당시 언론에는 이 같은 정황이 H 의원이라는 익명으로 보도되었고, 진주에서 나의 숙모님이 경영하는 화장품 가게 통장 하나까지, 심지어 나의 보좌관이 쓴 10만 원짜리 수표 한 장 한 장까지 추적조사를 받았다. 털어서 먼지 안 나는 사람 없다지만, 내게는 털어서 날 먼지가 없었던 것 같다.

정치와 돈

정치하는 데는 돈이 든다. 특히 선거 때는 더더욱 그렇다. 지금까지 선거 전에는 반드시 많은 관중을 모아 후보의 소견을 밝히는 대중연설이 있었고, 그때 얼마나 많은 청중을 모을 수 있느냐가 후보의 당락을 점치는 기준이 되었다. 전국적으로 치러지는 대선의 경우, 통상 한 번의 대중 집회에 각 정당은 보통 100만의 청중을 동원하는 계획을 짠다. 집권당의 경우 어쩔 수 없이 동원비를 들여야 한다.

한 사람당 교통비와 점심값 등 2만 원을 책정하는데, 100만을 동원하는 데는 무려 200억 원이 든다. 물론 선거법에 규정된 액수보다는 엄청나게 많은 돈이다.

일반 국민들에겐 이해할 수 없는 거액이다. 그래서 각 당은 선거철이 되면 재계에 손을 내밀고, 또 경제계는 이것을 민주주의를 하고 시장경제 체제를 유지하는 데 어쩔 수 없이 들어가는 필수경비로 받아들인다.

이를 위해 기업은 평소에 비자금을 조성하게 되고, 기업은 선거 때마다 각 당이나 후보별로 당선 가능성에 따라 많거나 적은 돈을 내놓는다. 그래서 선거철이 되면 돈이 풀리고 물가가 오르지만, 선거가 끝나면 정부는 그 돈을 또 거두어들인다. 그래서 혹자는 선거가 민주주의의 축제요 꽃이라고도 표현한다.

　물론 이것이 정당하거나 옳은 것은 아니다. 법으로도 허용되지 않는 범법행위이다. 그럼에도 지금까지 우리 정치권에서 통용된 관례가 그러했다.

　그러나 이 관례를 DJ가 대통령이 되고 나서부터 문제삼기 시작했다. 당연히 DJ는 그가 오랜 정치 역정에서 저지른 부정, 비리에 대해 먼저 고백하고 스스로를 단죄하는 과정을 밟았어야 했다. 그러나 그는 그러질 않았다. '내가 한 건 로맨스고 당신이 한 건 용서받지 못할 죄' 라는 식이다. 노무현 대통령도 마찬가지였다. 그것이 세풍이고, 차떼기 사건이다. 당하는 사람은 당연히 정치보복이라 반발한다. 이 나쁜 관례는 반드시 없어져야 한다. 악순환의 고리를 끊어야 한다.

　그동안 이 적폐를 없애기 위해 선거법도, 선거제도도 수없이 바뀌어져 왔다. 그러나 아무리 관례가 그렇고, 또 설령 합법적인 정치자금이라 하더라도 그 돈을 개인적으로 착복해 사리사욕에 쓰는 것은 가혹하게 단죄받아야 한다.

　정치권은 돈 안 드는 선거를 위해 제도적인 장치를 만드는 데 지속적인 노력을 해야 할 것이며, 반면 관련법도 현실에 맞게 개정하여, 다시는 정치보복이라는 말이 없고, 그래서 국민들이 정치인을 신뢰하고 존경할 수 있도록 하는 매서운 자정 노력이 있어야 할 것이다.

당 사무총장, 아! 허주

당은 16대 총선을 앞두고 다시 이회창 총재 쪽으로 중심이 잡혀 갔다. 조순 총재가 물러나고 이회창이 다시 총재가 된 것이다. 그때 새정치국민회의의 원내총무를 지낸 신기하 의원이 내게 모로코와 세네갈을 거쳐 아프리카를 함께 여행하자고 제의해 왔다.

신기하 의원은 외유내강형의 원만한 성품으로 나와는 당은 달랐지만 가까이 지내던 사이였다. 그리고 나는 한국 모로코 친선협회장을, 신기하 의원은 세네갈 친선협회장을 맡고 있어 의원외교의 목적도 있었다. 나는 평소에 영화에서만 보아온 킬리만자로를 오르고 싶었고, 아프리카도 가 보고 싶어 했던 곳이라, 적극 찬동하고 여행 준비로 예방주사까지 맞았다.

그런데 복귀한 이회창 총재가 또 비서실장을 맡아 달라는 것이다. 솔직히 원내총무까지 지낸 경력도 그렇지만, 나는 정말 비서실장을 맡을 생각이 없어 단호하게 이 총재의 제의를 거절했다.

그런데 그 이튿날 나는 차 안에서 "하순봉 전 총무가 총재 비서실장으로 내정됐다"는 라디오 뉴스를 듣게 되었다. 나의 완강한 고사에도 불구하고 이 총재가 일방적으로 결정해 언론에 발표해 버린 것이다.

정말 진퇴양난이다. 더 이상 거절하면 이 총재의 이미지에도 큰 손상이 되기 때문이다. 나는 정치가 하고 싶다고 되는 것도 아니고, 싫다고 안 되는 것도 아니라는 독백을 되뇌이면서, 멸사봉공의 심정으로 두 번째 비서실장을 맡게 되었다.

물론 아프리카 여행은 나 대신 강용식 의원이 가게 되었고, 평소 여행을 즐겨하던 신기하 의원은 그 후에 다시 해외여행을 하다가 비행기 사고로 목숨을 잃었다. 참 좋은 정치인이었는데……. 당시 당은 대선 낙선에다 집권당의 의원 빼가기 등 잇따르는 탈당사태로, 외우내환의 혼란이 걷잡을 수 없었다. 나는 이러다간 당이 와해될 수도 있겠구나 하는 생각도 들었다.

나는 김윤환 선배 등 계파를 가리지 않고 중진의원들을 찾아다니며, 이제 우리가 김대중 정권의 파괴공작에 맞서 당을 살리는 길은 단합하는 것밖에 없으며, 이회창 총재를 중심으로 당력을 모으자고 역설하고 다녔다.

이 무렵 서울시장 선거를 앞두고 당내 여러 인사가 공천경합을 하였는데, 나는 이명박 의원을 밀었다. 정당의 존립근거는 기본적으로 정권을 잡는데 있다. 마찬가지로 정권을 빼앗기고 여당이 야당 된다는 게 얼마나 고통스러운지는 당해 본 당인이 아니고서는 실감할 수 없을 것이다.

이회창 총재는 심기일전 당을 살리겠다는 결단으로 당의 3역을 바꾸었다. 정책위 의장은 정창화 의원(5선 국회의원), 의원 총회에서 뽑는 원내총무에는 재야활동을 한 이부영 의원(3선 국회의원), 그리고 사무총장에는 나를 발탁한 것이다. 사무총장은 당의 조직과 인사, 재정 등 당무의 대부분을 관장한다. 양정규 부총재 등 이회창 총재 주변의 여러 사람들이 "이렇게 당이 어려운데 총재 옆에서 누구보다 애를 많이 쓴 하순봉 의원이 당의 살림을 맡아야 한다"고 건의했던 것이다.

사무총장을 맡고 보니, 당의 사정은 정말 말이 아니었다. 당의 재정은 바닥이 나 당 사무처 직원들의 봉급도 몇 달째 주지 못하고 있었다. 3당 합당으로 사무처 직원은 턱없이 늘어나 마치 죽은 공룡과도 같이 힘 못 쓰는 비대한 조직이 돼 있었고, 할 수 없이 직원들은 3교대 무급휴가를 보내고 있었다.

나는 우선 사무처 조직을 구조조정하여 내실을 기하는 일부터 시작하기로 했다. 많은 동료의원들은, 그래봤자 괜히 인심만 잃는다며 만류했다. 사무처 요원들이 어떤 사람들인가. 각기 나름대로 정치인들과 인맥이 연결돼 있고, 한 사람이라도 잘못 건드리면 엄청난 부작용이 있을 수 있다면서, 이렇게 골치 아픈 일은 그냥 적당히 넘기는 게 상수라고 충고도 했다.

그러나 야당이 된 한나라당의 가장 시급한 명제는 무엇인가? 정권을 되

이회창 총재는 심기일전 당을 살리겠다는 결단으로 당의 3역을 바꾸었다. 정책위 의장은 정창
화 의원, 의원 총회에서 뽑는 원내총무에는 재야활동을 한 이부영 의원, 그리고 사무총장에는
나를 발탁한 것이다. 우로부터 정창화 정책위 의장, 이회창 총재, 나, 맹형규 비서실장이 정답
게 담소를 나누고 있다. 2000년.

찾는 일이다. 그러기 위해서는 다음 선거에서 반드시 이겨야 하고, 선거에 이기기 위해서는 무엇보다 당의 제일 핵심인 사무처 요원들의 기(氣)를 살려 패배의식을 떨쳐 내고, 사무처에 일하는 분위기를 조성하는 것이 시급하다고 나는 판단했다.

그래서 사무처 구조조정 작업을 밀어붙였다. 먼저 일정한 기간이 지나도록 보직을 받지 못한 사람과 정년이 다 된 고참직원 등 100여 명을 내보냈다. 물론 최대한 다른 곳으로 전직을 알선해 주었고, 당 소속 의원들에게는 사무처 요원을 우선적으로 채용해 줄 것을 요청하였다.

그러지도 못 하는 직원들에게는 "월급도 제대로 받지 못하는 직장에 눌러있기보다는 한 살이라도 젊을 때 다른 길을 찾아보는 것이 좋겠다"고 설득했다. 솔직히 나는 구조조정이라는 칼자루를 휘두른 게 아니라, 칼날을 손에 쥐고 당을 살려 보겠다고 안간힘을 쓰는 상황이었다. 때로는, 하필이면 내가 왜 이런 일을 시작했을까 하는 후회도 많이 했다. 살아남은 직원들은 밀린 월급도 받고 각기 업무에 전념해 사무처는 다시 활기를 띠고 일하는 분위기로 잡혔다.

이회창 총재는 내게 큰일을 해냈다고 치하를 아끼지 않았다. 그러나 나는 개인적으로, 정치인으로서 두고두고 큰 손실을 감내해야만 하였다. 선거에 이겨 당을 살리기 위해서는 어쩔 수 없는 선택이었다고 강변하고 싶지만, 지금도 나는 당시 억지로 밀려 당을 떠나야 했던 분들에게 미안하고 사죄하는 마음이다.

당 사무처는 일단 정비됐지만, 제일 중요한 16대 총선거 공천작업이 남아 있었다. 당은 양정규 부총재를 심사위원장으로 해서 여성 부총재인 이연숙 의원, 재야 출신 홍성우 변호사, 그리고 당 3역인 정창화, 이부영, 나, 이렇게 7명으로 공천심사위를 구성, 공천자를 가리는 작업에 들어갔다.

공천후유증은 총재와 사무총장이 몽땅 떠안아야 했고, 나는 처음부터 그것을 각오하고 있었다. 그러나 허주 김윤환 의원이 탈락되리라고는 상상도 못했다. 결국 그는 그 충격으로 병상에 눕게 되었고, 이회창 총재와 나는 병상으로 그를 찾아 착잡한 심경으로 그의 쾌유를 빌었다. 그의 명복을 비는 마음은 지금도 가슴이 미어진다. 허주 김윤환 선배와 함께. 1996년.

이 총재는 공천심사에 앞서 윤여준 의원을 통해 기초자료를 준비하도록 했고, 우리는 그 자료를 위주로 심사를 했다. 뒤늦은 변명 같지만, 나는 누구를 좋다 나쁘다 하고 선별하는 일을 해 본 적이 없었다. 그렇잖아도 선거에 대비해 사무총장이 처리해야 하는 다른 당무가 산적해 공천 심사에는 자리를 비울 때가 많았다. 또 총재의 판단을 믿고 심사작업에는 적극적인 참여를 하지 못하였다. 그러나 공천후유증은 총재와 사무총장이 몽땅 떠안아야 했고, 나는 처음부터 그것을 각오하고 있었다. 그러나 허주, 김윤환 의원이 탈락되리라고는 상상도 못했다. 허주가 누구인가. 언론계는 물론 내가 정치를 하면서 고비 고비 어려움이 있을 때 그는 나를 도우려고 애를 썼고, 인간적으로도 누구보다 나와 가까운 사이가 아닌가. 더구나 그는 누구보다 앞장서 이회창을 밀지 않았던가. 나는 뒤늦게 그럴 수는 없다고 책상을 치며 총재에게 항의했지만, 그대로 진행돼 버렸다. 중간에라도 심사위원을 사퇴할걸 하면서도 다음 정권을 잡는 데 성공하면 어떻게 하더라도 그에게 보답하겠다고 마음으로 다짐했다. 결국 그는 그 충격으로 병상에 눕게 되었고, 이회창 총재와 나는 병상으로 그를 찾아 착잡한 심경으로 그의 쾌유를 빌었다. 그의 명복을 비는 마음은 지금도 가슴이 미어진다.

내가 서울에서 당무에 시달리고 있는 동안, 지역구인 진주에서 빨리 내려와야겠다고 야단이었다. 인접한 진구 갑(甲) 지역구를 맡고 있던 김재천 의원이 진주 선거구가 하나로 통합되자 사무총장인 내가 비례대표로 나가고, 지역구는 자신이 맡아야 한다면서 '반하순봉 여론'을 조성하고 조직을 흔들어 댄다는 것이다. 그렇잖아도 지역구 활동에 소홀할 수밖에 없었던 나로서는 긴장하지 않을 수 없었다. 부랴부랴 지역구로 내려가 김 의원을 설득하였다. 대선이라는 정치적인 대사를 앞두고 당을 힘 있게 끌고 가기 위해서는 사무총장이 지역구 출신이 돼야 할 것이며, 대신 내가 도와줄테니 김 의원이 비례대표로 나가는 게 좋겠다고 설득했다.

김 의원은 나의 제의를 한마디로 일축하고, 무소속으로 지역구 출마를 고집했다. 많은 표차로 내가 당선되긴 했지만 고등학교 후배인 김재천 의원과는 이래저래 정치적으로 좋은 인연이 되지 못했다. 지역구 공천작업은 많은 우여곡절 끝에 마무리했지만 비례대표 공천이 문제였다.

당초 총재와 나는 비례대표 후보로 직능계를 대표할 수 있는 인사와 당에 기여한 공이 큰 인사 등을 중심으로 대강 협의를 마쳤으나, 내가 지역구에 매달려 있는 사이 격심한 지역구 공천 후유증으로 총재가 당혹해 당초의 구상이 완전히 깨어져 버렸다.

2000년 4월 나는 16대 국회의원으로 4선의 중진이 되었다. 당은 7명의 부총재를 전국 15만 대의원으로부터 직접 선출하여 총재를 보좌하도록 하는 명실상부한 단일지도 체제를 갖추었다. 나는 부총재에 나가기로 마음먹고 사무총장직을 사퇴했다. 후임으로 서울 출신 박주천(3선 국회의원) 부총장이 사무총장 대행을 맡았다. 1년 반 동안 사무총장을 맡으면서 나는 정치인으로 가장 큰 고통과 시련을 겪었다. 그러면서 한편으로 나라와 역사 앞에 '정치인 하순봉'이 어떤 모습이 돼야 하느냐를 골똘히 생각하고 고민했다.

언론과 정치

흔히들 언론(言論)과 정치(政治)를 동전의 양면에 비유한다. 한쪽은 사회를 시시비비 비판하는 것이 주된 역할이고, 또 한쪽은 잘했다, 못했다, 비판받는 것이 당연한 처지이다. 정반대의 입장이면서 또 떼려야 뗄 수 없는 관계이기도 하다.

　나는 평생을 언론과 정치를 주업으로 삼고 짧지 않은 세월을 살아왔다. 젊었을 때는 세상 사람들의 주목을 받으면서 남자로서 해 볼 만한 일이라고 자존과 긍지도 가졌으나, 지나고 보니 내가 몇 번이나 되뇌었듯이 회한과 반성이 많이 남는다.

　20년의 정치현장을 뛰는데, 남들은 내가 언론 출신이기 때문에 언론에서 좋게 부각되고, 특히 텔레비전 화면에 잘 비춰진다고 부러워도 했다. 그러나 정작 나로서는 터무니없는 언론의 공격이나 비판을 받을 때 언론에 대해 무척 섭섭할 때도 많았다.

　많은 사람들은 언론과 정치를 묶어서 불가근불가원(不可近不可遠)의 상대로 치부한다. 가까이해서도 멀리해서도 안 된다는 것이다. 특히 힘을 가진 권력자가 되면 언론이나 정치(내가 여기서 말하는 정치는 의회민주주의 체제 아래서 선거를 통해 이루어지는 대의민주주의를 말한다)를 지극히 비생산적이거나 합리적이지 못한 대상으로 치부한다. 또 많은 국민들도 거기에 동조하여 언론과 정치를 경원시하거나 희화화한다. 국회의원이 별 볼일 없는 애 보는 직업으로 비유되는 것도 우리나라뿐이다. 그것이 독재의 시발이다.

　그러나 언론과 정치는 사람이 살아가는 데 꼭 있어야 할 공기와 같은 존재이다. 동물공화국이 아니고서야 언론이 없고 정치가 없는 사회를 상상이나 할 수 있겠는가. 그래서 문명사회일수록 좀 귀찮고 번거롭더라도, 또 값비싼 대가를 치르더라도 유리그릇처럼 언론을 보호하고, 여든 야든 정치를 평가하려고 애를 쓴다. 그래서 언론과 정치에 종사하는 사람들의 책임과 의무가 막중해지는 것이다. 아무튼 나는 나의 두 자녀가 언론과 정치가 아닌 분야에서 활동하고 있는 것을 다행으로 여긴다. 그러나 그들이 또 그 일에 관심을 갖거나 매달린다 해도 말리지 않을 것이다.

마침 내가 정치를 하면서 한창 잘나갈 때 의정(議政) 전문지 『의정(議政)과 인물(人物)』 2000년 9월호에, 나를 '이달의 인물'로 소개한 내용이 있어 그대로를 옮겨 놓는다. 옛날 기사라 좀 쑥스럽기도 하다.

진주가 키운 하순봉, 한국을 움직인다

앵커 출신의 학구파 하순봉 의원은 한학자(漢學者)인 하정근 옹과 재령 이씨의 장손으로 1941년 10월 8일 초등학교 교단에서 평생을 보낸 하만관 교장과 진주 강씨 사이의 7남매 중 맏이로 태어났다. 진주중·고등학교를 거쳐 서울대 사범대학을 졸업한 그는 ROTC 2기 육군소위로 임관되어 군복무 중 전군에서 '최우수 소대장'으로 뽑혀 표창을 받았다. 예편 후 1966년 진주고등학교에서 잠시 교편을 잡기도 했던 하순봉 의원은 홀연히 고향을 등지고 상경, 청와대 출입기자가 되기까지 실로 눈물겨운 고통을 견뎌 내야 했다.

1967년 문화방송에 입사, 기자 출신으로는 최초로 MBC TV 9시 뉴스 앵커가 된 그의 경력만 보아도 그가 어떤 입지전적인 인물인지 단적으로 드러나는 한 예라 할 수 있다. 입사 8년 만에 부장 대우로 초고속 승진하고 한국기자협회 MBC 분회장을 맡아 정론을 펼치다가, 유신 치하에서 정직을 당하는 등 수모와 고초를 겪은 그의 이력이 오늘날 올곧은 정치신념의 중진 정치인으로 급성장한 배경과 무관치 않다는 데 이론이 있을 리 없다. 그의 지역구인 진주 시민이 그를 소홀히 볼 리 없었다. 정치 중앙무대에서 그가 진가를 유감없이 발휘하고 당 대변인, 원내 사령탑인 원내총무, 당 운영을 총괄하는 사무총장을 맡는 등 흔히 말하는 '로열코스'를 거치는 정치 거목으로 그가 성장하기까지 진주 시민의 그에 대한 애정은 무척이나 각별한 것이었다.

그것은 하순봉 의원의 독특한 지역구에 대한 사랑과 정열, 남다른 책임감의 소산이라 하겠지만, 또 다른 이유는 그의 진실성에서 우러나오는 소박한 품성과 인정을 진주 시민들이 높이 평가한 데서 기인한다. 하순봉 의원은 그야말로 진주에서 태어나 진주에서 성장한 '진주 토박이'. 표면적인 넉넉한 인상에서 풍기듯 그의 애향심은 지금도 그의 식탁에서 된장국이 떠나지 않을 만큼 소탈하고도 한국적인 기품이 떠나지 않는다.

선거공약 실천, 경남의원 중 1위!!

언론과 정계에서 하순봉 의원의 정국에 대한 통찰력과 지도력은 이미 정평이 나 있다. 대정부, 대여 관계에 있어 차세대 지도자 1순위로 꼽힐 만큼 그 유연성이 높이 평가되고 있는 인물. 여당 내에서조차 하순봉 의원에 대한 정치적 비중과 진실성을 높이 평가, 여권의 실세 그룹이 정국이 막힐 때마다 그와 공식, 비공식 채널로 대화 창구를 요청할 정도다.

이제 그는 지역구 출신 의원으로서 당내 핵심 중진의 위치를 넘어 전국적인 인물로 국민 앞에 다가섰다. 하순봉 의원은 1981년 11대에 전국구 의원으로서 정계 진출의 꿈을 이뤘다.

1984년 국무총리 비서실장으로 발탁되어 12대 총선은 비켜 갔지만, 나름대로 행정부 각 부처에 대한 실전 경륜을 쌓았다. 정열적인 학구파이기도 한 그는 노신영 전 총리의 권유도 있었지만, 만학으로 건국대 대학원에 진학, 정치학 박사 학위를 기어코 따 낸 인물이다. 그 후 1986년에는 한국방송광고공사 사장을 맡아 문화, 예술, 언론을 지원하는 위치에서 경영능력을 발휘하기도 했다.

하순봉 의원. 그처럼 눈물과 인정이 많은 사람도 없다. 그와 잠시 대화를 나누다 보면 사람답게 사는 모습이 물씬 풍겨난다. 사람 사는 사회에서 인간을 차등하는 높낮이는 있을 수 없다는 것이 그의 진리이자 철학이다. 돈이나 권력이나 하찮은 배경 때문에 억울하게 피해를 보거나 소외되는 일이 없어야 한다는 게 그의 한결같은 지론이다.

언론계에 몸담았던 시절, 경찰서를 찾아 "누구 억울한 사람 없느냐"고 피의자들 틈을 비집고 다니며 외친 일만 보아도, 그가 얼마나 정직하고 정의로운 신념의 소유자인가를 알 수 있는 대목이다.

그만큼 그는 인권을 소중하게 생각하는 사람이었고, 정치인으로서도 그것을 가장 큰 덕목으로 삼았다. 또한 그가 문교부 출입기자 시절 대학입시에서 몸이 부자유스러운 지체부자유 학생들에 대한 차별 철폐 캠페인을 대대적으로 벌여 하순봉 의원은 당시 지체부자유 학생으로부터 세상 그 어느 것보다 값지고 귀한 감사패를 받았다. 그가 오늘날 칭송받는 정치인으로 우뚝 서게 된 사실은 결코 우연한 일이 아니라는 데 의심의 여지가 없는 것이다.

부친 유지 받들어 '성와장학회' 만들어

하순봉 의원은 1987년 2월 25일 부친(성와 하만관)이 40년간의 교직생활 끝에 받은 퇴직금 전액으로 평소 부친의 유지를 받들어 가정 형편이 어려워 상급학교에 진학하지 못하는 불우한 학생들을 돕기 위해 「성와장학회」를 설립, 매년 중·고교에 진학하는 50여 명 학생들에게 등록금 전액을 장학금으로 지급하고 있다.

하순봉 의원에게 있어 1988년은 악전고투의 해. 그해 13대 총선에 나선 그는 '反5共 태풍'에 밀려 낙선이라는 쓰라린 고배를 마셨다. 그 일을 계기로 그는 항상 자신에게 엄격해야 하며 겸손해야 한다는 값진 교훈을 스스로 익혔다.

그가 오늘이 있기까지 그날의 쓰라린 경험은 두고두고 커다란 삶의 철학이 되어 소중한 힘의 원천이 되지 않았나 생각된다.

그의 독특한 단면은 거기서 그치지 않았다. 낙선의 아픔이 채 아물기 전에 집권층에서는 언론사 사장, 국영기업체 이사장 등 온갖 선심성 유혹이 그치지 않았지만, 그의 대쪽 같은 신념을 꺾지는 못했다.

너무도 진주를 사랑했기에, 그는 그 같은 제의를 단호히 따돌릴 수 있었다. 경남 지역에서도 진주는 교통상태가 매우 열악한 곳이었다. 진주—대전간 고속도로를 최초로 입안하고 구체화시킨 것도 이 같은 상황을 안타깝게 여긴 하순봉 의원의 열정적 결실이었다. 진주 시민의 오랜 숙원이었던 천수교를 온갖 음해와 중상모략 속에서도 기어이 완공시킨 것도, 크고 작은 공약 54건을 묵묵히 완결한 것도, 그가 아니고서는 이뤄 낼 수 없는 집념의 결실이었다. 하순봉 의원이 얼마나 청렴한 사람인가 하는 데는, 흔히 말하는 돈 되는 정부 요직을 두루 거쳤지만, 선대로부터 물려받은 종중 토지와 집 한 채가 전부라는 사실만 보아도 알 수 있다.

당 대변인, 총재 비서실장, 원내총무, 사무총장을 거친 신념의 정치인

국민의 마음을 읽는 정치, 의정활동

절치부심하던 하순봉 의원에게 드디어 기회가 왔다. 1992년 14대 총선에서 그는 무소속 후보로 전국 최고득표율이라는 경이적인 신화를 창출하며 화려하게 재기했다. 그리고 그는 지역구민의 여론에 이끌려 집권 민자당에 입당했다.

민자당 당 대변인이 된 그의 탁월한 정치상황 분석과 판단력은 곧바로 두각을 나타내며 정치권의 이목을 집중시키기에 충분하다.

하순봉 의원의 지역구에 대한 애착은 일반 사람들의 상상을 초월한 정도. 지역의 대변자로서 어떻게 하면 낙후된 진주 지역을 어느 지역 못지않게 살기 좋은 고장으로 만드느냐 하는 문제는 그의 머릿속을 떠나지 않았다. 낙후된 지역을 일으켜 세우기 위한 집념은 실로 무서우리만큼 강렬했고, 또한 빈틈없이 하나하나 실행에 옮겼다.

하순봉 의원은 끊임없이 국비를 확보해 진주 지역에 투입했다. 말하기 쉬워서 예산확보지 그 엄청난 예산을 국가가 선뜻 내줄 리 만무했다. 지역의 어려운 환경과 사정, 여건을 꾸준히 파악하여 중앙부처의 인맥에 협조를 구하고, 꾸준하고 성실한 의정활동을 통해 끊임없이 제기했기에 가능한 일이었다.

원내부총무, 예결분과위원장, 정책조정위원장, 당 대변인을 역임하는 과정에서 보듯이 최선을 다해 일하는 정치인의 모습은 여야를 떠나 모든 이들에게 신선한 감동을 주는 표상이었다.

지칠 줄 모르는 끈질긴 집념에다 특유의 부지런함은 그의 독특한 정책개발 능력으로 이어졌다. 그 능력은 집권당의 핵심정책 요직을 거치면서 더욱 두드러지게 빛을 발했고, 당의 정책이 참신하고 현실성 있게 추진되는 데 단연 주역이 되도록 한 몫을 했다.

15대(1996) 국회에 들어서도 하순봉 의원은 한나라당 대통령 후보(이회창) 비서실장과 특별보좌역이란 중책을 맡을 만큼 이회창 총재의 그에 대한 신임은 실로 각별한 것이었다. 그도 그럴 것이 집권당 최초의 대통령 후보 경선과정에서 당이 혼란에 빠졌을 때 어려움을 겪던 이회창 후보를 끝까지 충직하게 보좌하고 도우며 지조를 지킨 장본인이 하순봉 의원이기 때문이다.

이회창 총재의 총애 한 몸에

그 무렵, 한나라당은 전열을 가다듬고 새롭게 변모를 시도했다. 그 과정에서 원내총무를 직선하게 되었고, 하순봉 의원은 그 경선에서 당당히 승리함으로써 정치적 위상을 확고하게 자리매김했다. 그것은 하순봉 의원의 승리이자 영광을 뛰어넘어 진주 시민들의 자긍심을 드높이는 데 크게 기여한 것이었다.

우여곡절 끝에 15대 대선에서 패배한 한나라당이 전당대회를 다시 열어 이회창 총재 체제를 구축했다.

특유의 포용력과 친화력, 원내 운영 능력, 합리적이고도 원만한 대여 관계를 높이 평가한 이회창 총재가 어려운 시기에 당을 추스려 달라며 한나라당 총재 비서실장으로 재발탁한 것은 당연한 일이었다. 하순봉 의원은 오랜 세월 동안 집권당 소속으로 정치를 했지만, 당내에서는 '할 말을 하는 사람', 시시비비 정확하게 가릴 줄아는 '소신 있는 정의파'로 알려져 있다.

오늘도 당내 단합과 민주화를 위해, 이 나라 선진정치의 선봉장으로서 땀 흘려 최선을 다하는 그의 선 굵은 믿음직한 모습에서 결코 희망찬 새천년의 미래가 허상이 아님을 확신할 수 있다.

너도 가고 나도 가야지

2000-2004, 16대 국회의원 시절

한 번 실패는 병가지상사

나는 16대 국회의원 임기를 이회창 대통령 만들기에 전력투구하는 모습으로 시작했다. 이번에야말로 특별한 실수만 없다면 당선될 것이라는 믿음이 내게 있었다. 무엇보다 3김의 정치적 영향력이 약해졌고, 그동안 이회창 총재가 이끌다시피 한 한나라당이 16대 총선과 지방선거에서 잇따라 압승하였기 때문이다.

부총재 경선은 최병렬, 박근혜, 이부영, 나, 강재섭, 박희태, 김진재 순서로 당선이 확정됐다. 대의원들은 묘하게도 표를 균배하였다. 이회창 총재에게 압도적으로 표를 몰아준 반면, 부총재는 주류보다는 비주류 성향의 후보들에게 많은 표를 주었다.

그런데 경선에서 1위를 한 최병렬 의원이 사실상 총재단 회의를 주재하다시피하면서 총재 주변인사들을 비판하기 시작했고, 총재가 측근정치를 한다고 공격했다. 일부 소장의원들도 여기에 동조하는 분위기였다. 나는 "당무에 관여한 순으로 따지면 최 부총재가 가장 측근이며 책임도 크다"고 반박하였지만, 당은 점점 더 심각한 내부 갈등을 겪게 되었다. 그때부터 나와 최 의원 간의 간격이 벌어지기 시작했던 것 같다.

이회창 총재는 대선 승리를 위해서는 당의 단합이 무엇보다 중요하며, 이를 위해서는 1997년 대선 때와 같이 주류 측의 양보를 요구하였다. 이 총재는 비주류 측 인사들의 요구대로 당권과 대권을 분리하는 선택을 하게 되었고, 당은 다시 2002년 5월 전당대회를 열어 당헌을 개정한 다음 최고위원을 뽑아 당권과 대권을 분리하는, 즉 1위 득표를 하면 당의 대표가 되는 새로운 지도체제를 구성하였다.

나는 이번 최고위원 선거에는 출마할 생각이 없었고, 이 총재도 완곡하게 나의 출마를 말렸다. 그러나 주류, 비주류의 세력다툼이 가열되면서, 나를 지지하는 많은 의원들이 당을 끌고 가는 실질적인 지도부에 내가 빠져서는 안 되고 또 그것이 이 총재를 돕는 것이라고 나를 설득하였다.

나는 고심 끝에 최고위원 경선에 나서기로 하였다. 그러나 선거 판세에서 내가 가장 유력하다는 이유로 다른 경쟁자들로부터 집중견제를 받았고, 이회창 총재가 민주계를 껴안아야겠다는 내심으로 서청원 의원을 밀고 있다는 이야기가 나돌면서 나는 고립무원의 처지가 돼 버렸다.

물론 대표 최고위원은 최고득표를 한 서 의원이 됐고, 나는 6명의 최고위원 가운데 꼴찌로 당선되는 수모를 겪었다. 개표 직후 전당대회장에서 나는 이회창 총재의 축하인사를 외면했고, 그날 저녁 양정규 선배와 함께 통음하며 울분을 토로하였다.

대통령 선거운동으로 내가 할 수 있는 일은 내게 주어진 불교대책위원장과 진주지구당 위원장의 일에 전념하는 것이었다. 나름대로 최선을 다해 나의 지역구인 진주가 부산, 경남, 울산 지역에서 1997년 대선에 이어 2002년 대선에서도 최고 득표를 하였다. 종교계 여론조사에서도 이상득 의원이 맡은 기독교와 최병렬 의원이 맡은 가톨릭보다 내가 맡은 불교계가 월등히 높은 70%대의 지지를 받았다.

이회창의 두 번째 도전

1997년 대선의 첫 번째 교훈은 후보자 구도를 유리하게 가지고 가는 것이었다. 이를 2002년 상황에 대입시켜 보면, 이회창 후보가 상대할 타 후보군이 한 사람으로 통합되지 않는 것이다. 그러기 위해서는 정몽준 의원이

대통령 선거운동으로 내가 할 수 있는 일은 내게 주어진 불교대책위원장과 진주지구당 위원장
의 일에 전념하는 것이었다. 대선을 앞둔 한나라당 행사에서 맨 오른쪽 내 옆으로 양정규, 이회
창, 최병렬, 홍사덕 등 총재단의 표정이 제각각이다. 2001년.

출마하여 끝까지 완주를 해야 했다. 그래서 나는 정 의원과 가까운 인사들을 만나 정치철학이 다른 노무현 후보와 단일화하려는 것은 정치상식에 맞지 않을 뿐 아니라 정 의원의 정치적 장래에 아무런 도움이 되지 않을 것이라고 설득했다.

정 의원은 나의 ROTC 후배로 ROTC 출신 인사들이 정 의원을 많이 도왔다. 또 한나라당 캠프에도 정 의원에 대한 정치적 공세를 자제하여 한나라당에 대해 적개심을 갖지 않도록 하는 것이 좋다고 말했다. 이러한 나의 노력은 한동안 효과를 발휘하는 듯싶었으나 정 의원과 노 후보의 전격적인 후보 단일화 선언으로 좌절되고 말았다.

정몽준 의원이 주변에서의 건의를 뿌리치고 여론조사를 통한 후보 단일화 제의를 받아들인 것은, 여론조사를 하면 본인이 후보가 될 것이라는 확신이 있었던 것 같다. 그러나 후보 단일화를 위한 여론조사에서 노무현 후보가 오차범위 근소한 차이로 승리하였고, 결국 정몽준 의원 진영의 판단 착오가 역사를 바꾸어 놓았다고 할 수 있다.

나는 1997년 대선의 실패 경험을 살려, 적어도 당은 방심해서는 안 된다고 당직자들을 채근하고 다녔다. 그리고 1997년 대선에서 야당이라는 불리한 여건에서도 승리를 이루어 낸 정치 9단 김대중 대통령의 정치능력을 절대로 무시해서는 안 된다고 주장했다. 당시 김대중 대통령은 아들들의 비리문제로 매우 괴로워했고, 또 민주당 내에서도 이회창 총재를 이길 만한 마땅한 대항마가 없었기 때문에, 여러 경로를 통해 막후 대화를 바라고 있었다.

나는 이 과정에서 DJ의 최측근인 박지원 비서실장과 수시로 만났다. 박 실장과 나는 14대 의원으로 여·야 대변인을 같이하며 미운 정 고운 정 많이 들었다. 동아일렉콤의 이건수 회장은 박 실장과 가까운 사이이면서 나와도 ROTC 동기로 친하게 지내, 박지원 비서실장과 나 사이를 가깝게 해 주려고 무척 애썼다.

나는 이 총재에게 현직 대통령의 영향력을 절대 무시해서는 안 되며, 이를 감안해 DJ와의 핫라인이 필요하니 박지원 실장과도 비밀리에 면담해 줄 것을 간곡하게 요청하였다. 그러나 이 총재는 끝내 나의 요청에 대답하지 않았다.

결국 김대중 대통령은 '국민경선' 이라는 이벤트를 만들어 민주당의 대선후보 경선과정에 국민적 관심을 집중시키는 데 성공하였고, 이 과정에서 이회창 후보와는 여러 면에서 대칭이 되는 노무현 후보 카드를 만들어 냈다. 그때에도 민주당 내에서는 이인제 의원이 유력한 주자였으나, 경선 불복 경력이 있는 이인제 카드로는 이길 수 없기 때문에 이회창과 전혀 다른 노무현 카드로 대선에서 승부를 겨룰 것이라는 예측도 있었다.

김대중 대통령은 국민경선을 치르면서, 한편으로는 정몽준 의원을 우호세력으로 유지함으로써 비상시에는 민주당이 정몽준 카드를 선택할 수 있을 것 같은 고단수 정치게임도 전개하였다.

반면 한나라당은 지자체 선거와 보궐선거 결과에 도취되어 정몽준 의원을 우호세력으로 하려는 노력을 게을리하였고, 김종필 총재와의 관계개선을 적극 건의했으나 김용환, 강창희 의원 등 자민련을 탈당해 한나라당에 온 인사들의 반대로 무산되었다. 거기다 최병렬 의원은 난데없이 이회창 필패론을 들고 나와 당 내부도 어수선해졌다. 이 시점에서 노무현 후보의 행정수도 이전 공약이 나왔다.

당은 행정수도 이전 공약이 노 후보의 전형적인 무책임성 공약이라고 대응하였으나 행정수도 이전 공약은 한나라당의 충청권 공략에 큰 장애물이 되었다.

여권의 후보 단일화가 이루어지고 공식적인 선거운동이 시작된 이후 노무현 후보의 지지도는 이회창 후보에 비해 계속해서 5~8% 우위를 유지하고 있었다. 선거기간 중 각 후보 진영에서 내놓은 신문광고, TV광고 등의 홍보전을 지켜보면서 나는 경악을 금할 수 없었다.

1997년 대선에서도 홍보전에서의 열세가 중요한 선거 패배의 원인이 되었는데, 똑같은 일이 반복되고 있었다. 나는 박원홍 홍보위원장에게 어떻게 이런 실수가 되풀이될 수 있는가 하고 질책하였다. 박 의원의 대답은, 홍보물은 실무자들이 후보의 결재를 직접 받아 확정하기 때문에 자신은 아무런 권한이 없다는 것이었다. 나는 신경식 기획위원장과 김영일 사무총장도 찾아가 따졌으나 홍보물 내용을 근본적으로 바꾸기에는 이미 너무 늦은 시점이었다.

1997년 대선 때부터 가장 영향력이 큰 TV를 통한 본격적인 선거운동이 허용되었으나, 1997년 대선에 이어 2002년 대선에서도 TV선거운동에서 상대 후보에게 밀렸다. 내가 잘 아는 민주당의 한 고위 인사는 나에게 한나라당의 홍보전략을 이해할 수 없다고 하였다. 한나라당의 무기는 유권자들에게 한나라당이 집권해야 나라가 안정되고, 민주당이 집권하면 나라가 불안해진다는 것이어야 할 텐데, 한나라당이 민주당 흉내나 내려고 하니 국민에게 무슨 메시지가 전달되겠는가 하는 이야기였다.

예를 들어, 한나라당이 후보 TV 찬조연사로 이부영, 이재오, 김문수 의원 등 과거 운동권 인사들만 내세우고 있으니, 누가 한나라당을 보수라고 할 것이며, 한나라당이 사회 안정을 이룰 것으로 여기겠느냐는 것이었다.

이에 더해 한나라당은 선거 초반 국정원의 도청사실 폭로에 당력을 집중시켰으나, 이는 도청 문제로부터 자유로운 노무현 후보에게는 아무런 타격을 주지 못한 반면, 국민들에게 한나라당은 폭로전에 몰두하는 정당이라는 부정적인 이미지만 심어 주었다.

　더구나 선거 막바지에 여권은 설훈 의원과 김대업을 동원해 이른바 "기양건설 사건과 두 아들 병역면제 사건에 이회창 후보와 부인이 연루되어 엄청난 비리가 있다"고 폭로하였다. 그리고 TV 등 대중매체는 연일 이 사건을 대서특필하였다. 완전히 허위로 조작한 이 사건은 대법원까지 가서 진실이 밝혀졌지만, 선거는 이미 끝나 버린 다음이었다. 결국 한나라당은 일관된 전략을 가지고 효과적으로 순발력 있는 선거 캠페인을 전개하는 데 실패한 것이다.

그날 나는 한없이 눈물을 흘렸다

2002년 12월 대통령 선거에서 두 번 연이어 실패한 이회창 총재는 선거 패배의 모든 책임을 자신에 돌리고 정계를 떠나겠다고 선언했다. 이 총재의 정계은퇴 기자회견장은 그야말로 침통한 분위기였고 눈물바다였다. 나 역시도 이회창을 이 나라 대통령으로 만들기 위해 나름대로 온갖 열과 성을 다해 온, 결코 짧지 않은 지난 정치역정이 파노라마처럼 되뇌어졌다.

　39살 젊은 나이에 끊임없이 정통성 시비를 받고 있는 집권당 의원으로 정치권에 들어온 이후 이 나라 정치가 무엇을 어떻게 해야 하느냐를 두고 수없이 고심했다. 민정당 시절에는 무엇보다 당이 국민에게 뿌리내리는 일은 카키색 군복 색깔을 벗는 일이라고 말해 당 지도부의 미운 오리새끼가 되기도 했다. 장영자 사건 때는 권력과 유착된 비리는 어떤 희생을 감내하고라도 뿌리 뽑아야 한다면서 야당보다 더 설쳐 대기도 하였다. YS 문민정부 때는 정권 내부의 지도층부터 개혁의 대상이 돼야 한다고 개혁비

관론을 제기해 정권 주도세력의 자성과 자중을 촉구하기도 하였다.

이회창과 인연이 맺어져, 그에게서 내가 늘 꿈꾸어 오던 '반듯한 나라'를 그릴 수 있었다. 정치 신인으로 어떤 정치적인 빚이나 부담도 없어 법과 원칙을 바로 세울 수 있는 사람, 그래서 나는 이회창을 대통령 만드는 데 모든 노력을 다했다. 때로는 총재 주변의 핵심 강경인사로 지목돼 온갖 모함과 수모를 겪기도 했고, 정치적으로, 또 인간적으로 많은 실덕도 하였다. 남모르는 아픔도 많았다. 정권을 뺏기고 야당이 되고 나서는 집권세력의 끝없는 감시와 뒷조사도 받았다. 그런데 당사자인 이회창이 두 번의 실패 끝에 패장으로 정계를 떠난다는 것이다.

그날 나는 한없이 눈물을 흘렸다. 나 자신도 이제 정치를 접어야겠다고 작심하고 먼저 아내에게 말했더니, 아내는 이제 누구를 위해서가 아닌 자신을 위한 일이 남아 있지 않으냐면서 오히려 나의 분발을 촉구했다.

해가 바뀌어 2003년 3월 나는 옥인동 이 총재 댁을 찾았다. 칩거 중인 이 총재를 인사차 방문한 것이다. 나는 이 총재에게 "아직 내겐 12척의 배가 남아 있으니 그 배로 왜적을 물리쳐 나라를 구하겠다"고 다짐한 이순신 장군의 '상유 12척' 고사를 이야기하고 "꼭 대통령이 돼야 합니까. 우리 근대 헌정사에는 대통령이 못 되어도 대통령 이상으로 나라를 위해 큰 일을 하고 후세에 존경받는 인물이 많지 않으냐. 김구, 신익희, 조병옥 선생의 행적이 그러했듯이 이 총재도 이 나라 이 민족을 위해 크게 헌신하는 길을 찾자"고 위로 겸 나의 생각을 말했다. 그리고 이 총재가 그렇게만 한다면, 나 자신도 대통령 당선을 위해 총재를 보좌했던 것처럼 그 이상으로 총재를 옆에서 돕겠다고 다짐했다. 그러나 지금 이회창 총재는 그 후 정계에 복귀해 한나라당을 탈당하고 18대 국회 원내 3당인 자유선진당 총재로 활동하고 있다.

그동안 나는 수차례에 걸쳐 이 총재를 만났으나 한 번도 정치 재개의 뜻을 내게 직접 비친 적이 없었다. 간간이 한나라당 이명박 후보의 문제점들이 흘러나왔고, 또 몇몇 인사들은 이명박 후보가 도중하차 했을 경우 이회창 총재가 대비해야 할 것이라는 주장을 폈지만, 나는 그때마다 그들 논리의 부당함을 지적하곤 하였다. 그리고 이회창 총재가 18대 대선에서 군소정당의 후보로 뛰고 있을 때, 나는 이 총재 선거운동에 참여하지 않았다. 이 총재도 요구하지 않았다. 물론 반대도 하지 않았다.

지역구의 많은 사람들이 이 총재와의 지금까지 관계를 보아서라도 하 의원이 그럴 수는 없는 거라고 하기도 했다. 선거 도중에 이런 저런 일들로 이 총재 내외가 내게 대단히 섭섭해 한다는 이야기도 들렸으나, 나는 끝까지 침묵을 지켰다. 그것은 이 총재의 정계은퇴 이후 내가 이 총재를 찾아가 간곡히 이야기했던 '좀 더 큰 차원에서 나라를 위해 헌신하자' 는 이순신 장군의 '상유12척' 정신을 나는 지금도 변함없이 간직하고 있기 때문이다. 그리고 내가 이회창 총재를 두고 내 나름대로 그리던 정치적인 그림이 이것은 아니기 때문이다.

나는 지금도 이회창 총재의 정운(政運)을 진심으로 빌고 있다.

노무현은 어떻게 선거에서 승리했나

2002년 대선, 불과 2~3개월 전까지도 노무현 후보의 승리를 예측한 사람은 별로 없었다. 노무현 후보가 소속한 민주당은 DJ 정권의 실정으로 지지율이 바닥을 기고 있었고, 노무현 후보가 당 후보로 확정된 후에도 이인제 의원이 탈당하여 자민련으로 옮기는 등 민주당 내 많은 중진인사들은 노 후보를 지지하지 않았다. 이들 중 일부는 민주당을 떠나 한나라당에 입당하거나 정몽준 의원 캠프로 합류하였다. 반면 한나라당은 일찌감치 이회창 총재를 중심으로 당이 단합되어 있었고, 이 총재가 대선 후보가 될 것이라는 것도 기정사실화되었다. 1997년 대선 당시와는 정반대 현상이 일어난 것이다. 1997년 대선에서 국민회의는 김대중 총재를 중심으로 굳게 뭉쳐 있었는 데 반해, 한나라당은 이인제 의원의 탈당 등으로 당 내분이 심각한 상태에 이르렀던 것이다.

2002년 민주당 상황은 어찌 보면 한나라당보다는 못했다고 할 수 있는 데도 불구하고 노무현 후보는 대통령 선거에서 승리하였다. 노무현의 승리원인을 선거전략 차원에서 살펴보자.

첫째로, 과감한 후보 단일화를 추진했다는 것이다. 정몽준 의원과 노무현 모두가 출마했을 때 이회창의 당선이 확실시되었다는 사실이 노무현과 정몽준으로 하여금 상식적으로 무모하다고 할 정도의 방법으로 후보 단일화 원칙에 합의하게 하였던 것이다. 당시 두 후보의 지지율이 거의 비슷한 상황이었기 때문에, 양측 모두 충분히 승산이 있다고 판단했다는 것 역시 후보 단일화를 가능하게 하였다고 할 수 있다.

또한, 노무현 후보로 단일화가 이루어진 이후 1995년 서울시장 선거에서 조순 후보의 홍보전을 성공적으로 지휘한 이해찬 의원이 노 후보의 선거기획 업무를 맡아 선거과정에서 홍보전을 유리하게 전개시킨 것도 노 후보의 승리에 도움이 되었다. 물론 이해찬 의원은 그 공로로 노무현 정권의 국무총리까지 지내게 되었다. '노사모'로 불리는 사조직의 적극적인 선거운동과 인터넷의 효율적인 활용 등도 선거전을 유리하게 끌고 간 요인으로 지적될 수 있다. 1997년 대선의 특징이 TV를 통한 홍보전이었다고 한다면, 2002년 대선은 인터넷을 활용한 선거운동이었다.

강원택의 연구조사에 의하면, 2002년 대선기간 중 정치적 관심이 있는 계층의 80% 이상이 대통령 후보자의 홈페이지를 방문한 것으로 집계되고 있다. 그리고 홈페이지를 방문한 사람의 79%가 지지후보 결정에 도움이 되었다고 응답하고 있으며, 55%는 지지후보 결정에 영향을 주었다고 하였다. 또한 홈페이지 방문자의 53%가 노무현 후보 홈페이지를, 24%가 이회창 후보 홈페이지를 방문한 것으로 나타나고 있어, 노무현 후보 지지자들이 인터넷 이용빈도가 상대적으로 높았음을 알 수 있다. 이에 더해 여중생 장갑차 사건으로 인한 추모인원 동원이 주로 인터넷을 통해 이루어졌다는 사실을 감안할 때, 인터넷은 2002년 대선에서 노무현에게 매우 유리한 방향으로 작용하였다고 생각된다.

그러나 이런 요인만으로 노무현 후보가 거의 불가능에 가까웠던 상황을 뒤집고 승리할 수 있었다고는 볼 수 없다. 좀 더 큰 차원의 사회적 변화가 2002년에 발생하였으며, 이는 노무현의 승리에 결정적인 기여를 하였다. '붉은 악마'의 열광적인 응원으로 대표되는 2002년 월드컵 열기와 여중생 장갑차 사건이 바로 그것이다. 월드컵 4강 진출은 한국 국민들에게 민족적 자부심을 갖게 하는 동기가 되었고, 이 과정에서 '젊은 세대'들은 붉은 악마 응원단을 효율적으로 이끌어가는 등 영향력 있는 사회세력으로 자신들의 힘을 실감하게 되었다. 이에 더해, 월드컵과 거의 같은 시기에 발생한 여중생 장갑차 사건은 월드컵으로 확인된 민족적 자존심을 분출시키는 통로로 작용하였으며, 이는 이회창에 비해 상대적으로 반미, 친북 성향을 갖고 있는 노무현 후보에게 매우 유리한 정치적, 사회적 환경을 조성하게 된 것이다.

당시에 나는 장갑차 사건의 선거공판을 선거 후로 늦추도록 미 대사관 측과 협조해야 한다고 주장했으나 받아들여지지 않았고, 이 과정에서 한

국인 아내를 둔 친 DJ 성향의 미 대사관 부대사가 작용했다는 의혹도 있다. 월드컵 4강 진출은 정몽준 의원의 정치적 위상을 높여 주었고, 후보 단일화의 성공으로 월드컵의 열기와 세대교체에 대한 염원은 이회창보다 젊고 진보적인 노무현에게 순풍의 돛을 단 상황을 만들어 준 것이다. 1997년과 2002년 대선 모두 지역주의가 선거결과를 지배했다는 측면에서는 큰 차이가 없으나 세대별 후보지지 측면에서는 상당한 차이가 있었다는 것이 여론조사의 분석결과이다.

1997년 대선의 경우, 김대중 후보와 이회창 후보 간의 세대별 지지분포는 별 차이를 보이지 않았다. 그러나 2002년 대선에서 이회창 후보가 20대 유권자의 31%, 50대 이상 유권자의 58% 지지를 받은 반면, 노무현 후보는 20대의 62%, 50대 이상 40%의 지지를 받았다. 두 후보의 세대 간 지지분포가 현격한 차이를 보이고 있는 것이다.

정치적 이념 측면에서도 세대간 차이는 극명하게 나타났다. 모든 조사결과를 종합해 볼 때, 2002년 대선을 얼마 앞두고 전 국민의 관심을 집중시킨 월드컵 열기와 장갑차 사건은 이회창보다 상대적으로 젊고 진보적인 노무현에게 매우 유리한 정치적인 상황을 조성해 주었다.

이는 젊은 세대로 하여금 노무현을 열성적으로 지지하게 되는 동기가 되었고, 노무현은 이를 적극적으로 활용하여 대선에서 승자가 된 것이다.

이제 보스정치 시대는 지났다

2003년 2월 노무현 정권이 탄생하였다. 노무현 정권의 정치사적 의미는 크게 두 가지로 볼 수 있다. 하나는 이른바 '3김 정치'의 종식으로 일인 지배체제가 끝났고, 이에 따라 지역붕당 체제도 완화되었다는 사실이다. 다른 하나는 집권세력, 더 크게는 정치세력에 세대교체 바람이 불었다는 점이다.

3김 정치는 박정희 체제의 유산이었고, 특히 양 김씨가 민주화 정치에 기여한 정치 우두머리들이었기 때문에, 그들이 민주화 체제를 주도할 수밖에 없었다. 그러니 1인체제가 사라지기 위해서는 그들이 정치에서 사라질 때까지 시간이 걸릴 수밖에 없었던 것이다.

3김식 정치는 더 이상 국민이 원하는 바가 아니었다. 16대 대선에서 이미 60대의 이회창이 김대중을 겨냥하여 세대교체를 외친 바 있다. 3김의 개인적 일인지배 정치에서 노무현의 제도적 정치로 이행하는 과정에서 이회창이라는 요소가 나타났다.

그는 한나라당 안에서 3김과 같은 절대 권력을 누리지는 못했지만, 그에 버금가는 힘을 발휘했다. 이회창은 3김과 노무현 사이의 중간세대로서 일인지배의 면에서도 그 중간에 속한다고 할 수 있다. 정치권력이 양김에서 이회창을 건너뛰어 노무현으로 갔기 때문에, 일인지배 구조가 과도기를 거치지 않고 그만큼 더 빨리 종식된 것으로 볼 수 있다.

노무현 대통령은 3김씨나 박정희, 이승만이 지녔던 정치권력을 지니지 못했다. 오히려 보통 이하로 정치적 통솔력이 빈약한 것이 문제였다. 아무도 그를 대통령으로 두려워하거나 존경하지 않았기 때문이다. 권위를 탈피한 친근한 젊은 세대의 대표인지는 모르나 지도자로서 갖추어야 할 권위와 위엄을 갖추지 못했다. 그는 민주당에서 나와 열린우리당을 만들었지만, 이를 자신이 주도하지 못했고 반발을 우려하여 한동안 입당도 하지 못했다.

노무현은 대통령 선거 전까지 강력한 후보도 아니었고, 자기 계파를 지닌 주요 정치세력도 아니었다. 대통령이 된 뒤에도 국민 일반이 대통령으로서의 그의 권위를 충분히 인정하지도 않았다. 이제 노무현뿐 아니라 어느 누구도 강력한 정치 보스가 되기는 어려워 보인다.

이제 보스정치 시대는 지났다. 지금은 오히려 정치적인 권위와 지도력이 너무 빈약한 것이 문제가 될 지경이다.

노무현 정부는 두 종류의 과거 청산 개혁을 시도하였다. 하나는 친일 권위주의의 과거청산이고, 다른 하나는 냉전 이데올로기의 청산이다. 그러나 이것 역시도 주류 기득권층의 거센 저항을 받았다. 그 가운데 부패 청산, 지역 패거리정치 청산 등 구태정치 청산은 워낙 명분이 커서 갈등의 요인이 아니고 느리지만 개선돼 갔으나 친일 청산과 냉전 잔재 청산 등 과거사 청산은 지금도 많은 갈등을 일으키고 있다.

특히 냉전 잔재의 청산은 많은 갈등을 일으켰다. 국가보안법 문제가 상징하는 이런 갈등은 반공 냉전 이데올로기 세력과 친북세력 간의 갈등이라 할 수 있다. 이는 세대갈등이면서 일종의 이념갈등이라고도 볼 수 있다. 노무현 정부의 개혁은 한마디로 우리 사회의 분열만 가져오는 갈등구조의 확산으로 나타났다.

사회갈등 구조에 관한 소고(小考)

인간 사회는 오랜 세월 수많은 갈등을 겪고 있다. 이념, 세대, 계층 등 수많은 갈등구조는 누가 뭐래도 정치권이 떠맡아 완화하거나 해결해 나가야 하는 것이다. 그러나 우리 정치권은 불행하게도 갈등구조를 오히려 부추기거나 심화시켜 왔다. 김대중 정부와 노무현 정부의 지난 10년 동안 우리 사회는 '진보 대 보수' , '좌와 우' 양 진영이 '보수꼴통 아니면 친북좌파' 또는 '민주 대 반민주'로 서로가 서로를 타도돼야 할 잘못된 상대로 몰아세웠다. 특히 노무현 정부 때는 정권 주도세력이 모두가 하나같이 전투적인 언행으로 갈등과 증오의 정치를 부추기고 국론분열을 가속화시켰다는 반성이 있다. 그러나 새가 좌우의 날개로 날듯이, 우리 사회는 좌가 있으면 우가 있고, 보수가 있으면 진보가 있다. '진보와 보수', '좌와 우'의 논쟁이 우리 사회를 건강하게 하는 데 나쁜 것만은 아니다.

"인간의 심장은 왼쪽에 있다. 인류의 심장 역시 왼쪽, 즉 좌파에 있다" 유럽의 좌파들이 자주 써먹는 문구이다. 그러나 우리는 해방공간의 이념갈등과 그 이후에 나타난 반공 체제에 의해 좌파라는 단어는 금기시돼 왔다. 진보세력 스스로 좌파라고 부르기를 꺼려했고, 언론도 특정 세력을 좌파라고 부를 경우 지울 수 없는 주홍글씨를 상대방에게 새기는 것이라 여겨 사용을 자제해 왔다. 대신 민주화 내지 진보라는 단어를 즐겨 사용해 왔다. 민주화 세력은 이미 김영삼 정부 때부터 정치 전면에 나서 우리 사회의 주도세력임을 자처해 왔다. 표현이야 어떠하든, 민주화 세력 즉 민주화 운동진영은 이제 초심으로 돌아가야 한다.

민주화 운동이 가졌던 최대의 무기는 권력도 돈도 화염병도 아니었고, 도덕성이었다. 따라서 그간의 도덕적 해이에 대해 분명코 자기성찰을 해야 한다. 또 내가 민주화 운동으로 고생을 해 현재의 민주주의를 만들었다고 어깨에 힘을 줄 것이 아니라 어깨에 힘을 빼고 겸손해져야 한다.

물론 민주화 운동 진영이 추구해 온 가치는 옳은 것이었고, 지금도 옳은 것이다. 그러나 그렇다고 우리만이 옳고, 그렇지 않은 사람은 다 틀리다는 독선과 오만을 벗어나 우리 자신의 생각을 포함한 다양한 시각에 부단히 비판적인 성찰을 해 나가야 할 것이다.

야당 탄압에 항거하여 여러 의원들과 함께 가두투쟁에 나섰다. 1999년.

얽힌 정국을 풀기 위해 3당 3역이 한자리에 모였다 . 2000년.

다음으로 정책의 면에서도 친북 좌파라는 표현이 싫다면, 북한을 비판하는 것이 냉전적 반공주의라는 소극적인 인식을 넘어서 한국의 민주화 운동을 주도하였듯이, 북한의 인권, 북한의 민주화 문제를 앞장서 주도해 나가야 할 것이다. 3대째 권력세습을 꾀하고 있는 김정일 집단에 대한 비판을 금기시하는 것, 또 북한의 핵실험 등에 대해 침묵하거나 자위권이라고 옹호하는 것, '천안함 사건은 북한과 무관하다' 는 북측의 주장을 펀드는 것이 정치적 진보 노선이라 할 수 있는 것인가.

나는 여기서 '보수와 진보' , '민주 대 반민주' 또는 '좌와 우', 흔히들 정치권에서 사용되는 이념 대립에 관해 논하거나 따질 생각은 없다. 그러나 이 지구 거의 모든 나라가 이미 쓸모없는 것으로 간주해 해골처럼 형해화되고 있는 이념 논쟁에, 그것도 남과 북으로 갈라져 있는 우리가 지나치게 매달리는 것은 우리가 미래로, 앞으로 나아가는 데 큰 장애가 되고 있는 것이 분명하다.

정치학자 이내영 교수는, 지난 10년간 한국 사회의 특징 중 하나는 이념의 갈등이 더 심각해지거나 부풀려지고 있는 것이라고 진단하고, 그 이유는 기존의 정치제도를 통해 이념갈등이 해소되는 것이 아니라, 오히려 정치권이 이념대립을 필요에 따라 그때그때 증폭시키고 있기 때문이라고 보았다. 맞는 말이다. 여야를 떠나 이 나라 정치권이 두고두고 반성하고 시정해야 할 것이다.

노무현 탄핵

노무현은 역대 대통령 중 사상 처음으로 탄핵소추의 당사자가 되는 진기록을 남겼다. 그러나 그는 당시의 탄핵정국 상황에서 '올인 승부수'를 던져 위기를 벗어나는 괴력을 유감없이 보여 주었다.

노무현은 취임 직후부터 정제되지 않은 발언과 측근들의 비리로 인해 여론의 따가운 시선을 받았다. 게다가 열린우리당의 총선 승리를 위해 이른바 '시민혁명론'을 제기하며, 시민들이 다시 한번 나서달라는 식의 불법선거운동을 자행하고 있었다. 급기야 17대 총선을 불과 한 달여 앞둔 2004년 3월 3일 중앙선관위가 현직 대통령에게 선거법위반의 경고조치를 내리는 일이 벌어졌다.

이 또한 헌정사상 처음 있는 일이었다. 이에 고무된 민주당은 3월 5일 상임중앙위를 열고 그간의 선거법 위반행위에 대해 사과하지 않을 경우 탄핵안을 발의하겠다고 으름장을 놓았다. 그러나 노무현은 이를 일축했다.

조순형은 곧 한나라당 대표 최병렬과 공조하여 양당 의원 159명의 서명으로 국회에 탄핵소추안을 제출했다. 노무현의 선거법 위반과 대통령 측근인사들의 부정부패 혐의 등이 그 이유로 제시되었다. 그러나 한 달 앞으로 다가온 총선에서의 역풍을 의식한 수도권 의원들은 탄핵소추안의 강행 처리에 신중한 입장이었다.

탄핵안이 국회 본회의에서 통과될 가능성은 희박해 보였다. 이때 노무현이 기자회견을 자청하고 나섰다. 그는 기자회견장에서 측근들의 비리에 대해 조목조목 해명하며, 언론에 거론된 친형 노건평을 감싸는 대목에서 문득 대우건설 남상국 사장을 거론하고 나섰다. "저의 형 노건평 씨는 아무런 힘도 없습니다. 대우건설 사장처럼 좋은 학교 나오고 크게 성공한 분이 시골에 있는 별 볼일 없는 사람에게 가서 머리 조아리고 돈 주고 하는 일이 이제 없으면 좋겠습니다." 이를 지켜본 남상국은 충격을 받고 한강에서 투신자살하고 말았다.

이 소식을 접한 많은 국민이 노무현의 인격모독에 가까운 발언을 비난했다. 남상국의 투신자살 사건이 탄핵소추에 회의적인 반응을 보이던 일부 의원들까지 일거에 '탄핵찬성'으로 돌아서도록 한 것이다. 그런데도 노무현은 오히려 자신의 기본 입장을 강화하는 쪽으로 분위기를 몰아갔다. 그는 기자회견 직후 남상국의 투신자살 사건을 보고받자, 그를 더욱 강도 높게 비판하고 나섰다.

여기서 주목할 점은 그가 정국을 자신의 의도대로 몰고 가기 위해 탄핵 정국을 최대한 활용했다는 사실이다. 당시의 분위기는 선거법 위반에 대해서는 노무현이 사과해야 하나, 탄핵소추에 대해서는 많은 국민이 반대했다. 실제로 탄핵에 앞장섰던 민주당은 총선에서 참패를 면하지 못했다. 그가 이런 결과를 처음부터 예상했었는지는 확인할 수 없지만, 결과적으로 그가 탄핵정국을 디딤돌로 삼아 정적들을 일거에 제압하는 동시에, 향후의 정국을 자신이 의도하는 대로 끌고 갈 수 있는 토대를 마련한 것만큼은 확실하다.

노무현이 탄핵정국을 돌파할 수 있었던 데는 민주당의 탄핵제의에 적극 공조한 한나라당이 '차떼기당'으로 매도되어 수세에 몰려 있었던 정황도 적잖이 작용했다. 객관적으로 볼 때, 당시 상황에서 민주당과 한나라당을 싸잡아 임기 1년밖에 안 된 대통령을 강제로 낙마시키려는 '불순한 절대 강자'로 몰아갈 경우, 노무현에게는 충분한 승산이 있었다. 조순형과 최병렬은 노무현의 탁월한 승부사 감각을 과소평가한 것이다.

4년 임기가 거의 끝나, 임기가 얼마 남지 않은 여야의 의석 수는 이미 시효가 지난 것이었음에도, 조순형과 최병렬은 탄핵소추를 감행했다. 그 결과가 바로 탄핵 후폭풍에 속수무책으로 휩쓸려 민주당은 사실상 초토화되고 말았다. 열린우리당은 여세를 몰아 수도권과 충청권에서 대승을 거두어 가뿐히 과반수 의석을 확보했다. 영남을 지지기반으로 한 한나라당은 '개헌선 저지'를 호소한 박근혜의 분투에 힘입어 간신히 120석을 확보할 수 있었다.

너도 가고 나도 가야지

2003년 6월, 한나라당은 대통령 선거 패배와 이회창의 정계 은퇴 이후 당 지도 체제를 개편하고 당 대표에 최병렬 의원을 선출했다.

정당의 존립근거가 무엇인가. 일차적인 목표가 정권을 잡는 일이 아닌가. 선거에서 패배한 정당은 당연히 내부 쇄신부터 들어가야 한다. 나 역시도 이제 한나라당은 스스로 껍질을 벗는 환골탈퇴의 모습을 국민에게 보여야 할 것이라 생각했고, 나 스스로도 어떤 형태로든 책임지는 모습을 보여야겠다고 마음먹었다. 그 모습 중의 하나가 조용히 정치 전면에서 사라지는 것이다.

그러나 또 한편으로는 나의 20년 정치 역정을 내 자신의 의지로 모양을 갖추어 마무리하고 싶었다. 그래서 17대 총선에 마지막으로 나가 현역 의원으로 그 일을 하겠다는 욕심이 났다. 솔직히 한 사람을 대통령 만들겠다는 일념 하나로 몰입하다 보니, 본의 아니게 주변의 많은 분들에게 불편을 주었고 오해도 빚었다는 아쉬움도 있었다. 또 나의 지역구에는 17대 총선에서 나와 겨루겠다는 경쟁자도 없었다. 그러나 나는 17대 총선 공천에서 탈락하는 수모를 겪었고, 우여곡절 끝에 정치를 접어야 했다.

최 대표체제 출범 이후 대표 주변에서는 먼저 당내 이회창 잔존세력을 쓸어 내고 노무현 대통령을 탄핵하면 최병렬 천하가 된다는 말들이 흘러

다녔다. 당내 기반이 비교적 취약한 최 대표는 먼저 김문수 의원 등 주로 재야운동권 출신과 이방호 의원 등 측근 인사들을 전면에 내세워 당을 뿌리째 흔들기 시작했다.

내가 당 공천에서 탈락하고 열린 의원총회에서 발언한 내용이 언론에 보도되었다. 당시의 상황을 결코 되뇌고 싶지는 않다. 공천에서 탈락된 이후 나는 지역구로 내려와 얼마 남지 않은 17대 총선 준비에 골몰했다. 그러나 당에서 밀려 나와 다시 무소속으로 선거운동을 하자니 맥이 빠졌다. 물론 14대 총선에서 무소속으로 출마해 전국 최고득표율이라는 기록도 남겼지만, 그때는 그때고, 여러 가지로 나는 심신이 지쳐 있었다.

가장 나를 힘겹게 한 것은 나 대신 나의 지역구에 공천받은 후보가 나의 고등학교 동기동창의 아들인 김재경 변호사라는 사실이다. 그러는 가운데 당은 격심한 내부 진통을 겪은 끝에 최병렬 대표가 물러나고 박근혜 의원이 신임 대표로 선출됐다.

내가 정치를 이대로 끝낼 수는 없다고 전의를 불태운 대상인 최 대표가 국회의원이 되지 못하고 사실상 정치 일선에서 물러나게 된 것이다. 나는 내심으로 이제야말로 정치를 접어야겠구나 작심하고 불출마 결심을 굳혔다. 그런데 김혁규 경남도지사가 노무현 정권으로 옷을 바꿔 입고 한나라당을 탈당해, 2005년 4월 도지사 보궐선거를 실시한다는 것이다.

내 자의로 정치를 마무리하겠다는 당초 내 생각으로, 나는 도지사 출마 여부를 고심하면서 창원 출신의 김종하 선배, 양정규 부총재와 함께 신임 박근혜 대표를 찾았다. 박근혜 대표는 그간의 경과에 대해 나를 위로하고 여론조사만 좋으면 도와드리겠다고 약속했다. 그리고 내게 17대 총선 경남선대위원장을 맡아 달라고 부탁했다.

그러나, 도지사 선거도 당을 이끌고 있는 젊은 강경진보 세력이 아예 공천심사 대상에서 나를 제외해 버렸다. 나는 당으로부터 두 번째로 정치적인 매장을 당한 것이다.

당시 나의 심경을 가장 잘 헤아리고 있는 아내가 쓴 「무상」이라는 시를 옮겨 놓는다.

인생이란 매 순간마다 선택을 강요받으며
자기 스스로도 책임질 수 없는 내일에
희망을 부치려 합니다.

아직도 봄바람의 시새움은 차갑기만 한데
뿔그스레한 황사의 모래바람이 너무나도 거칠어
그 바람 회오리 되어 천지가 아득하더이다.

오얏나무 뿌리째 뽑히고
뭇 새들이 낙엽처럼 흩어지는 저 들판에는
잡초만이 극성스러움을 더 하더이다.

건전보수와 진보가 서로 어깨동무를 할
그때를 만나보고 싶습니다.

나 자신보다 우리를 생각할 때
진정으로 사회는 변화할 것이라 믿기 때문입니다.

대립이 아니고 대화를

내가 있으면 너도 있고

또 우리가 되는 것을 알려 주고 싶습니다.

집착을 던져 버리고

욕심을 털어 버리고

생각마저 바꾸면

세상이 달라진다지요?

흘러가는 구름조각만도 못한 인생인데

황사바람에 눈이 멀까 두렵기조차 하답니다.

-「무상」전문, 박옥자

대통령의 자진

우리나라 역사에서는 공교롭게도 역대 대통령 모두가 불미스런 말년을 보내거나 비극적인 종말을 고했다.

민심이반에 따른 망명, 측근에 의한 총격, 후임자에 의한 영어, 자식들의 불미한 일로 인한 대국민 사과 등의 곡절을 겪어야 했다. 노무현은 여기에 '자진' 기록을 보탰다. 전직 대통령이 스스로 목숨을 끊은 것은 초유의 일이었다. 이는 어느 다른 나라에서도 찾아보기 힘들다.

노무현은 2008년 2월 청와대를 나온 뒤 곧바로 부인 권양숙과 함께 고향으로 내려갔다. 그는 퇴임 후 귀향을 실행한 첫 번째 대통령이 되기도 했다. 그의 고향은 경남 진영읍에서 동북쪽으로 십 리가량 떨어진 봉하마을, 이 명칭은 왜적의 침공소식을 전하기 위해 봉화를 올린 봉화산 아래에 마을이 자리 잡고 있는 데서 나온 것이다.

그는 재임기간 중 봉하마을의 고향집을 대대적으로 개축한 바 있다. 퇴임 후 일정 시간을 정해 놓고 자신을 찾아오는 관광객들을 만나기 위한 것이었다. 실제로 봉하마을은 낙향 후의 그를 만나기 위해 관광객이 연일 밀려드는 바람에 졸지에 관광명소가 되었다. 그는 시간을 정해 놓고 밖으로 나와 손을 흔들며 간단한 인사말로 이에 화답했다. 그러나 1년도 채 못 돼 끝나 버리고 말았다.

친형인 노건평이 태광실업 회장 박연차의 전방위 로비 행각에 거간꾼으로 활약한 사실로 인해 구속수감된 여파였다. 이후 박연차 리스트에 연루된 측근들이 줄줄이 사법처리 대상이 되었다.

그는 깊은 침묵에 들어갔다. 열린우리당의 후신인 민주당은 노무현을 겨냥한 표적수사라고 항변했으나, 사람들은 그의 육성 해명을 듣고 싶어했다. 그러나 아무 반응이 없었다. 그럴수록 연루 의혹은 더욱 증폭되었다. 노무현은 재임 기간 중 다른 어느 정부보다 깨끗하다고 자부했기 때문이다.

노무현은 결국 검찰의 밤샘 소환 조사를 받은 지 며칠 안 돼 사저 뒷산의 바위에서 몸을 던져 세상과 하직하고 말았다. 2009년 5월 하순에 빚어진 충격적인 일이었다. 온 국민이 경악했음은 말할 것도 없다. 언론은 그의 죽음을 '서거'로 표현했다. 대다수 국민들의 생각을 반영한 것이었다. 전직 대통령의 죽음을 맞이한 국민들의 안타까움과 슬픔은 수백만 명의 애도 물결로 이어졌다.

그럼에도 사람들은 노무현이 과연 무엇 때문에 자진했는지에 대한 의문을 제기했다. 일각에서는 '죽음마저 승부의 도구로 활용한 사람'으로 폄

하했다. 일국의 대통령을 지낸 사람이라면 나라와 국민을 위해 순국(殉國) 내지 순민(殉民)하는 게 도리인데도 그렇지 못했다는 것이다.

기자 출신 신동준 박사는 그의 저서 『대통령의 승부수』에서 노무현의 죽음을 순국 내지 순민보다는 순명(殉名) 내지 순절(殉節)로 보았다. 그렇다면, 그가 자진을 불사하며 지키고자 했던 명절(名節)은 과연 무엇일까? 깨끗한 정부를 자처했던 참여정부 수장으로서의 원칙과 도덕성이었을 것이다.

노무현이 검찰의 공세와 여론재판에 시달리던 2009년 4월, 한때 그의 정치적 사부였던 YS가 독설을 퍼부었다. "우리 역사에서 전두환, 노태우 전 대통령에 이어 노 전 대통령까지 불행의 역사를 걷는다면, 우리는 얼마나 불행한 역사를 보게 되는 것이냐. 안타깝고 세계에 부끄러운 일이다. 요 근래 일어나고 있는 노무현 전 대통령의 여러 행태로 볼 때 머지않은 장래에 형무소에 가게 될 것이라 믿는 국민이 전부" 라고 말했다.

그러나 김영삼 전 대통령도 소위 안풍사건이 터진 2004년 법원에 증인으로 채택됐고, 대선자금 등이 안기부 예산으로 숨어들었다는 의혹에 대해 법원의 요구를 받고도 법정출석을 거부했었다.

비단 YS뿐 아니라, 자기 눈의 들보는 보지 않고 남의 눈 티끌을 험잡는 권력과 세론의 공격 앞에 사면초가가 된 노무현은 스스로 죽음의 길을 선택한 것이다. 그를 지지하던 사람들은 그래서 그의 죽음을 동정하고 안타까워하고 있다.

정치를 접고

2004-2010

정치를 접고 보니 모두가 뼈저린 회한과 반성뿐이다

나는 11대 국회의원으로 정치권에 발을 들여놓은 이후 2005년 16대 국회
의원을 끝으로 정치를 접었다. 만 24년. 4반세기에 이르는 짧지 않은 세월
이었다. 39살 젊은 나이에 금배지를 달고 태산도 무너뜨릴 것 같은 기백으
로 동분서주 좌충우돌하였다. 선거에서 낙선도 했고, 오기와 배짱 하나로
무소속 후보로 전국 최고득표율을 기록하는 기쁨도 맛보았다.

　정치인에게는 생명줄이라는 공천을 주기도 했고, 또 공천에서 탈락도 했
다. 많은 사람으로부터 잘한다고 갈채도 받았지만, 많은 사람으로부터 질
시와 질책도 받았다. 한마디로 영광과 오욕이 점철되었다. 이 모든 것을
내가 딛고 넘어설 수 있었던 것은 나라와 민족 앞에 큰일을 해보겠다는 내
나름대로의 꿈과 희망이 있었기 때문이다.

　이제 정치를 접고 보니, 모두가 뼈저린 회한과 반성뿐이다. 2005년 나는
서울에서 고향 진주로 내려와 나만의 삶을 누리는 새 둥지를 틀었다. 역시
고향이 좋다. 나는 이 생활에서 보람과 긍지를 찾으려고 애쓰고 있다. 그
러나 지금 내가 살아가고 있는 이야기들을 내가 스스로 쓴다는 게 아직은
아무래도 어색하다. 마침 진주에서 발행되는 종합일간신문 『경남일보』에
서 황인태 사장이 찾아와 내게 특별 인터뷰를 요청했다. 『경남일보』는
100년 역사를 가진 경남 사람 모두가 자랑하는 신문이다. 2007년 10월 7
일 『경남일보』에 실린 기사 그대로를 옮겨 놓는다.

황인태가 만난 사람, 하순봉 전 국회의원 – 진주 위한 일 역할 주어지면 마다 않겠다
하순봉 전 국회의원 자택, '목림서실'을 찾아가는 길은 가을이 다가오고 있었다.
하 전 의원이 은퇴해 살고 있는 진주 단목의 목림서실 앞에는 '목림서실기'라는 집

의 내력을 설명해 놓은 입간판이 있었다. 여기에 '이 집은 하 전 의원의 중시조인 단지공으로부터 400여 년간 종가로 이어져 내려온 집이며 하 전 의원의 부친인 성와공이 1986년 원형 그대로 살려 중수했다' 라는 요지의 글귀가 쓰여 있었다.

하 전 의원 일가가 이 집에서만 400여 년을 살아온 것이다. 하 전 의원도 이 집에서 태어났다고 했다. 논두렁 정기라도 타고나야 국회의원을 한다는 속설이 있는데, 집의 풍모만으로도 예사롭지 않은 기운을 느낄 수 있었다. '목림서실기' 는 하 전 의원이 은퇴한 후인 2005년에 직접 쓴 글로 이 글에는 "언론 15년, 정치 20년 세월을 보내고 이제 고향으로 돌아와 조상의 품에 안기고 보니 지난 일들에 대해서는 회환과 반성뿐이다" 는 자신의 소회 한 대목도 적어 놓았다.

집안에 들어서니 하 전 의원과 부인 박옥자 여사가 편안한 차림으로 반가이 맞아준다. "언젠가 한번은 만나야겠다고 생각하고 있었다" 는 하 전 의원의 첫인사에서 아직도 세상을 향한 그의 속내를 읽을 수 있었다. '그래, 세상에 대해 할 말이 얼마나 많겠는가' 라는 생각에 필자가 이것저것 많은 것을 물어보았다. 그러나 역시 노련한 정치인 출신답게 민감한 부분에는 말을 많이 아꼈다. 단지 "언제나 경남일보를 정독하고 있다" 는 그의 말에서 아직도 지역에 대한 관심의 끈을 놓지 않고 있구나 하는 것을 짐작할 뿐이었다.

필자가 이번 호 만남의 대상으로 하순봉 전 의원을 선택한 것은 은퇴한 정치인이 어떻게 살고 있는지에 대해 단지 호기심이 생겼기 때문만은 아니다. 하 전 의원은 지금은 이미 잊혀졌지만 1997년과 2002년 대통령 선거에서 핵심적인 역할을 했던 사람이다. 그 당시 진주 사람들이 어떻게 생각했는지 모르지만, 그때 서울에 있었던 필자의 눈에는 하 전 의원의 파워가 참으로 대단했었다.

그래서 당시 선거를 실제로 책임졌고 또 패배한 사람의 눈에 보이는 2007년의 대선 판도가 어떠하며 결과가 어떠할지에 대해 교훈을 얻고 싶었다. 그런 의미에서 만나긴 했지만 참새가 방앗간 그냥 지나가지 못한다고 지역 현안과 지역 사람들에 대한 얘기가 빠질 수 없었다. 하 전 의원에 대해 아직은 모두들 '완전히 죽은 불씨'라고 생각하지 않기 때문이다.

황 : 다시 대선의 계절이 왔다. 참으로 생각이 많을 것 같다. 판세가 어떻게 돌아가는 것 같나?

하 : 지금은 상황이 내가 싸웠던 지난 두 번과는 다르다. 이른바 좌파정권 10년 세월을 겪으면서 국민들의 판단과 의식이 그때와는 달라졌다. 그때는 이념적 성향을 떠나 세대 간 인식의 격차가 있었다. 마치 이 총재는 옛것을 대변하고 노무현 후보는 그에 반대되는 평가를 받았다. 이제는 오히려 이명박 후보가 새로운 것을 대변하는 것처럼 보인다.

황 : 그때보다 가능성이 높은가?

하 : 그때보다 국민인식이 좀 달라졌다는 데 대해서 가능성이 높다고 본다. 그러나 그때나 지금이나 지극히 염려한다. 역사적으로 동서고금을 막론하고 좌파정권은 호락호락 정권을 넘겨주지 않는다. 좌파정권의 특성이 선전 선동에 대단히 능하다는 것이다. 거기다 권력이 밑받침되고 대중매체인 텔레비전이 붙으면 감당할 수 없다. 김대업 사건이나 설훈 폭로사건 전부 거짓이고 잘못된 것으로 판명됐다. 그런데 그 당시 마지막 1주일 동안 연일 대중매체인 텔레비전에서 떠들어 대니 국민 생각이 바뀌더라.

황 : 이회창과 이명박 후보를 비교하면 어떤가?

하 : 내가 그걸 이야기할 입장은 아니다.

황 : 이번 대선에 이명박 후보를 지지했다. 이명박과 개인적으로 인연이 있나?

하 : 총재 비서실장을 한 직후 당의 사무총장 할 때 이명박 씨가 서울시장 공천을 받았다. 그때 홍사덕 씨와 당내 경합할 때였는데, 이 후보가 공천이 됐다. 당시 공천 관계로 여러 가지 고맙게 생각하더라.

황 : 박근혜 전 대표와는 기자시절 청와대 출입 때부터 테니스를 같이 할 정도로 친했던 것으로 알고 있다. 마음의 갈등은 없었나?

하 : 국회의원 공천 탈락하고 나서의 일이다. 김혁규 지사가 탈당하자 경남의 많은 선배들이 나보고 도지사 나가라 했다. 그때가 박근혜 대표 시절이었다. 그런데 뜻대로 되지 않았다. 그런 이유가 있는 게 사실이다. 그러나 그것보다는 이명박 후보가 4년 동안 서울 시장 하는 것 지켜보니 기대 이상으로 좀 하는구나 하고 생각했다.

황 : 이명박 후보의 형 이상득 의원과 절친한 관계로 알고 있다. 그것 때문에 그런 것 아닌가?

하 : 꼭 그런 것은 아니다. 정치는 제일 중요한 것이 선택이다. 선택할 때는 본인이 사심을 버리고, 소신과 철학을 갖고 누구를 돕는 것이 당이나 나라에 도움이 되는가를 판단해야 하는 것이다. 그런 판단에 따라 선택했다.

황 : 개인적 얘기 해 보자. 요즈음 어떻게 지내나?

하 : 한나라당 고문직을 맡고 있고, 얼마 전부터는 경남대 석좌교수로 나가고 있다. 그리고 진양 하씨 대종회 회장을 맡고 있다. 전국적으로 60만 종중의 대표다. 일이 적지 않다.

황 : 모습을 보니 아직 열정이나 기운이 많이 남아 있다. 어떤가, 다시 도전해 볼 생각은 없는가?

하 : 이제는 선거에 나가거나 누구하고 경쟁을 해서 하는 것은 스스로 접었다. 나이는 그렇게 많은 것은 아니다. 그러나 사실 내가 정치를 좀 일찍 했다. 비슷한 시기에 정치 시작한 사람 대부분이 이제 접었다. 20년 정도 했으면 됐지. 적당할 때 그만두는 것이 좋다.

황 : 20년 정치 하면서 무엇이 남았나?

하 : 10년은 나름대로 지역 발전을 위해 일했고, 10년은 이회창 씨 대통령 만드는

진주에서 발행되는 종합일간신문 『경남일보』에서 황인태 사장이 찾아와 내게 특별 인터뷰을 요청했다. 『경남일보』는 100년 역사를 가진 경남 사람 모두가 자랑하는 신문이다. 진주시 대곡면 단목에 위치한 목림서실에서 황인태 사장을 만나 인터뷰하며 이십 년 정치생활을 회고하고 있다. 2007년.

일에 헌신했다. 두 번에 걸친 대선에서 나름대로 역할 했다고 자부한다. 실패한 후 여러 가지로 힘들었다. 그래서 장면이 바뀌어야겠구나 생각했다. 그런데 마무리를 해야겠다는 욕심도 있었다. 그래서 미루게 됐는데, 미처 내가 퇴장하겠다는 준비를 하기 전에 끝내게 됐다. 그런 점은 아쉽다.

황 : 최병렬 대표와의 갈등으로 퇴장하게 됐다는데?

하 : 쉽게 말해 최병렬 대표와 한바탕 하다가 나도 그만두고, 최 대표 본인도 그만뒀다. 그렇지만 결과적으로 적절할 때 잘 그만둔 것이다.

황 : 공천이 안 됐을 때 기분이 어땠나?

하 : 스스로 많이 느꼈지만, 정치는 할 게 못 된다고 생각했다. 내가 한동안 공천을 주도하거나 공천을 주기도 했다. 그때 보람과 긍지도 있었지만, 결론적으로 회한과 반성이 크다. 한동안 고통스럽기도 했다. 차분히 준비된 퇴장이 아니었지만, 아무튼 한 장면이 사라진 것이다.

황 : 지역의 재선 이상 대부분 정치인과 시장, 군수 들의 공천에 관여한 것으로 알고 있다. 특히 최근 한나라당의 실세로 떠오른 이방호 사무총장에게도 공천을 준 것으로 알고 있다.

하 : 공천은 내가 준 것이 아니고, 당의 엄격한 심사와 절차에 의한 것이다(웃음). 이방호 사무총장에 대해서는 노코멘트하고 싶다.

황 : 노코멘트라고 하면 지역에서 해석이 분분할 거다.

하 : 그래도 노코멘트라고 써 달라.

황 : 정영석 진주시장은 만나나?

하 : 연락이 없다. 나도 지역에 내려와도 밖에 잘 안 나간다. 나름대로 바쁘다. 색소폰도 배우고 글도 쓰고, 그렇다.

황 : 진주 선거구가 나누어져 최구식, 김재경 국회의원 두 명이 하고 있다. 후배들을 어떻게 평가하나?

하 : 좀 더 잘해 주기 바라고 있다.

황 : 그런데 지역의 두 국회의원과 시장이 사이가 안 좋다.

하 : 들어서 알고 있다. 걱정이다. 그러면 안 된다. 내가 이십 년 정치 하면서 보람이
    라면, 남강댐 보강공사를 해서 진주지역 천재지변을 없게 했다. 또 교통 오지이
    던 진주와 서부 경남권역의 교통소통을 위해 대전-통영 고속도로를 개통했다.
    이제 진주는 또 다른 도약이 필요한 때이다. 시장과 국회의원이 힘을 모으지 않
    으면 안 된다. 지역을 대변하는 지도자급 인사들이 하나가 되어야 한다.

황 : 한나라당이 대선에서 승리하면, 이명박과의 인연도 있고, 형 이상득 의원과도
    막역한 사이인데 어떤 기회가 있을 수 있지 않겠나?

하 : 앞서 말했듯이, 선거에 나가거나 경쟁을 해서 이기는 자리에 가겠다는 생각은
    없다. 다만 진주는 내가 태어났고, 뼈를 묻을 곳이다. 진주 시민 성원으로 이십
    년 정치했으니 내가 할 수 있는 일이 무엇인가, 또 해야 할 일이 무엇인가를 죽
    을 때까지 고민하고 노력할 것이다. 그래서 무슨 자리든, 무슨 일이든 역할이
    주어지면 마다 않고 일을 할 것이다.

2007년 8월 1일, 〈진양하씨대종보(晉陽河氏大宗報)〉에 실린 나의 대종회
장(大宗會長) 취임사도 함께 옮겨 놓는다.

취임사-범(凡) 진양(晉陽) 하씨(河氏)의 대동단결을 위하여

여러 가지로 부족함이 많은 제가 대종회장이라는 중책을 맡기까지 무척 망설였습
니다. 그러나 20년 정치생활을 별 탈 없이 마무리할 수 있었던 것은 전적으로 문중
여러분들의 성원 때문이라는 것을 잘 알고 있기에 대종회장의 소임을 흔쾌히 수락
하였습니다.

기록에 따르면, 우리 진양 하가는 삼한의 갑족(甲族)이라고 하였고, 고려시대에

진양 하씨 대종회장으로 시조공을 모시는 춘향제에 참석 헌작하였다. 2008년 4월.

는 진주의 토성으로서 성족(盛族)이 되었고, 천년 고도(古都)인 진주의 역사와 같이하면서 많은 선비와 지사를 배출하여 나라에 공헌해 왔습니다.

유구한 종사(宗史)의 흐름에서 계대가 잘 맞지 않아 크게 두세 파로 나뉘어 있습니다만, 우리 진양 하가 모두는 틀림이 없는 동원동본(同源同本)으로 핏줄을 같이하는 일가요, 일족입니다. 그래서 우리는 계대를 맞출 수 없는 다른 계파끼리도 결코 종씨라는 호칭을 쓰기보다는 일가 또는 일족 어른이라고 부르며 서로가 공경하고 있습니다.

『동국여지승람』에는 진주 인근 진양 하씨가 거주하는 집성촌이 40여 개에 이른다고 기술되어 있는데, 이들 곳곳이 모두 약 600여 년의 역사와 씨족문화를 간직하고 미풍양속을 지켜 가고 있습니다.

대종회장으로 종친 여러분께 감히 당부 드리겠습니다. 진주의 토성으로서 행실가(行實家)의 긍지를 지켜 올 수 있었던 것은 오로지 남들에게 겸손하고, 정성을 다하여 살면서 서로 공경하고 화합하는 힘이었습니다. 우리 모두는 이러한 선조의 전통을 계승하고 더욱 다져서 가풍을 오롯하게 할 뿐, 결코 함부로 행동할 수는 없습니다. 첫째도 돈목, 둘째도 돈목, 셋째도 돈목하는 모임이 돼야 할 것입니다. 오늘을 사는 우리가 화합하고 돈목하여 우리도 후대로부터 모범이 되고 기림을 받는 조상이 되어야 합니다. 이를 위해 저는 대종회를 이른바 삼불정신(三不精神)으로 운영하겠습니다. 먼저 계파, 적서(嫡庶), 남녀를 구별하지 않겠습니다.

저는 진양 하씨 시랑공파 대종회장입니다만, 사직공파를 비롯한 다른 계파의 종친모임에도 가능하면 최대한 참석하여 범 진양 하씨의 대동단결과 화합에 앞장서겠습니다.

우리 대종회는 역대 훌륭하신 회장님들이 많은 업적을 이룩하였습니다. 저는 전임 회장님들의 업적을 그대로 계승하여 발전시키겠습니다. 경절사를 비롯한 오방재(梧坊齋), 문충공(文忠公) 묘소, 각 파의 사우(祠宇), 서원(書院) 등 많은 유산과 유물들이 있습니다. 이 값진 유산들을 잘 보존하고 대대로 후대에게 전수될 수 있도록 유지관리에 최선을 다하겠습니다. 그리고 고증을 거쳐 문화재로 등재되어 보존될 수 있도록 힘쓰겠습니다.

대종회 기금을 더욱 조성하는 데 힘쓰겠습니다. 그리하여 대종회 조직을 더욱 활성화시키고, 우리 문중의 젊은이 가운데 유학(儒學), 한국학 등을 전공하는 자제들에게는 전액 장학금을 지급할 계획입니다.

그리고 대종회 주관으로 최소 1년에 한 번 성년을 맞는 전국 문중의 우리 자녀들을 대상으로 공동 관례식(冠禮式)을 갖고, 아울러 뿌리교육을 시켜 볼 작정입니다. 물론 이런 사업들을 원활하게 추진하려면 서울을 비롯한 각 지역별 종친회와 문중 여러분 모두의 보다 폭넓은 이해와 협조가 있어야 할 것입니다. 특히 대종회 운영을 뒷받침하고 있는 하진회와 남가람자매회 여러분들의 변함없는 참여와 후원을 기대하겠습니다.

이명박 대통령이 새겨야 할 것들

이명박 정부는 꼭 성공해야 한다. 그래야 나라가 살고 이명박도 산다. 다시는 이 나라 근대 헌정 60년 동안 역대 대통령이 겪어 왔던 실책과 비운을 되풀이하지 말아야 한다. 이명박은 대선사상 최대득표 차로 대통령에 당선되었음에도 취임 100여 일 만에 지지율이 50%대에서 10%대로 급전직하 바닥으로 떨어졌다. 임기 초반에 이처럼 지지율이 급격하게 내려간 것 또한 사상 초유의 일이다. 많은 지지자들이 등을 돌렸다는 뜻이다. 이른바 촛불정국을 거치면서, 그리고 전임 대통령 자살이라는 조문정국의 분위기가 더욱 그러했다.

한마디로 집권 초기 그의 성적표는 초라하기 짝이 없었다. 다행히 집권 상반기를 넘어서면서 그의 친서민적인 행보로 지지율이 다소 올라가 2009년부터 30%대를 넘어섰고, 2010년 들어서는 50%대에 근접하는 국정지지를 받고 있다. 이명박 대통령은 두바이에서 천문학적인 규모의 원자력 발전소 건설수주를 따내 CEO 출신 대통령으로서의 능력을 유감없이 발휘했고, G20 정상회의 서울 개최를 통해 국제사회에서 우리의 위상을 격상시킬 수 있는 좋은 기회를 마련했다.

그는 또 경제협력개발기구(OECD)의 개발원조위원회 가입과 국제평화유지군(PK) 참여법 제정 등 기여외교의 토대를 구축했다. 미국에 진보 성향의 오바마 행정부가 들어서면서 우리 정부와의 코드 불일치에 따른 한미관계 갈등심화 우려를 씻은 것도 평가할 만하다.

아쉬운 것은 대북정책이다. 비핵개방 3000공약과 그랜드 바겐을 내세워 북한의 변화를 이끌어 낸다고 했지만 성과는 미미하다.

경제 부문에서 글로벌 금융 위기를 세계 어느 나라보다 발빠른 대처로 먼저 빠져나온 것은 크게 평가할 만하다. 그러나 소득의 양극화가 확대되면서 최저 임금도 받지 못하는 빈곤층이 급격하게 늘어나고 있다. 이명박 정부가 무엇보다 주의 깊게 유념해서 대처해야 할 것이다. 물론 임기 절반을 겨우 넘긴 이 시점에서 이명박 정부의 공과를 따지거나 한마디로 성격을 규정하는 것은 아직 이르다. 그러나 국민의 반 이상이 여전히 지지하지 않거나 지지를 유보하고 있는 현실은 이명박 대통령이 각오와 다짐을 새로이 해야 함을 일깨운다.

국민들은 벌써부터 조바심을 내고 있다. 압도적인 지지에 못지않게 이명박 정부만이라도 꼭 성공해야 한다는 염원이 그만큼 강하기 때문이다. 이명박 대통령은 얼룩진 우리 근대 헌정사를 반면교사, 살아 있는 교훈으

박근혜 의원과 당무를 협의하고 있는 모습. 1998년.

로 삼아야 한다. 지혜는 역사에서 얼마든지 구할 수 있기 때문이다. 특히 그는 실패한 자신의 집권 전반기를 뼈를 깎는 아픈 마음으로 성찰하는 계기로 삼아야 한다. 그러기 위해서는 스스로가 마음을 비우고 처음부터 다시 시작해야 한다.

이명박 대통령은 좁은 인사의 틀을 과감히 혁파해야 한다. 이명박 정부는 인사와 관련해 여러 풍자어를 양산한 바 있다. 많은 부동산을 보유한 강남지역 거주자들 위주로 구성된 내각을 비꼰 '강부자 내각', 영남 출신으로 고려대를 졸업하고 특정교회 장로를 지내는 과정에서 친교를 맺은 인사들로 구성된 것을 풍자한 '고소영 내각', 측근 참모들의 발호를 비꼰 '왕의 남자' 등의 풍자어가 그것이다. 최고 통치권자가 자신의 인맥 내에서만 사람을 가려 쓸 경우 예외 없이 실패할 수밖에 없다. 이명박 대통령은 자신에게 충고와 조언을 해 줄 수 있는 인재를, 또는 사부(師父)를 두고 있지 않은 것 같다.

적수공권에서 출발해 성공을 이룬 사람들이 정도의 차이는 있으나 대개 이런 모습을 보이고 있는 것과 같다. 그는 이목(耳目)을 크게 열고 천하의 인재를 주변에 모으는 득인(得人)에 특별히 신경을 써야 한다. 자신의 성공신화에 갇혀 우물 안의 개구리처럼 대롱으로 세상을 보는 우를 범해서는 안 된다. 지금이라도 이명박 대통령은, 일족과 청와대 참모를 포함한 주변을 철저히 관리하는 가운데 몸을 낮춰 당대 최고의 인재를 모시는 자세를 보여야 한다.

이명박 대통령은 스스로 고립을 자초하는 뺄셈정치에서, 하나라도 더 도움 받는 덧셈정치를 해야 한다. 이명박 대통령은 자신의 당선에 결정적인 도움을 준 한나라당 내 최대 계파의 수장인 박근혜와도 적잖은 거리를 유지하고 있다. 천하를 거머쥔 마당에 통치권 누수를 우려해 박근혜를 멀리

한다면 이는 분명히 득보다 실이 많다.

　김영삼과 김대중이 집권 이후 충청권을 대표하는 김종필을 밀어내 쇠락의 길을 걸은 전례도 있지 않은가. 난세에 천하를 다스리기 위해서는, 설령 적의 편에서 있던 자일지라도 능력만 있다면 삼고초려를 해서라도 모셔와 도움을 받아야 한다. 그러나 이명박 대통령은 누구는 어느 때 사람이라 이래서 안 되고, 누구는 어느 누구의 사람이라서 안 된다는 식으로 능력 있는 인재를 외면하고 있다. 그리고 신세를 졌거나, 편안한 특정의 인물만 계속 곁에 두고 자문을 받고 있다.

　또한 관료와 언론에 강한 불신감을 갖고 있는 것도 문제다. 이명박 대통령은 집권 초기에 공무원들의 조기출근을 독려한 바 있다. 그는 기업인들이 대개 그러하듯이, 평소에 관료집단을 비효율의 상징으로 간주했었다. 나아가 자신에게 비판적인 언론인들을 불러 정중하게 자신의 소신을 밝히고 협조를 요청한 적도 없다. 언론은 무엇보다 비판하는 것이 그 기본 역할이고, 특히 권력에 대해서는 견제하고 감시하는 것이 언론의 가장 중요한 기능이라는 사실을 잊지 말아야 한다.

　이명박 대통령은 경제전문가를 자처하며 테크노라트와 지혜를 다투는 태도에서 벗어나야 한다. 전문가도 아니면서 자신의 판단만이 옳다는 식의 독선적인 모습을 보이는 것은 최악의 리더십이다. 이명박 대통령은 기업 CEO를 지내는 등 경제전문가를 자처할 만한 경력을 지녔다. 그러나 그 역시 결코 경제전문가는 아니다. 국가 경제의 운용에서 가장 큰 장애가 되는 것은 최고통치권자가 경제전문가를 자처하는 경우이다. 김학렬과 남덕우 등 당대 최고의 경제관료와 학자를 과감히 발탁해 전폭적인 신뢰를 보냄으로써 '한강의 기적'을 만들어 낸 박정희 전 대통령, 김재익 등 최고의 경제참모에게 전폭적인 신뢰와 힘을 실어 주어 경제를 살린 전두환 전 대통령의 리더십은 세월이 지나서도 두고두고 국민들로부터 높은 평점을 받고 있다.

이명박 대통령은 정권의 정체성을 분명히 해야 한다. 많은 사람들이 김영삼 정권 이후 십 년 만에 보수정권이 들어섰다고 생각했는데, 정작 이명박은 보수와 진보를 얼버무리는 새로운 실용주의 세력으로 덧칠을 했다. 그래서 진보세력은 물론, 그를 지지했던 전통 보수세력으로부터도 공격을 받는다. '자유, 민주, 인권, 시장경제' 보수의 이런 가치는 인류역사상 아직도 그 이상의 대안을 찾지 못하고 있다. 지구상 거의 유일하게 이념의 갈등이 거센 한반도에서 대통령의 통치이념은 국가의 정체성과 함께 분명해야 한다. 어렵고 힘들어하는 약자에게 배우고 힘 있는 가진 자가 먼저 베푸는 따뜻한 보수의 가치를 대통령이 앞장서 선양해야 한다. 이명박 대통령이 사재를 털어 장학재단 '청계'를 만든 것은 대선공약의 이행차원을 떠나 현직 대통령으로서 베푸는 문화의 새 장을 열었다는 점에서 매우 고무적이라 할 수 있다.

전 국민의 아쉬움 속에 청와대를 떠나는 사상 초유의 성공한 대통령을 우리 국민들은 애타게 보고 싶어한다.

이명박 대통령의 어제와 오늘

1941년 일본 오사카에서 태어난 이명박 대통령은 가난 때문에 어린 시절을 고생스럽게 보냈다. 8·15 해방 직후에 부모의 고향인 경북 포항으로 온 그는 집안 형편이 너무 어려워서 고등학교 진학을 포기하려 하지만, 장학금을 약속받고 동지상고에 입학한다. 그는 이 학교를 졸업하고 서울에 가서 한 해 동안 노동을 하다가 고려대 경영학과에 들어간다. 3학년 때 상과대학 학생회장으로 뽑히고, 1964년에는 총학생회장 직무대행으로 굴욕적인 한일회담 반대운동에 참여했다가 구속되어 징역 3년에 집행유예 5년을 선고받았다. 옥살이 기간은 6개월이었다.

전과자라는 경력 때문에 취업을 못 하다가 1965년에 어렵사리 현대건설에 입사한 그는 현대그룹 회장 정주영과 긴밀한 상하관계를 맺으면서 승진을 거듭한다. 29세에 이사가 되고, 입사 십이 년 만인 1971년에 현대건설 사장의 자리에 오르고, 1988년에는 회장이 되었다. 탁월한 경영인이라는 평가를 받던 그는 1990년대 초 걸프전 때문에 미수채권을 회수하지 못해 현대건설이 워크아웃에 들어가는 빌미를 만들었다는 비판도 받는다.

그는 현대를 떠나서 1992년 제14대 전국구 국회의원으로 정치권에 발을 들여놓았다. 그리고 15대 총선에서는 서울 종로구에 출마해서 이종찬과 노무현을 누르고 지역구 국회의원이 되었다. 그러나 그는 선거기획을 맡았던 참모가 "거액의 선거비용을 누락시키고 7,000만 원 가량만 신고했다"고 폭로하는 바람에 기소되자 재판과정에서 의원직을 사퇴했다. 나중에 그는 서울고등법원에서 벌금 400만 원을 선고받았다. 이 사건은 이명박 정치생활에서 처음으로 국민의 이목이 집중되었다.

국회의원 직을 사퇴한 뒤 그가 LKe라는 금융투자회사를 설립했다가 실패하고, 김경준과 공동으로 세운 BBK의 주가조작 사건에 연관된 혐의로 고통을 겪은 것은 익히 알려진 사실이다.

이명박 대통령은 이토록 어렵고 힘든 환경에서 모든 간난을 이겨 내고 일어선, 그야말로 자수성가형의 입지전적인 인물이다. 그러나 그가 일군 일가는 한마디로 한국의 명문귀족이다. 이명박 대통령은 1남 3녀를 두고 있다. 이들 중 셋이 미국에서 대학을 졸업했고, 한 명은 이화여대를 나왔다. 영부인 김윤옥 여사도 이화여대 출신이다. 그리고 자녀 넷 모두 유명한 사립초등학교를 나왔다. 이것을 위해 위장전입까지 불사했다.

이명박 대통령의 맏사위는 검사 출신으로 삼성화재 상무보로 일했다. 서울대 법대와 미국 하버드대학을 졸업했다. 둘째 사위는 서울대 의대 전문의다. 그의 아버지도 서울대 의대교수다. 셋째 사위는 한국타이어 조양래 회장의 차남이다. 대통령의 딸과는 리라초등학교 선후배 사이라고 한다. 이명박 대통령이 서울시장으로 재직할 때 자신의 아들과 히딩크의 기념사진 촬영이 물의를 빚은 바 있다. 당시 히딩크는 전 국민의 영웅이었지만, 히딩크를 보기 위해 몰려든 일반 국민들 앞엔 경찰의 저지선이 쳐 있었다. 그때 이명박 대통령 아들과 함께 히딩크와 기념촬영을 했던 이가 바로 셋째 사위였다. 셋째 사위 장인인 조양래 회장의 형은 조석래 전경련회장이다. 이명박 대통령의 당선으로 전경련회장의 사돈이 현직 대통령이 되는 사상 초유의 사태가 벌어졌다.

이명박 대통령은 정상외교를 위해 2010년 1월 인도와 스위스를 방문하는 길에 맏딸과 초등학생인 외손녀를 대동했다. 야당 대변인은 정상외교를 한다면서 특별기를 이용해 가족여행을 했다고 비난하고, 대통령의 사과를 요구했다.

우리 사회에서 아직은 좀 민망스럽다. 18대 총선 때 상왕정치, 형님 공천이란 신조어를 만든 이상득 의원이 이명박 대통령의 작은 형이다. 이상득 의원의 장녀는 LG가로 시집갔다. 이상득 의원은 오명 전 과학기술부총리와 사돈간이기도 하다. 노블레스 오블리주(noblesse oblige). 원래 귀족은 돈과 지식을 독차지하는 집단이다. 누가 뭐래도 이 사회는 힘 있고 배운 가진 자들이 희생하고 헌신할 때, 다시 말해 그들이 나누고 베풀고 겸손해하는 데서 바로서는 것이다.

나는 꿈을 되찾고 싶다

이명박 대통령과 나는 1941년 같은 해에 태어났다. 한나라당에서 14대와 15대 국회의원을 같이 했고, 그의 형 이상득 의원과는 20여 년 정치를 함께 하면서 형님 동생 하는 사이로 가까이 지내고 있다.

그는 정치인이라기보다는 전문경영인 CEO로 우리와 같은 세대에 성공신화를 만들어 낸, 모두가 부러워하는 주인공이다. 우리 세대의 우상이다. 서울시장 공천 때 나는 당 지도부의 이견에도 불구하고 그를 적극 밀었다.

서울시장 취임 후에 그는 한 번도 월급을 받지 않고 시정에 헌신 봉사했고, 청계천 신화를 만들어 내면서 역대 어느 시장보다 성공적으로 수도 서울의 시장 직을 마무리했다. 그의 성공신화는 허탈감에 빠져 있던 국민들에게 다시 한번 희망을 갖도록 했다. 그에 대한 지지율은 1년 넘게 타의 추종을 불허하는 고공행진을 계속했고, 역대 대통령 선거 중 최대득표 차로 청와대에 입성했다.

도중에 약간의 우여곡절이 있기는 했으나 대선 1년 전부터 시작된 대세론이 그대로 이어진 것은 대선사상 초유의 일이었다. 그런데 그가 그렇게 국민의 압도적인 지지를 받은 것은 온갖 간난을 이겨 내고 일어선 그의 불굴의 과거 때문이다. 그가 이룬 명문귀족의 가문 때문은 결코 아니다. 이제 이명박은 그가 겪어 온 과거처럼 어렵고 힘들어하는 서민들에게 눈높이를 맞추어야 한다.

많은 사람들이 MB가 눈물 젖은 빵의 맛을 잊어버리지나 않을까 걱정한다. 그는 지난 10년 동안 크게 훼손돼 온 보수의 가치를 되살려야 한다. 그 보수는 자유시장 경제에서 어렵고 힘든 서민을 보듬고 쓰다듬는 따뜻한 보수가 돼야 한다.

나는 이명박이 대통령 되고 난 다음 그 형인 이상득 의원에게 18대 국회의원 선거 출마를 만류했다. 나라와 민족의 명운을 한 몸으로 걸머진 대통령이 보통 자리인가? 대통령과 가장 가까이에 있는 가족부터 먼저 누구보다 어렵고 힘들어하는 서민들과 눈높이를 맞추고, 그들과 같이 먹고 자고 일하는 삶의 기준과 척도를 낮추어야 한다고 생각했기 때문이다.

이명박 대통령은 CEO 출신답게 사물을 정치적이기보다는 실용적으로 판단하는 경향이 있다. 그래서 대통령이 되고 난 다음에도 여의도와 일정한 간격을 두고 있다. 한나라당과 걱정스런 불협화음도 있지만, 잘 하는 일이다.

이제 임기 후반으로 접어드는 이때, 김동길 교수의 말대로 박근혜 의원에게 총리 직을 주어 내정을 맡기고, 나라의 명운이 달려 있는 통일, 안보, 국방, 외교에 좀 더 심혈을 기울이는 것도 생각해 볼 일이다. 나는 이회창 총재에게서 이루지 못한 정치적인 꿈을 이명박 대통령에게서라도 찾고 싶다.

법과 원칙이 살아 숨쉬는 반듯한 사회, 그러면서 고통받는 서민들이 그래도 살 만한 세상이라고 보람과 긍지를 느끼면서 기죽지 않는 그런 세상을 만드는 꿈 말이다.

이 시대 가장 절박한 명제는 일자리다

고향에서의 일상생활에 제법 익숙해졌는데, 나와 16대 국회의원을 같이한 박병윤 의원이 2008년 초에 내게 성심어린 제의를 해왔다. 그냥 진주에만 있지 말고, 서울에서 좀 더 보람 있는 일을 함께 하자는 것이다. 이 시대가 필요로 하고 있고 어려운 사람들에게 일자리를 찾아 주는 직업 전문TV,

일자리 방송을 함께 하자는 것이다.

박 의원은 나의 ROTC 1기 선배로 언론과 정치에서 오랫동안 여, 야를 떠나 가까이 지내는 사이다. 그는 서울대학교 상과대학을 나와 한국일보 경제부 기자로 들어가 대표이사 사장과 부회장까지 지낸 전문언론 CEO다.

나는 정치는 접었으되 뭔가 보람 있는 일이라면 피할 생각이 없었다. 나는 박 선배의 제의를 흔쾌히 수락했고, 지금까지 3년 넘게 일자리 방송 회장으로 일하고 있다. 회사 경영은 박 회장이 책임지고 있지만, 생각보다 쉽지가 않다. 더구나 세계적인 경제불황으로 광고 등 영업환경이 더욱 나빠지고 있는 데다 일자리 창출이라는 사업이 결국은 정부가 직접 해야 할 분야로 민간 방송이 하기에는 벅차다. 박병윤 회장은 일자리 방송에 사재를 다 털어놓고 있다.

이 일은 누군가는 꼭 해야 할 시대적인 명제이고, 박 회장과 나는 보람과 긍지를 가지고 회사를 열과 성을 다해 꾸려 가고 있다. 그리고 반드시 성공한다는 확신을 갖고 있다. 나는 지금도 동트는 새벽에 서서 꿈과 희망을 좇고 있다.

최근 일자리 방송에서의 내 근황을 언론에서 소개했다. 역시 내 이야기를 내가 쓰는 것보다는 2008년 3월 17일 『국민일보』에 보도된 내용을 그대로 옮겨 놓는다.

정치인에서 앵커로 복귀한 하순봉 일자리 방송 회장 겸 일자리뉴스 메인앵커 - "정치보다 더 큰 보람과 행복 느낍니다"

"시청자 여러분 안녕하십니까. 하순봉입니다. 대학입학 시즌입니다. 그런데 요즘 새내기들은 대학생활을 시작하기도 전에 등록금 걱정부터 해야 하고, 또 낭만과 희망의 대학이 취업난의 여파로 '한숨과 술 권하는 캠퍼스'로 변해, 비틀거리고 있다는 지적이 나오고 있습니다……."

13일 밤 11시. 취업정보 전문 케이블TV 방송채널인 일자리 방송에서 어디선가 낯익은 목소리와 얼굴을 지닌 앵커의 오프닝 설명이 흘러나온다.

그가 방송인으로 돌아왔다. 꼭 27년 만이다. 하순봉(67) 전 국회의원은 3일부터 일자리 방송의 일자리 뉴스 메인앵커로 활약하고 있다. 그는 지난해 공익채널로 선정된 일자리 방송의 회장을 겸직하면서 콘텐츠 제작 현장을 진두지휘하고 있다.

1967년 MBC에 입사, 기자로서는 처음으로 'MBC 뉴스데스크'를 진행해 국내 최초로 TV뉴스의 기자앵커 시대를 열고, 청와대 출입기자로 최고 권력과의 접점에서 언론인의 길을 걸었던 그.

불혹의 나이인 1981년 제11대 전국구 국회의원으로 정계에 입문한 뒤 14대, 15대, 16대 등 무려 4번에 걸쳐 국회의원을 지내며 여당의 원내총무와 사무총장, 야당 부총재 등 국내 정치무대의 한복판에서 한 시대를 풍미했던 정치인으로도 기억되고 있다.

"일자리를 많이 창출해 일하고 싶은 국민에게 일자리를 부족함 없이 제공하는 것은 시대의 명제이며 화두입니다. 특히 20~30대 젊은층의 절반 이상이 일자리가 없는 상황에서 일자리 창출이라는 것은 가치가 있는 이슈이며 해 볼 만한 일입니다. 또 승산 있는 일입니다. 언론계나 정치계에서 나름대로 오랜 시간을 보냈는데, 지미 카터 전 미국 대통령처럼 퇴임 이후에 국가와 사회에 뭔가 기여해야겠다는 생각도 한몫 했습니다."

다시 일을 시작하게 된 동기를 묻자 대뜸 이런 대답이 돌아왔다. 사실 그는 2005년 이후 정치 일선에서 물러난 뒤 고향인 경남 진주에 머물며 은거에 가까운 생활을 했다. 현재 한나라당 상임고문을 맡고 있지만, 일 주일에 몇 차례 경남대에서 석좌교수 자격으로 국제정치학 강의를 하거나 서예와 색소폰으로 소일하는 등 현실정치와는 거의 담을 쌓았다. 그러던 어느 날 군대(ROTC) 선배이자 정치인 시절 상

고향에서의 일상생활에 제법 익숙해졌는데, 나와 16대 국회의원을 같이 한 박병윤 의원이 2008년 초에 내게 성심 어린 제의를 해왔다. 그냥 진주에만 있지 말고, 서울에서 좀 더 보람 있는 일을 함께 하자는 것이다. 이 시대가 필요로 하고 있고 어려운 사람들에게 일자리를 찾아 주는 직업 전문TV, 일자리 방송을 함께 하자는 것이다. 나는 일자리방송 회장으로 방송 현장에 복귀했다. '일자리뉴스'를 진행하는 한 장면. 2008년.

대당에 몸담았던 박병윤 일자리 방송 회장으로부터 방송 복귀 제의를 받고 흔쾌히 수락했다는 것이다.

하 회장은 "신문사 경제부문 대기자 생활을 오래 하신 박 회장이 탁월한 경제적 식견과 신문사 운영 노하우를 가지고 있어 마치 '천생연분'을 만난 것 같다"며 찰떡 궁합임을 강조했다.

그는 아침에 눈을 뜨면 신문과 방송, 인터넷 등 여러 매체를 보면서 오프닝 및 클로징 코멘트를 어떻게 작성해야 할지 고민하는 것으로 일과를 시작한다. 최근에는 서울 상암동 디지털미디어센터(DMC)에서 마포로 회사 이전을 준비하느라 바쁘다. 무엇보다도 일자리 방송에 몸을 담으면서 일자리 창출이라는, 전례가 없는 특수 목적을 가진 채널이 하루 빨리 시청자들로부터 인정을 받고 실질적인 도움을 줄 수 있도록 하기 위한 구체적 복안을 현실화시키는 것이 급선무라는 생각이다.

"올해 9월 일자리 창출 박람회를 개최하는 것을 비롯해 장기적으로는 클린턴 전 미국 대통령처럼 일자리 창출의 성공적인 사례로 인정받는 다른 국가의 정상들을 초청해 일자리 창출을 위한 정상회담을 열 계획입니다. 선진국과 일자리 창출 노하우를 교류할 수 있는 일자리 창출 네트워크도 구축하려고 합니다. 일자리를 많이 만들어 '국민행복지수'를 높이는 게 궁극적 목표입니다."

정계의 거물에서 방송인으로 복귀한 그는 행복감에 충만해 있다. 지하철을 타고 출퇴근하는 등 소시민의 삶도 즐기고 있다.

"정치시즌이 되면 느꼈던 스트레스를 받지 않으니 참 좋습디다(웃음). 아침에 일어나 일을 할 수 있는 곳이 있다는 현실이 얼마나 감사하고 행복한 줄 몰라요. 방송을 시작한 지 얼마 되지 않았지만, 우리 방송을 보고 일자리를 얻었다며 고마움을 표시하는 시청자들을 보면서, 20년 넘는 정치인생 때보다 더한 보람과 행복을 만끽하고 있답니다."

고희(古稀)를 앞둔 그는 인생 후배들에게 자신의 정치인생을 통해 체득한 교훈을 전한다.

"등산 잘하는 사람은 항상 하산 길을 생각해요. 올라가는 것도 중요하지만 내려가는 것도 중요하기 때문이죠. 정상에 올라섰을 때의 희열 못지않게 하산을 하면서 느끼는 희열도 크죠. 정치도 인생도 마찬가지입니다."

대한민국 헌정회(憲政會) 양정규 두목 이야기

국회의원을 지내고 나면 자동적으로 가입되는 법정단체가 유일하게 하나 있다. 사단법인 '대한민국 헌정회' 다. 42년 전 1968년 '국회의원 동우회'라는 명칭으로 창립된 이 단체는 지난 1989년 사단법인 '대한민국 헌정회' 로 이름을 바꾸었고, 지난 1994년부터 국회 소속 법인으로 등록되어 있다. 헌정회는 민주헌정을 유지 발전시키기 위한 대의제도 연구와 정책 개발, 그리고 사회복지 향상에 공헌함을 목적으로 한다고 규정돼 있다.

헌정회는 이 나라 근대헌정 62년 동안 가장 바람 잘 날이 없었던 정치 현장에서 영욕의 세월을 살아온 전직 국회의원들이 소속돼 있는 단체이다. 현재 1,000여 명의 회원이 가입돼 있고, 백수가 되신 안춘생 원로를 비롯해서 헌정회장을 역임하신 98세 송방용 원로 등 80대 이상만 200명이 넘는다. 국회의원을 지낸 세 분의 대통령부터 130여 명의 국무위원 출신도 회원으로 있다.

초대회장은 제헌의원을 지낸 곽상훈 회장이고, 윤치영 회장과 직전 이철승 회장 등 대부분이 입법부 수장을 지냈거나 정당의 당수를 지낸 정치 지도자가 역대 회장이다. 지금은 6선의 제주 출신 양정규 회장이 16대째이다. 현 양정규 회장부터 회원 전체가 회장을 직접 뽑는 직선제로 바뀌어 양

회장이 득표율 83.8%라는 압도적인 지지로 당선되어 지난 2009년 3월부터 헌정회를 대표하고 있다.

흔히들 국회의원을 지내고 나면 개인에 따라 국가로부터 응분의 처우를 받거나 축적해 놓은 재산이 상당할 것으로 믿는다. 그러나 나라와 국민 앞에 부끄러움 없이 살아온 정치인이라면 대부분 생활이 어렵다. 한 원로회원은 지금도 콘테이너박스에서 살고 있다. 눈물겹게 살아가는 분들이 많다. 65살 이상이 되면 국가로부터 약간의 교통비 수준의 연로지원금을 받는다.

내가 여기서 헌정회에 관해 장황하게 언급하는 것은 '온고지신(溫故知新)'이라는 인간사회의 기본을 이야기하고 싶어서이다.

혹자는 보수꼴통이라 나를 비판할지 모르지만, 지구상에서 인류의 역사가 진화되거나 발전해 온 기본은 옛것을 익히고 새것을 배우는 인간 품성이 있기 때문이다. 우리가 추구하는 '선진사회'의 모습이 바로 그렇다. 흔히 선진국이라고 일컫는 미국이나 일본, 구라파가 그러하다. 사회 모두가 노(老), 장(壯), 청(靑)이 함께 어울려 조화를 이루고 지혜를 모아 살아간다.

정치도 80이 넘은 현역 정치인이 허다하다. 그러나 우리 사회는 그러질 못하다. 정치가 그렇고, 경제, 사회 모든 분야가 나이에 따라 능력을 재단받고 나이 때문에 쫓겨나고 있다. 심지어 사오십 대의 젊은 백수도 수두룩하다. 남과 북이 갈라져 있고, 계층과 지역, 세대 간의 갈등이 첨예화되어 한 걸음도 나아갈 수 없는 이 나라 대한민국. 무엇보다 갈등 해소야말로 정치가 풀어야 할 시급하고 중요한 과제이다.

쓸모없는 뒷방 늙은이라 할지라도 그가 살아온 경륜과 지혜는 있다. 그것도 나라의 자산이다. 헌정회가 좀 더 활성화되어 국가발전에 기여할 길은 없을까, 골똘히 생각하며 나는 여의도에 있는 헌정회로 간다.

헌정회는 지금 양정규 회장의 취임 이후 크게 활기를 띠고 변하고 있다. 2003년 말 당시 이회 창 후보와 당을 위해 밤낮없이 뛰던 다선 중진의원들이 줄줄이 불출마 선언을 했다. 6선 양정 규 의원을 비롯하여 5선 김종하, 정창화, 4선 김기배, 목요상, 유흥수, 이해구, 신경식, 하순 봉, 3선 윤영탁, 최돈웅 의원 등은 모두 이회창을 대통령 만드는 데 각 시도별 책임을 맡고 있었 다. 선거에서의 필승을 다짐하는 의원 연찬회에서 나를 비롯해 오른쪽에 있는 양정규 의원, 왼 쪽에 있는 김진재, 이부영 의원의 표정이 사뭇 진지하다. 2000년.

정치는 사람과 사람의 만남에서 이루어진다고 누가 표현했듯이 나는 20
여 년의 정치인생에서 수많은 사람을 만나 왔다. 그 중에서도 나는 양정규
선배를 말하지 않을 수 없다.

우리는 그를 양정규 두목이라 부른다. '조폭세계'에서나 쓰는 그런 뜻
의 '두목'이 아니고, 사람 냄새가 나는 의미에서 '두목'이다. 정치 세계를
흔히 비정하다고 한다. 하지만 그는 더없이 인간적이다. 내가 가장 귀중한
가치로 여기고 있는 '휴머니티'에 누구보다 어울리는 사람이다. 한마디로
나는 그에게서 사람의 향기를 느낀다. 그는 6선 의원을 지내고도 큰 감투
를 써 본 적이 없다. 항상 상대방을 배려하면서 양보했기 때문이다. 눈물
도 많다. 그러면서 다른 사람이 도저히 따라갈 수 없는 성실함과 부지런함
이 있다. 그래서 정치 말년에 누구나 한 번쯤은 바라보는 헌정회장에 그렇
게 압도적인 지지를 받아 당선됐는지도 모른다.

헌정회는 지금 양정규 회장의 취임 이후 크게 활기를 띠고 변하고 있다.
2003년 말 당시 이회창 후보와 당을 위해 밤낮없이 뛰던 다선 중진의원들
이 줄줄이 불출마 선언을 했다. 6선 양정규 의원을 비롯하여 5선 김종하,
정창화, 4선 김기배, 목요상, 유흥수, 이해구, 신경식, 하순봉, 3선 윤영
탁, 최돈웅 의원 등은 모두 이회창을 대통령 만드는 데 각 시도별 책임을
맡고 있었다.

국회의원으로 20여 년 동안 의사당에서 국가와 지역을 위해 몸을 던졌
던 이들은 정치 일선에서 떠나기로 마음을 정한 뒤 그 해 연말에 마음도 정
리할 겸 제주도로 여행을 떠났다. 양정규 두목의 지역구인 함덕항에서 밤
늦게까지 소주를 마시며 앞으로 틈틈이 만나 회포를 풀자고 의견을 모았
다. 함덕회라는 친목회다. 후에 정문화, 박원홍, 도종이, 주진우, 현역 조
진형 의원, 그리고 재일거류민 단장을 지낸 하병옥 씨 등이 회원으로 가입

해 모임이 좀 커졌다.

내가 정치를 접고 가장 즐겁고 편안한 시간을 보낼 때가 바로 한 달에 한 번 꼴 있는 함덕회 모임에 참석할 때이다.

백 년 신문 경남일보를 맡다

진주 사람들이 마음속 깊이 간직하고 있는 자존과 긍지 두 가지 있다. 하나는 진주가 천 년 역사를 면면히 이어 온 고장으로 충절과 문화예술의 본고장이라는 사실이고, 또 하나는 이 나라 근대화의 파란 많은 굴절과 역사속에 정도(正道) 언론(言論)의 기치를 내걸고 우리나라 지방언론의 효시인 『경남일보』가 백 년 전 진주에서 창간되었다는 사실이다.

『경남일보』는 우리 민족의 운명이 경각에 달려 있던 어려웠던 그 시대 1909년, 기울어 가는 나라를 떠받들고 지탱하는 기둥이 되고자 진주 출신 선각자들이 뜻을 모아 뿌리를 내린 지방 언론의 산 역사이기도 하다.

나라 잃은 슬픔에 「시일야(是日也) 방성대곡(放聲大哭)」으로 울부짖던 위암 장지연 선생이 초대 주필을 맡아 꺼져 가는 민족혼을 일깨웠고, 두 번의 강제 폐간이라는 온갖 파란과 역경을 겪으면서도 언제나 나라와 민족 앞에 의연하고 당당하게 버티어 온 민족의 정론지(正論誌)였다.

그런 『경남일보』가 심각한 운영난으로 지금 고통을 겪고 있는 것이다. 사실 활자매체인 신문산업이 정보화 시대 전파매체에 밀려 크게 위축되어 온 것은 어제 오늘의 일이 아니다. 특히 열악한 경제환경에 처해 있는 『경남일보』를 비롯한 지방신문사는 더더욱 그러하다. 그러나 진주 사람들에게 『경남일보』는 존재 그 자체가 대단한 긍지요 자랑인 것이다.

최근 『경남일보』의 몇 분 대주주들이 나를 찾아왔다. 문을 닫을지도 모르는 위기에 처해진 『경남일보』를 살리기 위해 누적된 부채를 해결할 터이니, 『경남일보』 운영을 맡아 달라는 것이다.

『경남일보』는 최근까지 작고하신 진주의 어른, 파성 설창수 선생과 아천 최재호 선생, 정천 김윤양 박사가 이끌어 왔다. 김윤양 박사는 내가 낙선해서 방황하고 있던 어렵고 곤혹스런 시기에 많은 성원과 격려를 보내 주셨다. 나는 그분의 권유로 진주천년기념사업회를 설립했고, 진주 역사 천 년을 기리는 '천수교'를 건립할 수 있었다.

김윤양 박사 별세 이후 아들인 김홍치 박사가 헌신적으로 『경남일보』를 이끌어 왔다. 나는 며칠을 망설였다. 솔직히 자신이 없었다. 그러나 고심 끝에 주주들의 제의를 받아들이기로 했다. 아무리 어렵고 힘이 들더라도, 진주의 자존심인 『경남일보』를 살리는 데 내가 할 수 있는 역할이 있다면 그 일에 최선을 다하겠다는 결심이다. 그것이 진주에서 이십 년 넘게 정치를 하면서 오늘의 나를 있게 해 준 고향의 성원에 보답하는 길이고, 언론 출신인 나에게 주어진 소명이라 여겼기 때문이다.

물론 아내를 비롯해서 나를 아끼는 주위의 많은 사람들이 염려하고 만류했다. 그러나 나는 『경남일보』 살리는 데 남은 여생, 마지막 정열을 다 바칠 작정이다. 그리고 꼭 성공한다는 믿음을 가지고 있다. 나는 2010년 6월 16일 『경남일보』 회장에 취임했다.

나는 이런 신문을 만들고 싶다

나는 『경남일보』 회장으로 이런 신문을 만들고 싶다. 우선 『경남일보』가

불가근불가원(不可近不可遠)이 아니라 불가원만의 신문으로 만들고 싶다.

아침에 눈을 뜨면 제일 먼저 찾는 신문, 『경남일보』를 읽으면 그날그날의 세상이 내다보이는 신문, 그래서 삶의 가치와 무게를 느낄 수 있고, 살아가는 모두에게 자신과 용기를 일깨워 줄 수 있는 그런 신문을 만들고 싶다.

무엇보다 『경남일보』를 사람 냄새가 나는 신문, '휴머니즘 언론'으로 만들고 싶다. 유명한 인물, 뛰어난 인물도 다루지만, 평범한 이웃과 소외된 사람들의 이야기도 다루면서 보통 사람들의 표정과 삶이 크게 드러나는 신문, 그런 신문을 만들고 싶다.

『경남일보』 종사자 모두가 독자들 앞에 보다 겸손하고 겸허한 자세로 바짝 다가서는, 그래서 독자를 왕으로 모시는 서비스 산업으로서의 역할과 기능을 다해 독자들이 『경남일보』를 재미있고 유익한 신문으로 여기도록 하고 싶다.

지금까지 『경남일보』가 뿌리내려 온 경남 지역은 물론 부산과 울산 등 남해안 시대의 번영과 발전에 이바지하는 신문을 만들고 싶다. 지역에서 시행되고 있는 어떤 문화행사에도 보다 적극적으로 참여하여 정보화시대에 지역의 문화예술을 창달하는 데 신문이 할 수 있는 모든 역할을 다하고 싶다. 미래 성장산업으로 촉망받고 있는 AT(Agriculture Technology), 농산업이 발전할 수 있도록 우리 지역의 농업기술, 농업인, 농산품 등을 지속적으로 소개할 것이며, 보통사람들에게 가장 큰 관심사인 교육 문제도 보다 역점으로 두어 다룰 작정이다.

그리고 독자들에게 글로벌 감각을 키워 줄 국제면에서는 해외의 중요한 사건과 재미있는 소식도 엄선하여 전하는 데 최선을 다할 것이다.

이 모든 나의 소망을 이루려면 아무래도 많은 인적, 물적 뒷받침이 있어야 한다. 그러나 현실이 그러질 못하다. 그래서 언론이 꼭 해야 하는 세상사 모두에 대한 속보경쟁은 전파매체와 중앙지에 기꺼이 미룰 작정이다. 활자매체 신문산업이 어렵고 전파산업에 밀리는 사양산업으로 치부된 것은 어제 오늘의 일이 아니다. 그러나 기자 한 사람이 취재, 편집, 인쇄 등 필요한 모든 역할과 기능을 다하는, 비록 작지만 강한 조직으로 나아간다면 신문도 현대 IT 정보화 시대에 얼마든지 생존하고 기능할 수 있다고 하는 자신한다.

활자매체 신문만이 해야 하고 할 수 있는 영역이 있다. 그러기 위해서는 1등만이 살아남는 21세기 무한경쟁 시대에 무엇보다 과감한 내부 혁신이 있어야 하겠으며, 완벽한 투명 경영으로 임직원 모두가 하나같이 일체감을 갖고, 보람과 긍지로 신바람나게 일하는 조직체로 거듭나야 할 것이다.

이제 『경남일보』는 어떤 고난과 어려움이 있더라도 정도언론의 기본을 지켜 나갈 것이다. 지나온 백 년을 거울삼아 또 다른 백 년을 내다보고 『경남일보』를 만드는 것이 나의 꿈이요 소망이다.

우리 집 이야기

1941-2010

꿈을 먹고 자란 소년

나는 1941년 신사년 10월 8일(음력 8월 19일), 400년 이상 터전을 잡아온 경남 진주시 대곡면 단목리 401번지, 진양 하씨(河氏) 단지공(丹池公) 종택에서 태어났다.

유학자이신 묵재(默齋) 하정근(河貞根) 할아버지와 할머니 재령 이(李)씨 사이의 장손으로, 초등학교 교사였던 아버지 성와(誠窩) 하만관(河萬觀) 선생과 어머니 진주 강씨(姜曾順) 사이의 7남매 중 장남으로 태어났다. 모든 생명의 탄생이 다 축복인 것처럼 나의 출생도 주위의 많은 축복을 받았다고 한다. 위로는 2년 먼저 태어난 누님이 계시지만, 내가 아들로서는 처음이고 또 모두가 기다리던 종가의 13대 종손으로 태어났으니, 온 집안의 기쁨과 축복이 대단했던 것이다.

당시 우리 집은 급격히 가세가 기울어 살림살이가 매우 어려웠던 모양이다. 아버지는 부자집 일가가 사는 하동군 옥종면으로 가서 그곳 참봉댁의 도움으로 옥종보통학교를 다녔고, 그곳에서 어머니와 결혼하여 신혼살림을 차렸다.

아버지는 다시 고향 단목으로 돌아와 대곡면 서기를 잠시 거친 다음 초등학교 교사로 임용되었다. 월암간이소학교로 발령받은 아버지를 따라 나는 어린시절을 산골 농촌마을에서 지냈고, 선생님인 아버지의 덕으로 동네 친구들의 선망과 사랑 속에 행복하게 자랐다. 나는 그때 나보다 서너살이 많은 친구의 말더듬이 흉내를 내다가 그만 나도 말을 더듬게 되었다.

일곱 살에 대곡국민학교에 입학했고, 아버님의 임지에 따라 금산국민학교를 거쳐 검암국민학교를 졸업, 제2회 졸업생이 되었다. 그래서 세 곳의 초등학교 동창을 갖게 되었고, 이들은 훗날 내가 정치를 하는 데 든든한 지

조상의 묘소를 찾은 부모님 생전의 모습, 1985년.

원군이 되었다.

1953년 진주중학교에 입학해 1956년 제5회 졸업생이 되었고, 3년 뒤 1959년에 진주고등학교를 제29회로 졸업했다. 중간치의 성적에 시골 출신으로 수줍음 많은 평범한 소년이었던 나는, 말까지 더듬어 표현이 적은 내성형의 청소년 시절을 보냈다. 그러나 속으로는 자존심이 무척 강해 '나는 남보다 다르고, 달라야 한다'는 나름대로의 선민의식과 함께 나홀로 꿈과 야망을 키웠다.

교복 상의 주머니에는 항상 가고 싶은 대학과 직업 등 앞으로의 진로계획을 써 지니고 다녔는데, 대학은 서울대학이고, 직업은 한국은행 총재를 거쳐 대통령이 되는 것이었다. 나의 고등학교 1년 선배였던 강인호 씨가 1958년 서울대학교 입학시험에서 전체 수석으로 상과대학에 합격하였다. 지방 학교에서 서울대학교 전체 수석을 했으니, 진주 시내가 떠들썩한 축제분위기였다.

절대빈곤에 허덕이던 어려운 시절이라 나는 훌륭한 경제관료가 되어 나라의 경제를 일으켜야겠다는 당찬 꿈을 가지고 1959년 서울대학교 상과대학에 응시했다. 그러나 낙방했다. 당시 내 실력으로는 좀 부족했던 것 같다. 낙심이 이만저만이 아니었다. 마침 연희대학교(지금의 연세대학교)에서 서울대학교 낙방생을 대상으로 하는 신입생 추가모집 공고를 했다. 나는 응시하여 연희대 상과대학에 합격하였다.

그런데 소를 팔아 마련한 등록금을 아버지가 서울 가는 기차에서 소매치기당해 버렸다. 집안 형편도 형편이려니와 나는 자존심이 상해 한사코 연희대학교 입학을 거부하고 재수를 고집했다. 고향마을 단목 제월정─나의 13대조(祖) 단지공(丹池公)을 모신 제각─에서 혼자 독학으로 열심히 공부했다. 나의 고3 담임이었던 김영실 선생님(서울대학교 사범대학 출신, 별세)이 서울대학교 사범대학 독일어과에 지원하라고 추천해 주셨다. 당시 우리나라는 경제대국으로 부상한 서독과의 관계를 강화하는 등 독일 붐이 일기 시작한 데다 서울대학교 사범대학 독일어과가 신생학과로 앞으로 유망하다는 것 등이 이유였다.

나는 1960년 서울대학교 사범대학 독일어과에 입학하여 1964년 제2회로 졸업했다. 1학년 때 4·19 혁명이 일어났다. 대부분이 그러했듯이, 나는 부정선거와 독재에 항거하는 학생 데모에 빠지질 않았다. 4월 19일 그날은 경무대 앞까지 진출했다가 경찰이 쏜 총탄에 맞아 죽어 가는 바로 옆 친구의 모습을 생생히 지켜봐야만 했다.

그리고 이듬해에 5·16 군사혁명이 났다. 내가 다니던 사범대학 독어과는 문리과대학 독문과로 통폐합돼 버렸다. 어수선한 시국과 함께 나의 대학 4년은 그야말로 갈등과 좌절, 그리고 방황하는 세월이었다. 어쩌면 꿈을 잃어버린 시기였는지도 모른다. 외교관이 되겠다고 선택한 전공과목 독일어는 외면한 채 주로 법대에서 도둑수강을 했고, 3학년 때는 학생회장 선거에 나가 낙선했다.

나는 ROTC에 지원해 2년간의 군사훈련을 받고 졸업과 동시에 육군 소위로 임관, 전방 5사단 35연대 소속 보병 소대장으로 2년 동안 복무했다. 대한민국의 모든 남성들이 다 그러하겠지만, 나 역시 2년 동안의 군복무 시절이 큰 추억이 된다. ROTC 2기로 육군 소위 임관은 되었지만, 임관과 동시에 다시 8주 동안 광주보병학교에서 훈련을 받았다.

나이가 비슷한 또래의 육사 출신 구대장으로부터 엄격하고 고된 훈련을 받은 끝에 전방 보병부대 소총소대장으로 배치되긴 했으나, 내게는 장교라기보다는 사병보다 더 힘든 생활이었다. 그러나 40여 명의 부하를 지휘한다는 청년장교로서의 보람과 긍지도 대단했다.

1960년 서울대학교 사범대학 독일어과 1학년 때 4·19 혁명이 일어났다. 대부분이 그러했듯이, 나는 부정선거와 독재에 항거하는 학생 데모에 빠지질 않았다. 4월 19일 그날은 경무대 앞까지 진출했다가 경찰이 쏜 총탄에 맞아 죽어 가는 바로 옆 친구의 모습을 생생히 지켜봐야만 했다. 4·19 후 대학캠퍼스에서. 옆에는 조창섭 전 서울사대 학장이다. 나와 중고등학교부터 동창이다. 1961년.

제대할 무렵에 월남전이 발발해 카이젤 김익권 사단장으로부터 "하 소위는 군의 간부로 적성도 맞으니 장기복무를 신청하든지 복무연장을 하라"고 직접 권유받기도 했다. 나는 끝까지 제대를 고집, 1966년 4월 2년 3개월의 군복무를 마쳤다. 제대 후 나는 서울에서 해외 유학시험 준비를 했다. 미국, 캐나다, 독일 등지의 대학에서 입학 허가를 받기는 했으나, 내게 꼭 필요한 장학금을 약속한 대학은 없었다. 대학성적이 좋지 않았기 때문이다.

그때 아버지가 "이렇게 세월만 보내고 있을게 아니라, 마침 모교인 진주고등학교에서 독일어 교사를 구하고 있으니 진주에 내려오라"고 하셨다. 사실 나는 사범대학을 나왔지만, 아버지도 평생 교직에 계셨고 해서 선생님이 되겠다는 생각은 처음부터 하지 않았다. 그러나 아버지와는 친구지간이기도 했던 진주고등학교 김강민 교장 선생님의 간곡한 요청으로 1년간 후배를 지도하기로 하고 모교인 진주고등학교 교사로 발령 받아 갔다. 그러나 교사생활은 그리 순탄치 못했다. 어느 말썽꾸러기 문제학생을 다루면서 화를 참지 못하고 구타한 사건이 문제가 돼 결국 나는 1년 6개월 만에 폭력교사로 낙인찍혀 교단을 떠나야 했다.

교직은 내게 실패작이었다. 그러나 당시에 내가 지도했던 많은 제자들이 성인이 되어 지금까지도 나와 자랑스럽고 아름다운 교분을 쌓고 있다. 그래서 나는 "내가 왜 그때 좀 더 너그러이 이해하고 인격을 갖춘 스승이 되지 못했을까" 하는 회한과 반성을 하고 있다.

이제 나의 지나온 일들을 되뇌어보니 만감이 교차한다. 마침 한 일간지에 실린 김광규 시인이 쓴 시 「희미한 옛사랑의 그림자」가 나의 심경을 그대로 옮겨 놓은 듯하다. 김광규 시인은 나와 동년배로 같은 캠퍼스에서 같은 시대를 살았다.

4·19가 나던 해 세밑

우리는 오후 다섯 시에 만나

반갑게 악수를 나누고

불도 없이 차가운 방에 앉아

하얀 입김 뿜으며

열띤 토론을 벌였다

어리석게도 우리는 무엇인가를

정치와는 전혀 관계없는 무엇인가를

위해서 살리라 믿었던 것이다

결론 없는 모임을 끝낸 밤

혜화동 로터리에서 대포를 마시며

사랑과 아르바이트와 병역 문제 때문에

우리는 때 묻지 않은 고민을 했고

아무도 귀 기울이지 않은 노래를

누구도 흉내 낼 수 없는 노래를

저마다 목청껏 불렀다

돈을 받지 않고 부르는 노래는

겨울밤 하늘로 올라가

별똥별이 되어 떨어졌다

그로부터 18년 오랜만에

우리는 모두 무엇인가 되어

혁명이 두려운 기성세대가 되어

넥타이를 매고 다시 모였다

회비를 만 원씩 걷고

처자식들의 안부를 나누고

월급이 얼마인가 서로 물었다

치솟는 물가를 걱정하며

즐겁게 세상을 개탄하고

익숙하게 목소리를 낮추어

떠도는 이야기를 주고받았다

모두가 살기 위해 살고 있었다

아무도 이젠 노래를 부르지 않았다

적잖은 술과 비싼 안주를 남긴 채

우리는 달라진 전화번호를 적고 헤어졌다

몇이서는 포커를 하러 갔고

몇이서는 춤을 추러 갔고

몇이서는 허전하게 동숭동 길을 걸었다

돌돌 말은 달력을 소중하게 옆에 끼고

오랜 방황 끝에 되돌아온 곳

우리의 옛사랑이 피 흘린 곳에

낯선 건물들 수상하게 들어섰고

플라타너스 가로수들은 여전히 제자리에 서서

아직도 남아 있는 몇 개의 마른 잎 흔들며

우리의 고개를 떨구게 했다

부끄럽지 않은가

부끄럽지 않은가

바람의 속삭임 귓전으로 흘리며

우리는 짐짓 중년의 건강을 이야기했고

또 한 발짝 깊숙이 늪으로 발을 옮겼다

―「희미한 옛사랑의 그림자」, 김광규

사랑하는 아들 종훈(宗勳)에게

이제 나의 칠십 평생, 지난 여정을 담은 회고록을 마무리하면서 하나뿐인 아들 종훈에게 남기는 글로 이 책을 매듭지으려 한다. 어떻게 보면 아버지가 아들에게 남기는 유언장과도 같지만, 나의 마음속 깊숙이 지녀왔던 못다 한 이야기들이고 또 너를 향한 나의 바람과 간절한 기도이기도 하다.

우리 집은 시조(始祖)로부터 1000년 동안 이곳 진주에서 터전을 잡아 온 뿌리 깊은 집안이다. 그냥 왔다가 스쳐가는 그런 집안이 아니라, 뿌리를 생각하고 역사를 두려워할 줄 아는 집안이다. 조선조 초기의 하륜 대감을 비롯한 훌륭한 선조들이 계시지만, 근년 들어서는 큰 벼슬도 없었고 또 많은 부(富)를 축적한 부잣집도 아니다. 그저 청빈을 자랑스럽게 여기는 지방의 한 선비가일 뿐이다.

너의 증조부 되시는 묵재공(默齋公)은 영남에서는 이름난 유학자(儒學者)이셨고 너의 할아버지 성와공(誠窩公)은 평생을 초등교육에 몸 바치신 교육자셨다. 지금 생존해 계시는 나의 막내 숙부되시는 득원지(得源智) 할아버지가 그나마 우리 집안을 대표해서 지방유림(地方儒林)으로 출입하고 계신다. 내가 파조(派祖)이신 단지공(丹池公)의 13대 종손이니 너는 14대 종손이다. 자랑이라면 13대조로부터 대대로 한 번도 거르지 않고 12대가 학문(學問)을 하여 문집(文集)을 남기신 것이다.

우리 가족 이야기로, 먼저 너의 어머니에 관한 이야기다. 나는 너의 어머니를 대학을 졸업할 무렵 친구의 소개로 만났다. 네 어머니의 고향은 황해도 연백이다. 6·25 동란이 발발하고 1·4 후퇴 때 너의 외할아버지 박운서(朴雲緖) 어른이 일가를 데리고 월남하셨다. 너의 외할아버지는 반남 박씨(朴氏) 명문가의 후손으로 일찍 개성에서부터 사업으로 상당한 재산을 모으셨고 월남해서도 인천에서 정착하신 다음 여러 개의 사업체를 운영하는 성공한 사업가셨다.

그러나 내가 너의 어머니와 결혼하기 전에 이미 일찍 돌아가셨고, 외할머니를 비롯한 유가족은 미국으로 모두 이민을 가게 되었다. 너도 알다시피 네가 누나와 함께 미국에 유학할 수 있게 된 것은 그런 저런 연유가 있다. 너의 어머니는 인천에서 중, 고등학교를 졸업하고 중앙대학교에 장학생으로 들어가 교육학을 전공하였다.

한하운 시인이 무척 아꼈던 문학소녀였고, 졸업 후엔 고등학교에서 교편을 잡고 있었다. 내가 자식 앞에서 마누라 자랑하는 것 같다만, 나는 내 인생에서 가장 잘한 것 중 하나가 너의 어머니를 만난 일이라 여기고 있다. 몸도 약하고 마음도 여리지만, 내가 평탄치만은 않았던 사회생활을 별 탈없이 마무리할 수 있었던 것은 전적으로 네 어머니의 헌신적인 내조가 있었기 때문이다.

특히 종가집 며느리로 넉넉하지 않은 살림에 대가족을 화목하게 이끌고 있는 네 어머니에 대해 나는 항상 만족해 하고 있다. 한 가지 네가 유념해주길 바라는 것은, 너의 어머니는 이곳에 의지할 만한 친정식구가 없는 데다 유별나게 무서움과 외로움을 많이 타는 아직도 소녀티를 벗지 못하고 있는 할머니라는 사실이다. 내가 없더라도 네 아내와 함께 어머니를 외롭

박사학위 수여식날 건국대학교 교정에서 왼쪽 어머니, 오른쪽 아내와 아들로부터 축하를 받고 있다. 1987년.

지 않게 해 드려라.

다음은 너의 누나에 관한 이야기이다. 내게 가장 큰 아픔이 있다면, 너의 자형을 너무나 일찍 떠나보낸 일이다. 동경대학 의학박사인 너의 자형을 나는 무척 자랑스레 여기고 아끼고 사랑했는데, 그만 45살 젊은 나이에 타계하고 말았다. 홀로 된 너의 누나를 위한 일은 남은 두 아들, 석원이와 지원이를 보살피는 일이다. 너의 친자식으로 여기고 돌보아라. 너에게는 삼촌과 고모 등 많은 일가 친척이 있다. 대가족이다. 내가 우리 집안을 자랑하는 것 중 하나가 모두가 화목하고 우애가 깊다는 것이다. 그 중심에는 네 어머니와 내가 있었는데, 이제 너희 내외가 그 중심이 돼야 할 것이다. 가화만사성(家和萬事成)이다.

또한 너는 집안의 전통을 이어야 한다. 이것은 종교적으로도 그렇고 많은 문제가 있다는 것을 나는 잘 알고 있다. 그러나 너에게 주어진 운명으로 받아들여야 한다. 물론 너의 어머니가 살아 있을 때 전통의례는 대폭 간소화하겠지만, 조상을 받드는 숭조(崇祖)의 정신은 곧 내 자식과 자손이 잘되게 하는 것이다. 모든 정성을 다해 제례를 모셔라. 유감스럽게도 나는 너에게 큰 돈이 될 만한 재산을 남기지 못한다. 그러나 대대로 전수돼 온 종토(宗土)와 종택(宗宅)은 늘리지는 못할망정 훼손되거나 줄이는 일은 없어야 할 것이다. 부담스럽더라도 있는 그대로 잘 보전하여 수종에게 넘기도록 하여라. 그리고 무엇보다 400년 이상 우리 집의 가보로 지녀 온 고문서와 서책 등은 지방문화재로 지정돼 지금 국립경상대학교에 위탁 보관되어 있으니, 네가 항상 관심을 갖고 보존에 신경 써라.

나는 내 살기에 급급해서 베풀지 못하고 살았다. 너는 네 주위에 더 어렵고 힘든 사람들에게 삶의 기준을 맞추어라. 그리고 가능하면 많이 나누고 베풀어라. 너 자신의 생활이 검소하고 너의 마음이 겸손하면, 그것이 곧

왼쪽 외손자 최석원, 가운데 손자 하수종, 오른쪽 외손자 최지원. 나에게는 세 명의 손자가 있다. 손자들의 밝은 웃음과 함께하는 시간이 제일 즐겁다. 2009년.

네가 복을 받는 길이다.

이 모든 것은 너 자신이 건강한 데서부터 가능한 일이다. 일도 좋지만 건강을 챙겨라. 나는 타고난 체질이 그렇게 건강치는 못하였다. 척추도 수술했고 전립선암까지 진단받았으나, 다행히 조기 발견해서 수술받아 완쾌되었다.

나도 그렇게 살려고 노력하고 있다만, 항상 죽음을 생각하면서 대비하고 살아라. 옛날 고구려 때는 시집가는 딸의 혼수에 반드시 죽을 때 입을 수의를 넣어 주었다. 뜻 깊고 아름다운 전통이라 생각한다. 너의 어머니 뜻이기도 하다만 내가 죽으면 화장해라. 그리고 내가 채 공사를 끝내지 못한 단목선산에 묻어라. 수목장도 좋다. 혹시 연명이 불가능한데도 내게 생명이 붙어있으면 억지로, 인공으로 생명을 연장하지 말아라. 나의 신체 중 일부라도 다른 생명에 필요하다면 서슴지 말고 제공하여라. 필요한 절차는 내가 살아 있을 때 밟아 놓을 것이다.

언론이다, 정치다 하면서 내 나름대로 바쁘게 평생을 살아왔다만, 그렇게 평안한 삶은 아니었다. 성실하고 진실되게 살려고 애썼으나 서문에 쓴 대로 많은 회한과 반성이 남을 뿐이다. 다른 사람의 원망도 샀고, 심지어 저주받는 일들도 있었을는지 모르겠다.

이제 나는 모두를 용서하고 모두에게 용서받고 싶다. 나의 지나온 여정에 혹시 너에게도 아픈 상처나 한스럽게 맺히는 일들이 있을지도 모르겠다. 그러나 너는 이 모든 인연들을 아름답고 귀하고 소중하게 가꾸도록 노력하여라. 나는 지금 너와 네 아내 혜경, 그리고 내 목숨보다 더 귀하고 소중한 손자 수종이를 생각하며 내 인생 말년의 행복을 만끽하고 있다.

나는 요즘 박목월(朴木月)이 시를 쓰고 김성태가 곡을 붙인 「기러기 울어 예는 하늘 구만리」를 혼자 흥얼거리며 자주 부른다.

기러기 울어예는 하늘 구만리

바람이 싸늘 불어 가을은 깊었네

산촌에 눈이 쌓인 어느 날 밤에

촛불을 밝혀 두고 홀로 울리라

한낮이 지나면 밤이 오듯이

우리의 사랑도 저물었네

아아 아아 너도 가고 나도 가야지

부록

국회 연설문

하순봉 전 국회의원은 국회에서 10여 차례 한나라당 대표로 연설을 하였다.
2000년 이후의 대표 연설문 세 편을 옮겨 놓는다. ─편집자 주

위기를 희망으로 만들어 나가자

─제238회 임시국회 한나라당 대표 연설문, 2003년 4월 3일

존경하는 국민 여러분! 국회의장과 국회의원 여러분! 그리고 국무총리, 국무위원 여러분!

저는 오늘 한나라당을 대표해서 무거운 마음으로 이 자리에 섰습니다. 오늘은 제주 4·3 사건이 일어난 지 55년째 되는 날입니다. 가슴 아픈 역사를 간직한 제주에는 올해도 어김없이 유채꽃이 흐드러지게 피었습니다. 당나라의 시성(詩聖) 두보(杜甫)는 "시국이 어려우니 꽃을 보아도 눈물이 난다"고 봄을 서럽게 탄식했습니다. 이 같은 두보의 절절한 마음이 어찌 두보만의 시심(詩心)이겠습니까? 우리 국민 모두가 갖고 있는 오늘의 고달픈 심정이 아닌가 싶습니다.

노무현 정부가 출범한 지 한 달이 지난 지금, 국민의 마음이 너무나 불안하고 혼란스럽습니다. 국가안보는 흔들리고 사회는 혼란스럽고 경제는 나락으로 빠져들고 있습니다. 이 어려운 시기에 국론 분열마저 극단으로 치닫고 있습니다. 서울 중심가 한쪽에서는 '주한미군 철수'를, 다른 한쪽에서는 '철수 반대'를 외쳤던 지난 3·1절 행사, '이라크 파병 반대'와 '지지'가 극렬하게 맞부딪쳤던 여의도의 모습이 국론 분열상을 단적으로 보여 주고 있습니다. 위기에 처했을 때 국론이 흩어지고 분열된 나라가 번영을 누린 역사는 결코 없습니다. 대립과 분열은 비극을 낳고 그 피해와 상처는 고스란히 국민이 떠안게 된다는 것이 제주 4·3 사건의 교훈입니다.

사랑하는 국민 여러분!

오늘의 위기극복을 위해 무엇보다 시급한 것이 있습니다. 바로 국민통합입니다. 우리는 혼란과 위기를 국민의 단결로 극복해 내며 한강의 기적을 만들었던 자랑스런 저력을 가지고 있습니다. 한마음으로 외환 위기를 극복해 냈고, 한목소리로 '대~한민국'을 외치면서 월드컵 4강 신화를 이룩해 냈습니다.

이 나라를 사랑하는 모든 국민들께 호소합니다. 지금이야말로 진정한 애국심이 필요합니다. 좀 더 냉정하게 생각하고, 배려하고, 양보합시다. 마음을 하나로 모아 오늘의 위기를 헤쳐 갑시다.

저는 이 자리에서 우리 한나라당을 되돌아봅니다. 원내 제1당으로서 국민들의 불안감을 씻어 주는 데 과연 최선을 다했는지, 경제난으로 고통받는 민생의 시름을 덜어주려는 노력을 다했는지 자문해 봅니다. 국민 여러분의 든든한 버팀목으로 거듭나겠다는 각오를 다시 한번 굳게 다져 봅니다.

노무현 대통령께 진심으로 고언(苦言)을 드립니다. 어느 시대에나 도전과 시련은 있는 것이고, 어떻게 응전하고 대처하느냐에 따라 국운이 결정됩니다. 우리 당은 노 대통령이 보여 주고 있는 변화를 위한 일련의 노력을 결코 과소평가하지 않습니다. 국회를 존중하고 대화를 통해 여야 관계를 풀어가려는 의지와 노력을 진심으로 환영합니다. 적극 협력해 나갈 것입니다.

권력기관의 정치적 중립화와 정보정치 근절에 대한 노 대통령의 확고한 의지도 임기 내내 계속 지켜 주시기를 바랍니다. 대북 비밀송금 특검제를 수용한 것도 대단한 정치적 결단으로 평가하고 싶습니다. 우리는 노 대통령의 변화를 향한 의미 있는 노력을 높이 평가하면서 기꺼이 협력할 것입니다. 하지만 이런 시도에도 불구하고 노무현 정부의 지난 한 달은 혼선과 불안의 연속이었습니다. 국정운영 리더십과 위기관리 능력에 심각한 문제점을 보여 주었습니다. 노 대통령은 오늘의 총체적 불안과 위기를 극복하기 위해서 다음 세 가지를 행동으로 옮겨야 합니다.

첫째, 국민의 마음을 하나로 모을 수 있는 통합과 조정의 리더십을 보여 주어야 합니다. 노 대통령은 해체와 파괴의 리더십으로 기존 질서를 뒤엎는 데 매달려 왔습니다. 언론정책에서 보듯이 내 편과 네 편으로 가르는 갈등과 분열의 행태를 아직도 버리지 못하고 있습니다. 대통령은 4,700만 국민의 대통령이지 특정 지지그룹의 '도구'가 아닙니다. 이 정부는 국민 모두의 정부이지 '코드'가 맞는 사람만의 정부가 아닙니다. 노 대통령이 반대자의 의견을 경청하며 함께 가는 동반자로 생각할 때 국민 화합의 길은 열릴 것입니다.

둘째, 국민에게 대한민국의 정통성과 자유민주체제에 대한 확신을 심어 주어야 합니다. 최근 우리가 겪고 있는 국론분열의 근저에는 이념대립이 자리 잡고 있습니다. 이미 인류사의 유물이 되어 박물관에 전시된 이념대립의 망령이 대한민국을 뒤덮고 있습니다. 많은 국민들은 아직까지도 노 대통령의 이념적 편향성에 대한 의혹을 떨치지 못하고 있습니다. 대한민국의 정통성과 자유민주체제에 대한 대통령의 확고한 신념을 보여 줄 때 이념 혼란을 잠재울 수 있을 것입니다.

셋째, 국정운영의 청사진을 제시해야 합니다. 노무현 정부는 아직까지도 국민 앞에 국정운영 종합프로그램을 제시하지 못하고 있습니다. 새 정부의 국가적 목표도 명확하지 않습니다. 국정 방향과 목표를 분명하게 제시할 때만이 정치의 예측 가능성을 높이고 국민에게 신뢰를 심어 줄 수 있을 것입니다. 나라를 위하여 드리는 우리의 고언을 노 대통령이 진지하게 받아들일 것을 당부합니다. 그래야만 오늘의 불안과 국론분열을 치유할 수 있다는 점을 다시 한번 강조합니다.

존경하는 국민 여러분!

어제 '이라크 파병 동의안' 이 국회를 통과했습니다. 엄청난 국론 분열을 불러일으켰던 이라크 파병 문제의 처리과정을 보면서 노 대통령의 리더십 문제를 지적하지 않을 수 없습니다.

우리 당은 일관되게 '국익' 의 관점에서 파병 문제를 결정해야 하며, 초당적 협력을 아끼지 않겠다고 강조해 왔습니다. 이번 파병을 한미동맹 관계를 공고히 하면서 북핵 문제를 평화적으로 해결하는 계기로 삼아야 한다고 판단했기 때문입니다.

대통령도 미국의 입장을 지지한다고 공개적으로 밝히고 파병을 결정했습니다. 하지만 그 이후에 보여 온 노 대통령의 행보는 국정 최고책임자로서 참으로 무책임했습니다. 집권 민주당은 물론 자신의 측근세력과 노사모의 파병 반대조차도 설득하려는 노력을 보이지 않았습니다. 국가기관인 '인권위' 의 파병 반대에 대해 "문제될 게 없다" 면서 두둔하고 오히려 격려했습니다. 대통령의 이러한 이중적 처신이 국론분열의 기폭제가 되어 걷잡을 수 없는 혼란을 유발했습니다.

만델라 대통령은 퇴임하면서 "두 번째 감옥에서 벗어났다" 고 고백한 바 있습니다.

대통령이란 자리는 인기를 관리하는 것이 아니라 위기를 관리하는 자리입니다. 인기가 없는 일이라도 국익을 위한 것이라면 결단을 내리고 국민들을 설득하고 추진해야 합니다. 대한민국 제1의 공인(公人)으로서 인기보다는 국가를 먼저 생각하는 대통령이 되어 주기 바랍니다.

국민 여러분!

오랜 진통 끝에 파병안은 처리되었습니다. 이제 더 이상 이 문제 때문에 국론분열이 계속되어서는 안 됩니다. 여야는 물론 대통령도 국민을 설득하는 데 앞장서야 합니다. 파병 논란을 매듭짓고 우리 모두 북핵문제 해결과 경제 살리기에 힘을 모읍시다.

존경하는 국민 여러분!

지금 우리가 직면한 위기의 근원은 바로 안보 위기입니다. 노무현 정부가 들어선 이후 대한민국의 안보 현실이 어떻습니까? 안보 불안과 정쟁 불안의 먹구름이 한반도에 몰려오고 있습니다. 안보 불안 때문에 우리 경제도 무너지고 있습니다. 급기야 '주한미군 철수론과 재배치론'까지 거론되고 있습니다.

이라크 전쟁이 마무리되는 순간, 북한 핵문제가 핵심적인 이슈로 등장할 것입니다. 우리의 목표는 분명합니다. 북한의 핵 개발은 반드시 저지해야 합니다. 평화적으로 해결해야 합니다. 이를 위해 정부는 북핵문제 해결에 모든 지혜와 역량을 모아야 합니다. 북한 핵문제의 평화적 해결을 위해서는 무엇보다도 미국과의 확고한 동맹관계 복원이 시급합니다. 오늘의 한미관계는 정부수립 이후 최악의 상황입니다. 지난 김대중 정부와 현 정부의 섣부르고 안이한 대북·대미 자세가 주한미군 철수론까지 낳고 있습니다. 주한미군 철수나 재배치 문제는 거론 자체만으로도 안보불안을 증폭시키고 우리 경제에 치명적인 악영향을 끼칩니다. 한미 동맹관계 정상화를 위해서는 대통령과 정부의 인식 전환이 절대로 필요합니다. 지금까지 한반도에서 평화가 유지된 것은 북한과의 민족 공조가 아니라 미국과의 공조 때문이었습니다.

국민들이 대통령에게 듣고 싶은 말은 "우리는 입장이 미국과 달라야 한다", "경제가 어려워져도 각오해야 한다"는 섣부른 말이 아닙니다. "한반도의 평화를 위해 한미 동맹 관계를 굳건히 하겠다"는 바로 그 말입니다. 다행스럽게도 노 대통령은 어제 이 자리에서 한미 공조의 중요성을 역설했습니다. 문제는 실천입니다. 우리 당과 국민은 한미공조를 굳건히 하겠다는 노 대통령의 약속을 지켜볼 것입니다.

존경하는 국민 여러분! 국회의장과 국회의원 여러분! 그리고 국무총리, 국무위원 여러분!

우리 한나라당은 안보와 대북문제, 국익 외교에 대해서는 초당적 협력을 다하겠다고 약속해 왔습니다. 이에 우리 당은 북핵문제 해결을 위한 국회차원의 공식기구(가칭 「한반도 평화를 위한 특별위원회」)를 구성할 것을 제의합니다. 이 특별위원회를 통해 국회차원에서도 초당적으로 북핵문제 해결의 방안을 찾아보자는 것입니다.

빠른 시일 내에 특별위원회를 구성하고, 이 기구를 통해 '남북한 국회대표자 회의'를 북측에 공식 제안할 것을 제의합니다. 남북 의회대표들이 한자리에 모여서 북핵문제 해결과 한반도 평화정착 방안을 진지하게 논의하자는 것입니다. 또한, 이 기구를 통해 미국·일본·중국·러시아 등 북핵 관련 주요당사국 의회와 긴밀하고 체계적으로 교류를 하면서 북핵문제 해결을 모색해 나가자는 것입니다. 여당의 적극적인 호응을 믿어 의심치 않습니다.

존경하는 국민 여러분!

지금 우리 경제가 심각한 위기상황으로 빠져들고 있습니다. 각종 경제지표가 보여주듯이 실물경제가 빠른 속도로 냉각되고 있습니다. 무역수지 적자가 3개월째 계속되고, 소비와 투자가 급속하게 위축되고 있습니다. 올해 경제성장률 목표치 5%대 달성은 이미 불가능해졌습니다. 물가가 치솟으면서 고물가-저성장의 스태그플레이션 전조(前兆)마저 나타나고 있습니다.

SK사태와 가계 부실부채 급증으로 금융 불안도 계속되고 있습니다. 이라크전쟁마저 장기화 조짐을 보이면서 우리 경제는 더욱 깊은 침체의 수렁으로 빠져들고 있습니다. 한마디로 모든 경제주체들이 비상한 각오로 대응하지 않으면 안 될 총체적 경제난국입니다.

먼저, 정부가 위기의 실체를 제대로 인식하고 그 실상을 국민 앞에 솔직하게 밝혀야 합니다. 정부는 '위기가 아니다', '위기라는 보도가 위기를 만든다' 는 등의 강변을 거둬들여야 합니다. 경기침체가 'U자형' 이 아니라 'L자형' 장기침체로 고착될 가능성이 크다는 사실을 정확하게 알리고 국민들의 적극적인 협조를 이끌어 내야 합니다.

다음으로 경제 불안의 요인을 제거하는 데 모든 노력을 다해야 합니다. 밖으로는 북한 핵과 이라크전쟁, 안으로는 새정부 경제정책의 불확실성이 가장 큰 불안 요인입니다. 정부는 하루속히 한미동맹 관계를 복원해서 안보불안이 없다는 점을 시장에 분명하게 보여 주어야 합니다. 경제정책의 불확실성 탈피를 위해서는 정책의 일관성이 무엇보다 중요합니다.

경제 살리기가 정부의 최우선 과제입니다. 기업 활동에 모든 지원을 아끼지 않겠다는 분명한 의지를 꾸준히 보여 주어야 합니다. 체질 강화를 위한 구조개혁은 지속하되, 그 목표가 경쟁력 제고임을 분명히 해야 합니다.

시장에 충격을 줄 수 있는 급진적 개혁은 완급을 조절해야 합니다. 단기적인 경기부양에 대한 유혹도 버려야 합니다. 그러나 아직도 정부는 재정 수단을 통한 경기활성화나 연, 기금을 동원한 증시활성화 등 경제지표를 높이는 데 연연해하고 있습니다. 이는 부동산 가격의 상승과 가계부채 문제가 내재되어 있는 상황에서 역효과만 부를 뿐입니다. 경기하락의 속도가 너무 가파르지 않도록 재정의 투입 시기를 앞당기는 선에서 대처하는 것이 바람직합니다. 아울러, 정부는 경기하강의 영향을 직접적으로 받는 중소기업 지원과 청년실업문제 해결, 그리고 민생과 직결된 물가안정과 전·월세값 안정에 만전을 기해야 합니다.

국민 여러분!

우리 당은 민생현장에서 겪고 있는 국민 여러분의 고통을 잘 알고 있습니다. 장사를 하시는 분들은 "20년 동안 이런 불경기는 처음이다"라고 이구동성으로 하소연하고 있습니다. 중소기업, 유통업계, 재래시장에서는 불황의 파고를 넘기 위한 필사적인 노력을 기울이고 있습니다. IMF 직후처럼 생계형 범죄도 증가하고 있습니다. 경제를 살리는 데는 여야가 따로 있을 수 없습니다. 우리 당이 경제를 살리는 데 앞장서겠습니다. 이미 우리 당의 제안으로 지난 달에 '민생경제대책 여야정 협의회'를 개최하여 대책을 논의한 바 있습니다.

앞으로도 '여야정 협의회'를 더욱 활성화하여 경제난 극복의 대안을 적극 마련해나갈 것입니다. 아울러, 이 자리를 빌어 이라크전 장기화에 대비하여 기존의 '여야정'에 민간기업, 외국인 투자기업, 연구소, 경제단체 등을 포함시킨 「경제비상대책회의」를 구성해 즉각 가동할 것을 공식 제안합니다. 또한, 4월 10일로 예정된 정부 주도의 뉴욕, 런던 '투자설명회'에 여야도 함께 참가해서 초당적인 경제외교를 펴나갈 것을 제안합니다.

국민 여러분!

우리는 오늘의 경제 위기를 이겨 내야 합니다. 이겨 낼 수 있습니다. 우리에게는 절망을 희망으로, 혼란을 안정으로 만들어 온 위대한 저력이 있습니다. 세계 최빈국에서 출발해서 반세기만에 산업화와 민주화를 성취해 냈고, 정보화 시대를 선도해 나아가는 자랑스런 역사를 가지고 있습니다.

오늘 우리가 겪고 있는 고통이 자포자기의 눈물이 되어서는 결코 안 됩니다. 우리가 희망을 버리지 않는다면 희망은 절대 우리를 버리지 않을 것입니다. 다시 한번 우리의 힘과 지혜를 모읍시다. 민관(民官), 노사(勞使), 여야(與野) 모두 하나가 되어 오늘의 경제난국을 헤쳐 나갑시다.

존경하는 국민 여러분!

언론도 개혁의 대상에서 예외일 수 없습니다. 잘못된 관행은 당연히 비판받아야 하고 개선되어야 마땅합니다. 하지만 이러한 개선이 민주주의 근간인 국민의 알 권리를 침해해서는 결코 안 됩니다. 이번에 정부가 마련한 '기자실 개선 및 정례브리핑 제도' 의 본질은 취재의 자유를 봉쇄하는 '신보도 지침' 입니다.

계엄시절에도 없었던 사무실 방문취재를 금지한 것은 '정부가 불러 주는 대로 받아 적어서 보도하라' 는 것입니다. 정부에 유리한 자료와 정보만을 일방적으로 보도하게 하여 언론의 감시와 비판기능을 무력화시키려는 의도가 아닐 수 없습니다.

그런가 하면, 노 대통령은 KBS 사장에 자신의 언론고문을 임명해 커다란 파문을 일으켰습니다. 어제 노 대통령은 군색한 해명과 함께 사장 임명에 사실상 압력을 행사했다고 시인했습니다. KBS 사장이 사의를 표명한 것도 늦었지만 당연한 일입니다. 우리는 노무현 정부의 일련의 언론 정책을 보면서 언론장악 구상이 어떤 것인지 알 수 있습니다.

취재의 자유를 제한해 비판적인 신문은 길들이고, 방송과 인터넷 매체를 정권 홍보 기관으로 만들겠다는 의도가 아니고 무엇입니까? 정권이 언론의 통제를 시작하는 순간 정권의 불행이 시작된다는 사실을 우리는 경험으로 잘 알고 있습니다.

노 대통령의 언론관은 바뀌어야 합니다. 언론에 대한 섬뜩한 적개심, 자신을 비판하면 '박해(迫害)' 고 찬양하면 '정론(正論)' 이라는 식의 편협함에서 벗어나야 합니다. 언론의 비판이 당장은 아프더라도 이를 경청할 때 권력은 더욱 건강해진다는 사

국회에서 대표 연설하고 있는 모습. 2003년.

실을 명심해야 합니다. 우리 당은 노무현 정부의 언론 장악 음모를 반드시 막아 낼 것이며, 어떠한 경우에도 언론자유를 지켜 낼 것입니다.

존경하는 국민 여러분!

지난 대선이 청와대의 개입에 의한 추악한 정치 공작극이었다는 사실이 속속 밝혀지고 있습니다. 우리 당 후보의 '20만 달러 수수설'을 허위폭로했던 설훈 의원의 배후는 청와대였습니다. 우리는 노무현 후보와 민주당이 비열한 정치공작을 적극 비호하고 부풀리는 데 앞장서 왔다는 사실을 똑똑히 기억하고 있습니다.

우리 당은 공작정치의 수혜자인 노무현 대통령과 민주당에게 엄중하게 요구합니다. 이 사건은 노무현 정부의 정통성과 정당성에 문제가 될 수 있다는 사실을 명심하십시오. 정치공작으로 국민을 기만하고 주권행사를 농단한 범죄행위에 대해서 즉각 진지하게 사과하십시오. 정치공작의 전모와 진상을 한 점 의혹 없이 파헤쳐 관련자는 지위고하를 막론하고 엄벌해야 합니다.

'대북 비밀송금 사건'에 특검제가 도입되었습니다. 특검에 합의하고 특별검사를 임명한 이상 모든 수사를 특검에 맡겨야 합니다. 권력의 부당한 간섭이나 방해가 있어서는 결코 안 됩니다. 특검은 소신을 갖고 민족과 역사 앞에 한 점 부끄럼 없이 의혹을 파헤쳐 주기를 당부합니다.

수차 강조해 왔듯이 '국정원 불법도청 사건'의 본질은 국정원이 불법적 도청을 했는지 여부를 규명하는 것입니다. 그러나 유감스럽게도 검찰수사의 초점은 정보 유출에 맞춰지고 있습니다. 만약 권력의 입맛에 맞춰 이번 수사를 정치적 목적으로 악용하려 한다면 우리는 결코 좌시하지 않을 것입니다.

노 대통령 측근들의 개입 의혹을 받고 있는 '나라종금 로비사건' 수사는 계속 미적거리고 있습니다. 검찰은 즉각 성역 없이 철저히 수사해야 합니다. 범죄자들에게 면죄부를 주기 위한 형식적인 수사로 전락하는 일은 절대로 용납될 수 없습니다.

이른바 '세풍 사건'은 97년 대선 이후 김대중 정권이 야당을 죽이기 위해 기획한 편파 사정입니다. 우리 당은 이번 기회에 제멋대로 부풀리고 왜곡된 세풍 사건의 진상이 제대로 규명되기를 바랍니다.

이상의 사건들에 대한 국민의 관심이 매우 큽니다. 오직 진실을 규명한다는 차원의 공정하고 투명한 수사가 이루어져야 합니다. 거듭 강조합니다. 진상이 은폐되어서도 안 되고, 야당 탄압과 정계개편을 위한 수단으로 악용해서도 안 됩니다. 만약 그러한 기도가 있다면 우리 당은 국정조사와 특검제 도입 등 모든 방법을 동원해서 강력하게 대응할 것입니다.

존경하는 국민 여러분!

대구 지하철 참사의 충격이 채 가시기도 전에 천안에서 8명의 축구 꿈나무들이 화재에 희생되었습니다. 불타는 지하철 안에서 "여보 사랑해요. 애들이 보고 싶어요"라는 마지막 통화를 남기고 숨진 젊은 주부의 사연, 천안의 영결식장에 울려 퍼진 "친구들아! 아픔도 고통도 없는 세상에서 편히 쉬어라"는 어린 학생의 추모사. 생각할수록 가슴이 미어집니다. 언제까지 이런 후진국형 인재(人災)가 되풀이되어야 하는지 이 땅에 산다는 게 정말 부끄럽습니다. 잇따른 참사로 목숨을 잃은 고인들의 명복을 빌면서 유가족 여러분께 깊은 위로의 말씀을 올립니다. 부상자들의 빠른 쾌유를 기원합니다.

우리 한나라당은 이와 같은 비극이 두 번 다시 되풀이되지 않도록 재발방지를 위한 근본적인 대책을 수립할 것입니다. 우리 당은 지난 대선에서 각 부처의 안전관리 업무를 총괄 조정하는 '국가재난 관리위원회'를 대통령 직속으로 신설하겠다고 공약했습니다. 이번 임시국회에서 관련 법안을 제출할 것입니다. 부상자들과 유족들이 더 이상 고통과 실의에 시달리지 않도록 최선의 지원을 다할 것임을 약속 드립니다.

존경하는 국민 여러분!

최근 정가에는 정계 개편설이 꼬리를 물고 있습니다. 그 진원지는 바로 노무현 대통령과 민주당입니다. 국정에 무한 책임이 있는 집권 여당이 산적한 국정현안을 외면한 채 오히려 국론분열과 혼란을 부추기고 있습니다.

지금 정치권이 할 일은 정략적 정계개편이 아니라 당면한 국가위기 극복에 힘을 모으는 일입니다. 노 대통령은 어제 국회연설에서 정치개혁과 관련하여 몇 가지를 주문했습니다. 이를 조건으로 총선 과반수 이상을 차지하는 정당에게 내각 구성권을 주겠다고 했습니다.

정치개혁은 피할 수 없는 국민의 요구이자 시대의 요청입니다. 그동안 정권이 바뀔 때마다 국민 통합과 정치개혁을 외쳤지만, 모두 구두선(口頭禪)에 그치고 분열과 갈등, 편중은 오히려 심화되어 왔습니다. 차제에 지난 헌정 반세기를 진지하게 되돌아보면서 국가 백년대계를 내다보는 국가의 기본 틀을 새롭게 강구해 볼 필요가 있다고 저는 생각합니다.

권력집중의 폐해를 막고 국정 혼란과 국론 분열을 최소화할 수 있는 새로운 제도를 모색할 때라고 봅니다. 이것이야말로 이 시대가 요구하는 근본적인 정치개혁이 아닐까 생각합니다.

존경하는 국민 여러분!

지금 우리 한나라당은 변화의 진통을 겪고 있습니다. 하루빨리 전열을 재정비해서 제1당의 역할을 다해 주기를 바라는 국민 여러분의 바람에 부응하지 못한 점, 대단히 송구스럽게 생각합니다. 나름대로 최선의 방안을 찾아 노무현 정부에 불안해하는 국민들께 안정과 희망을 드리겠습니다. 이제 우리 한나라당은 새로운 야당, 진정한 국민 정당으로 거듭날 것입니다.

우리는 합리적인 변화와 개혁을 추구할 것입니다. 급진적이고 파괴적인 개혁이 아니라 실용주의 정신에 기초한 온건하고 생산적인 개혁을 추진해 나갈 것입니다. 인기에 영합하지 않고 원칙에 입각한 통합과 조정의 리더십으로 국민 여러분께 다가가겠습니다.

지킬 것은 반드시 지켜 내겠습니다. 자유민주주의와 시장경제, 인권을 지키고자 했던 우리 당의 노선은 옳았습니다. 우리는 이를 지키고 더욱 발전시켜 나갈 것입니다. 그러나 버려야 할 것은 과감히 벗어 던지겠습니다. 대여 관계부터 다시 설정하겠습니다. 노무현 정부에 협조할 것은 과감하게 협조할 것입니다. 경제와 민생을 살려 내고 국익을 지키는 외교에는 초당적으로 협조하고 오히려 정부여당을 선도해 나갈 것입니다. 그러나, 국가정체성을 지키고 국정 혼란을 바로잡는 데는 추호의 양보도 없이 확실하게 감시하고 견제할 것입니다. 국회가 투쟁의 장이 아니라 정책 경쟁의 장이 되도록 원내 자율성을 보장하고, 정책기능을 획기적으로 강화할 것입니다.

아울러 우리 당은 지난 5년 동안 국정운영 청사진을 착실하게 준비해 왔습니다. 비록 집권에는 성공하지 못했지만 국가와 국민들을 위해 반드시 필요한 내용들입니다. 입법과 정책에 반영시켜서 새로운 나라, 편안한 나라를 만들도록 최선을 다하겠습니다.

존경하는 국민 여러분!

나라 안팎으로 매우 어려운 시기입니다. 새벽이 아름다운 것은 밤을 지나왔기 때문입니다. 봄이 아름다운 것은 겨울을 이겨 냈기 때문입니다. 다 같이 힘을 모아 오늘의 위기를 내일의 희망으로 만들어 갑시다.

정권은 임기가 있어도, 경제는 임기가 없다
—제234회 정기국회 경제분야 대정부질문, 2002년 11월 7일

존경하는 국회의장, 선배·동료의원 여러분! 국무총리를 비롯한 국무위원 여러분! 한나라당 진주 출신 하순봉 의원입니다.

떨어지는 오동잎 하나로 천하의 가을을 안다 했지만, 끝없이 추락하는 요즘의 증시를 보면서 우리 경제의 위기와 실상을 실감합니다. 무너지는 경제가 어쩌면 이 정권의 성적표와 이렇게도 닮았습니까? 대북 뒷거래는 또 무엇입니까? 먼저 김대중 대통령께 촉구합니다. 더 이상 침묵으로 일관하지 말고, 이 모든 의혹에 대해 직접 해명하고, 잘못이 있다면 국민들에게 용서를 구하십시오.

김대중 정권의 지난 5년, 국민의 기대도 컸고, 기회도 많았습니다. 그 많은 기회를 모두 탕진한 채 이 정부는 실패한 정권이라는 평가 속에 석양을 향해 가고 있습니다. 이 정권이 실패한 가장 큰 이유가 무엇입니까? 소수정권이어서 그렇습니까? 아닙니다. 바로 자신의 부패와 거짓말 때문입니다. 우리는 신뢰를 상실한 정권, 책임지지 않는 정권은 무능한 정권보다 더 나쁘다는 것을 뼈저리게 경험했습니다. 역대 어느 정권이 이토록 부패했으며, 또 이토록 비리와 의혹에 연관된 적이 있었습니까?

정권은 임기가 있어도 경제는 임기가 없습니다. 그에 대한 책임 또한 시효가 없습니다. 저는 오늘 사상 유례없는 정경유착과 관치경제로 이 나라 경제를 구조적으로 파탄시킨 이 정권의 경제정책과 폐해에 대하여 심각한 문제점을 지적하고자 합니다.

첫째, 나라 경제를 '빚더미 경제'로 만들어 놓았습니다. 나라 빚(직접채무+보증채

무)이 지난 1997년 73조 원에서 이미 작년 말에 229조 원으로 3배가 넘게 늘어났고, 가구당 빚도 1997년 1,560만 원에서 금년 말에는 3,000만 원으로 늘어날 전망입니다. 이렇게 정부와 국민의 빚은 늘어가는데, 금융기관과 기업들의 체질개선은 아직도 멀기만 합니다.

둘째, 계층간 지역간 불균형과 양극화를 심화시켰습니다. 잘사는 사람과 못사는 사람, 수도권과 지방, 대기업과 중소기업, 도시와 농촌의 격차가 날이 갈수록 커지고 있습니다. 이제 그 심각성이 정도를 넘어서 사회통합을 해치고 갈등을 격화시키는 불안요인이 되고 있습니다.

셋째, 무엇보다 서민과 중산층을 살기 어렵게 만들었습니다. 일하고 싶어도 일자리를 찾지 못해 헤매는 젊은이들, 조기퇴직으로 방황하는 장년들이 거리를 메우고 있습니다. 하루가 멀다 하고 내놓은 근시안적 주택정책은 서민들의 주택난을 가중시키고 있습니다. 정부의 무책임한 교섭과 대외통상 협상의 희생물이 되고 있는 농촌 문제, 더 이상 가다가는 회생이 어려운 지방경제는 아무런 대책 없이 표류하고 있습니다.

넷째, 관치와 정경유착, 그리고 부정부패를 확산시켰습니다. 특히, 권력핵심을 중심으로 한 부정부패의 확산으로 정부와 정치권에 대한 신뢰는 완전히 땅에 떨어졌습니다. 이로 인해 사회 전반에 걸쳐 '리더십의 공백상태'가 나타나고 있습니다.

상황이 이렇게 심각한데 대통령과 정부는 엉뚱한 일에만 신경을 쓰고 있습니다. 제대로 검증되지 않은 설익은 정책들을 마구 남발하고 있어 국민들을 더욱 혼란스럽게 만들고 있습니다. 이제, 더 이상 못 참겠다는 국민의 한탄 소리가 나오고 있습니다.

총리!

서민과 중산층을 위한다고 자처하던 김대중 대통령이야말로 이들을 멍들게 한 책임자라고 보는데, 어떻게 생각하십니까? 아울러, 앞서 본 의원이 지적한 4가지 문제들에 대해 항목별로 답변해 주시기 바랍니다.

공적자금 문제 해결 없이는 우리의 미래 어두워……

앞서 지적했듯이 나라 빚이 큰 문제가 되고 있습니다. 나라 빚의 주원인은 다름 아닌 공적자금입니다. 157조 원이라는 천문학적 규모의 공적자금이 투입되었습니다. 공적자금 문제는 앞으로 20~30년 간 우리 경제에 가장 큰 멍에가 될 것입니다.

이는 우리 세대뿐 아니라 미래를 책임질 젊은 세대에까지 감당하기 힘든 짐만 떠넘기게 되는 것입니다. 자랑스런 유산은 남겨 주지 못할망정 이래서야 되겠습니까? 우리 당이 공적자금 문제를 가장 중요한 정책과제로 다루는 것도 바로 이런 이유 때문입니다. 그러나, 이러한 우리 당의 충정을 정치적으로 이용하는 정부와 민주당의 작태에 우리는 분노를 금하지 않을 수 없습니다.

모든 원인을 과거지사로 돌리면서 우리가 무슨 잘못이냐? 그리고는 무엇에 썼는지, 어떻게 썼는지를 밝히지도 않고 있습니다. 바로 여기에 온 국민들이 분노하고 있습니다. 언제까지 과거 탓, 야당 탓만 할 것입니까? 이제 정부와 민주당은 더 이상 해괴한 논리로 공적자금 문제를 피해 나가려고 해서는 안 됩니다.

총리!

내년부터 공적 자금의 본격적인 상환이 시작됩니다. 정부는 공적자금을 어떻게 회수하고, 어떻게 상환할 것이며, 국민의 세부담은 얼마나 될 것인지 소상히 밝혀 주시기 바랍니다. 또한, 공적자금 국정조사가 무산된 만큼, 특별검사제를 도입해서 공적자금의 모든 의혹에 전면 재조사를 실시해야 한다고 보는데, 총리의 견해는 어떻습니까?

빅딜정책 실패로 인한 공적자금 손실 수십조원에 이름

최근 전윤철 재정경제부장관은 그 자신이 과거에 주도했던 '빅딜정책은 실패한 정책'이라고 스스로 자인하였습니다. 솔직한 시인은 그나마 다행이라고 생각됩니다. 이번에 우리 당 모의원이 빅딜정책 실패에 따른 비용을 산출한 바에 따르면, 그 액수는 최소 18조 원이 됩니다.

대표적인 빅딜산업인 반도체에는 16조 7,500억 원, 항공산업에 4,867억 원, 정유산업 1조 986억 원, 철도차량산업에 586억 원의 금융지원액이 고스란히 공적자금으로 투입되어 약 18조 원의 공적자금이 낭비

시장에 맡겼더라면 자연스럽게 해결될 일을 정부가 나서서 지원해 주고 정리한 결과, 그 실패비용을 산출해 볼 때 기회비용까지 포함하면 수십조 원이 될 것입니다. 빅딜정책은 중복투자의 해소라는 목적으로 시작했으나 국제경쟁력은 전혀 얻지 못한 채

독과점의 폐해만 커졌습니다. 빅딜 과정에서 가장 큰 혜택은 현대가 받아 갔습니다.

항공산업에 대한 연혁이 가장 짧고, 시작단계에 불과했음에도 불구하고 현대우주항공은 항공 콘소시업에서 삼성, 대우와 동일한 지분을 보장받았습니다. 1조 원에 달하는 대규모 시설투자가 끝난 시점에 IMF가 터져 공장완공 직후부터 감산에 돌입했던 현대석유화학은 빅딜로 인해 막대한 부채문제를 합병 및 출자 전환으로 타개할 수 있었습니다.

현대정유의 한화에너지 인수는 정유업계 꼴찌였던 기업의 위상을 단숨에 3위권에 끌어올렸습니다. 선박용 엔진 부문에 있어서 현대중공업은 한국중공업과 함께 2사 체제를 구축할 수 있었고, 당시 LG 반도체와 합병으로 고사 직전에 있던 현대전자를 살려낸 것은 지금의 하이닉스에 대한 문제제공이 되었습니다.

이처럼 빅딜은 현대그룹을 위한 정책이었다고 해도 과언이 아닐 정도로 현대에 대한 특혜가 일방적으로 이루어졌습니다. 알짜 기업은 빅딜로 챙기고 부도기업은 공적자금으로 유지하는, 현대와 이 정권의 정경밀월은 대북 뒷거래까지 이어져 아직도 제대로 밝혀지지 않고 있습니다. 빅딜정책은 현 정권 초에 김대중 대통령이 적극 나서서 실시한 정책입니다. 그래서 이 문제 또한 대통령이 직접 해명해야 합니다.

총리께 묻겠습니다. 현 정권에서 빅딜정책과 관련, 유독 현대에 특혜가 집중된 이유는 무엇이며, 현대의 오너들은 어떻게 책임을 져야 할 것인지 답변해 주시기 바랍니다.

정부는 더 이상 숨기지 말고 대북 뒷거래의 전모를 밝혀야……

대북관계는 국민적 합의를 바탕으로 투명하게 추진되어야 합니다. 남북정상회담을 4억불 주고 샀다는 의혹은 여러 가지 정황증거와 함께 제기된 지 벌써 3주가 지났습니다. 그런데도 정부는 이해할 수 없는 핑계를 대며 진실을 덮어 두려 하고 있습니다.

총리! 이 문제는 시간을 끈다고 해결될 문제가 절대 아닙니다. 금융감독원 직원들조차도 법적으로 문제가 없고 반나절이면 진실을 밝힐 수 있다고 하는데, 이를 막는 사람이 도대체 누구입니까? 총리가 책임지고 밝힐 용의는 없습니까?

증시대책은 정책의 신뢰회복부터 되어야……

마지막으로 연일 폭락하고 있는 증시문제에 대해 말씀 드리겠습니다. 최근 국내 증시 불안은 외국증시 폭락의 영향도 있겠지만, 무엇보다도 투자자들이 정부를 불신하는 데 큰 원인이 있다고 생각합니다. 시도 때도 없이 기업을 조사하고, 정책이 오락가락하고, 기업규제와 각종 부담이 늘어나 기업들이 투자를 꺼리는데, 어떻게 증시가 불안하지 않을 수 있습니까?

여기에다 많은 전문가들은 대북 뒷거래 의혹을 받고 있는 현대상선의 4,000억 원 대출에 대한 명쾌한 해명이 없고, 기업주의 대선 출마로 현대관련 기업들에 대한 불안감이 커지고 있는 것도 주요한 원인으로 지적하고 있습니다. 그런데도 정부는 제대로 된 대책 하나 세우지 못하고 있고, 정책여당이라는 민주당은 경제에는 관심 없다는 모습입니다.

경제에 관한 한 여야가 따로 있을 수 없습니다. 오직 나라와 국민만 있을 뿐입니다. 이에 우리 당은 현재의 상황을 위기로 인식하여 이회창 대통령 후보가 제안한 초당적인 비상경제대책기구 설치를 수용하여 대책 마련에 함께 나서기를 강력히 촉구합니다. 총리의 견해를 묻습니다.

존경하는 의장, 선배·동료의원 여러분! 국무총리를 비롯한 국무위원 여러분!

전진이냐, 추락이냐, 국운을 선택하는 기로에서 우리는 조국을 구한다는 절박한 심정으로 나서야 합니다. 성인으로 추앙되는 인도의 간디는, "국가가 흔들리는 가장 큰 원인은 지도자의 무원칙"이라 했습니다. 지도자가 진실을 외면하고 말을 바꿀 때 국민의 믿음은 무너지는 것입니다.

지금은 한 시대를 마무리해야 할 시기입니다. 경제문제를 해결하는 데는 왕도가 따로 있을 수가 없습니다. 크게 보고 깊게 생각해야 합니다. 임기가 끝나면 정권의 주역들은 사라지지만, 그들이 남긴 해독은 못된 유산처럼 고스란히 국민의 부담과 피해로 남게 된다는 것을 명심해 주시기 바랍니다. 그에 대한 책임 또한 결코 시효가 없다는 것을 다시 한번 강조합니다.

21세기 한국의 선택

—제215회 정기국회 정치분야 대정부질문, 2000년 11월 13일

존경하는 의장, 선배·동료 의원 여러분! 그리고 국무총리를 비롯한 국무위원 여러분! 한나라당 진주 출신 하순봉(河舜鳳) 의원입니다.

정치인의 한 사람으로 지금처럼 '정치'라는 어휘가 두렵고 '정치인'이라는 용어가 부끄러웠던 적은 일찍이 없었습니다. 국민들은 이제 정치에 대해 비판도 하지 않습니다. 희망을 잃었기 때문입니다. 정치에 대해 남은 것은 냉소와 절망밖에 없습니다. 우리 정치가 왜 이렇게 되었습니까? 그것은 현 정권의 말 바꾸기, 지역 편중, 그리고 청와대 1인통치 때문이 아닙니까?

총리, 국민은 정치적 힘의 원천입니다. 국민이 정치에 대해 희망을 잃게 되면, 국민적 힘은 산산이 흩어지고 결국 국가의 미래도 파괴되는 것입니다. 인치(人治)와 국정주도(國政主導) 세력의 부재, 그리고 부패. 이것이 바로 정치의 위기, 경제의 위기를 만들고, 마침내 국가의 총체적 위기를 초래한 원인입니다. 국민적 정치불신이 위험수위에 이른 근본적인 원인과 그 해결책을 어떻게 보고 있는지, 총리는 견해를 밝혀 주시기 바랍니다.

현 정권의 임기가 절반을 넘긴 지금, 우리는 이 정권의 공과(功過)와 21세기 나라의 미래에 대해 생각해 볼 때입니다. 김대중 대통령은 '민주주의와 시장경제의 병행발전'을 현 정권의 국정목표로 내세웠습니다. 그러나 지난 2년 반, 우리 정치는 어떠했습니까? 야당의원 빼가기, 날치기 등 '반민주, 반의회주의'가 횡행했습니다.

경제는 어떠했습니까? 시장경제 일탈, 무원칙한 구조조정, 공적자금의 도덕적 해이 등 '관치경제(官治經濟)'가 범람했습니다.

인사(人事)는 어떠했습니까? 요직이란 요직은 어느 지역에서 다 차지하고, 공기업은 낙하산 인사로 채웠습니다. 오죽하면 시중에 '궁중언어(宮中言語)', '성골(聖骨)'이라는 말까지 나돌겠습니까?

총리, 현 정권은 그동안 폐쇄통치, 편파인사로 국정을 운영해 오면서 국민에게 불안, 불신, 불만을 가져다 준 '3불정권(三不政權)'입니다. 그 결과 민생파탄, 정치파탄, 인사파탄으로 국가를 위기로 몰아넣은 '3대 파탄정권'입니다. 따라서 현 정권의

국회를 방문한 만델라 전 남아공 대통령을 맞이하고 있다. 1994년.

지난 2년 반을 본 의원은 감히 '부패한 정권'으로 규정합니다.

현 정권의 임기가 절반이 지난 지금, 총리는 현 정권에 대해 어떤 평가를 내리고 계십니까? 아직도 현 정권의 실패를 과거의 탓, 야당 탓으로만 돌리시겠습니까?

존경하는 선배동료 의원 여러분! 국무총리와 국무위원 여러분!

지금 나라가 참으로 어렵습니다. 경제가 무너지고 기업이 무너지고 지방행정이 무너지고 있습니다. 증시 폭락, 부도 위기, 빚더미의 농어촌……. 곳곳에서 경제 위기를 알리는 신호를 보내옵니다. 위기극복을 위해서는 대통령부터 최일선 공무원까지 먼저 허리띠를 졸라매야 하는데도, 과연 그렇게 하고 있습니까?

아무 것도 없는 데서 '한강의 기적'을 만든 것이 바로 우리 국민입니다.

지도층의 책임은 다하지 않고 왜 국민에게만, 왜 기업에게만 책임을 돌립니까? 경제가 얼마나 심각한지 총리는 아십니까? 미국의 경제 일간지 『월 스트리트 저널』은 "이미 한국경제는 죽었다"고 표현했습니다. 경제위기가 다시 오고 있다는 말도 부족합니다. 내년의 경제파탄에 대비해야 합니다. 거짓말로 넘기다간 엄청난 재앙을 초래할 수 있습니다.

내년에 생길 실업자 수는 몇백만이 될지 아무도 예측할 수 없습니다. 지금 경제의 문제는 국가의 존망까지 걱정할 정도로 심각한 상황입니다.

본 의원은 이 자리에서 내년 '한국경제의 파탄'을 심각하게 예견합니다. 무능한 정권은 국민을 불행으로 이끌 수 있다는 말을 실감합니다. 그러나 무능보다 더 나쁜 정권은 바로 거짓말하는 정권입니다. 지금이라도 대통령은 경제실상을 솔직하게 밝혀야 합니다. 더 늦기 전에 대통령은 국정파탄을 수습하고 위기관리에 나서야 합니다.

총리, 본의원은 즉각 '국가경제 비상사태'를 선포해서 경제를 국정의 제 1순위로 놓고 해결책을 찾아야 한다고 봅니다. 따라서 대통령의 여당 총재직 사퇴와, 국권을 극복할 '중립 위기관리 내각(中立 危機管理 內閣)'의 출범 또한 즉각 이루어져야 한다고 봅니다.

총리의 견해를 밝혀 주시기 바랍니다. 총리, 21세기 한국은 무엇으로 살아야 합니까? 컴퓨터, 통신, 인터넷, 게임 등의 총아인 '디지털 경제' 외에는 대안이 없습니다. 그러나 이러한 미래에의 투자는 없습니다. SOC에 대한 투자도 갈수록 줄고 있습니다. 망한 기업, 망할 기업에 국민의 혈세를 쏟아 붓고 있습니다. 과거에 몰두하면 미래는 없습니다. 정부는 당장 재원의 투자순위를 재조정해야 합니다. 21세기 무한경쟁시대를 대비하기 위해선 제도, 법률, 교육시스템 등 각종 준비가 필요합니다. '준비된 대통령'이라면서 이 정부는 왜 아무런 준비도 안 하고 있습니까?

총리, 정부는 공기업 등 4대 부문의 구조조정을 내년 2월까지 하겠다고 했습니다. 임기 절반 동안 못한 일을 과연 몇 개월 만에 할 수 있다고 보십니까? 가장 지체되고 있는 공공 분야의 조속한 개혁을 위해, 민간인 전문가로 구성된 '공공부문 구조조정 기획단'을 구성, 추진할 의사는 없는지 밝혀 주시기 바랍니다. 현재 지방세 수입으로 인건비도 못 주는 자치단체가 62%나 됩니다. 그러나 어느 한 군데도 내 일처럼 심각하게 생각하지 않고 있습니다. 이것이 더 큰 문제입니다. 재정이 악화된 자치단체도 기업처럼 즉각 파산시켜야 합니다. 그래야 달라집니다. 이제는 또 다른 국가위기를 불러올 현행 지자제에 대해 전면 재검토가 필요하다고 보는데, 총리와 행정자치부 장관의 견해를 묻습니다.

선배, 동료의원 여러분! 국무총리와 국무위원 여러분!

옷 로비, 한빛은행 불법대출, 벤처기업 주가조작과 실세개입 의혹 등 정권 심장부의 비리는 연속극처럼 계속 터지고 있습니다. 또 그곳에는 이른바 실세들의 이름이 약방의 감초처럼 나오고 있습니다. 썩은 고기만을 탐하는 하이에나 군상을 보는 것 같습니다. 왜 이렇게 이 정권이 급속하게 타락하고 변질되었습니까? 권력이 '인(人)의 장막'에 가려졌기 때문입니다. 검찰이 바로 서지 않았기 때문입니다. 국민의 검찰이 아니라 '정권의 검찰'이 되었기 때문입니다. 이제 검찰은 달라져야 합니다. 검찰을 권력의 손에서 국민에게 다시 돌려주어야 합니다. 한나라당은 '정치 검찰'이라는 단어를 영원히 사라지게 하겠습니다.

총리, 최근 정현준 사건과 관련 청와대 8급 청소원이 수억 원을 받았다면, 의혹의 고위층과 실세들은 도대체 얼마나 엄청난 액수에 연관된 것입니까? 옷 로비 재판 결과가 말해주듯, 특검제는 권력의 비리를 캐고 가장 진실을 밝힐 수 있는 제도 중의 하나입니다. 권력의 부패와 1인통치가 극심할수록 특검제 상설화가 시급하다고 보는데 이에 대한 총리의 입장은 무엇입니까? 정현준 사건, 리타워텍 등 많은 벤처기업에 대한 수많은 의혹의 진상규명을 위해서는 국정조사와 특검제 도입이 반드시 필요하다고 봅니다. 총리의 생각은 어떻습니까?

이제는 대북정책의 내용이 국민 앞에 소상히 공개되어야 합니다. 북에 대한 지원은 국회의 동의를 받아 이루어져야 합니다. 대북 정보책임자 국정원장이 북에 대한 교섭 창구로 나서는 것도 있을 수 없는 일입니다. 이제 북에 대해서도 할 말은 하고 받을 것은 받고 요구할 것은 요구해야 합니다. 아직도 돌아오지 않고 있는 국군포로, 피랍어부들에 대해 정부는 보다 적극적으로 나서야 합니다. 꽃만 있고 과실은 없는 전시성 대북정책이 되어서도 물론 안 됩니다. 장차 있을 통일한국에 대한 준비가 그 어느 때보다 필요합니다. 그러나 통일부가 이 일을 하기에는 국민적 신뢰나 능력이 아직은 부족합니다. 따라서 여야를 초월하는 '국민통일준비위원회'가 필요하다고 봅니다.

총리, 이에 대한 종합적인 견해를 밝혀 주시고, 한반도의 전쟁 해소를 위해선 무엇보다 '평화협정 체결'이 필요한데, 이에 대한 정부의 입장을 답변해 주시기 바랍니다. 이제 우리는 21세기 무한경재 시대, 한국이 선택을 해야 할 때입니다. 연산군이 펼쳤던 초기의 선정(善政)을 지금은 아무도 기억하지 않습니다. 그 폭정만 역사에 남아 있습니다. 현 정권은 남은 임기를 잘 마무리하여 역사에 꼭 훌륭한 평가를 받기 바랍니다. 경제위기 극복과 인사(人事) 탕평, 그리고 국가 혁신. 남은 임기, 그 일에 대통령의 책무를 다하시길 바랍니다. 이 정부가 초당적으로 그 일에 앞장선다면 국민과 야당은 모든 지원을 아끼지 않을 것입니다.

"만델라가 되느냐, 고르바초프가 되느냐?"

"성공한 대통령으로 남느냐, 끔찍한 대통령으로 남느냐?"

국민과 역사는 이 정권을 냉엄하게 지켜보고 있습니다.

하순봉 연보

1941

10월 8일(음력 8월 19일), 신사(辛巳)년, 경남 진주시(구, 진양군) 대곡면 단목리 407번 진양 하씨(河氏) 단지공파 종가에서 초등학교 교사였던 성와(誠窩) 하만관(河萬觀) 선생과 진주 강씨(姜氏) 강증순(姜曾順) 여사의 7남매 중 장남으로 출생. 고려조 충신 상서공부 시랑공(尚書工部侍郎公) 하공진(河拱辰)을 시조로 1000년 동안 진주에서 터전을 잡아 온 뿌리 깊은 진주인, 유학자 묵재(默齋) 하정근(河貞根) 옹과 재령 이씨(李氏)의 장손. 지조가 강하며 청빈을 신조로 군건히 선비정신을 지켜온 선비가 집안, 단지(丹池) 하협(河峽)의 13대 종손.

일본의 진주만 공격으로 태평양 전쟁 발발. 1945년 8월 15일, 일본 항복. 광복(1947년~1953년).

1947-1953

부친의 임지를 따라 진주시 대곡, 금산, 검암 초등학교 등 3곳의 초등학교를 다녔다. 검암초등학교 제2회 졸업.

1948년 8월 15일, 대한민국 정부 수립. 초대 이승만 대통령 취임. 1950년 6월 25일, 6·25 동란 발발. 1952년 8월 5일, 제2대 이승만 대통령 취임

1953-1956

진주중학교 제5회 졸업.

1956년 5월 15일, 제3대 이승만 대통령, 장면 부통령 취임.

1956-1959

진주고등학교. 제29회 졸업.

1960-1964

서울대학교 사범대학 독어과 제2회 졸

업. 서울대학교 제17회 졸업, 문학사
취득.

1960년 3월 15일, 이승만, 이기붕 정·부통령
당선. 1960년 4월 19일, 4·19 학생의거. 8월
12일, 제4대 윤보선 대통령, 장면 총리 취임.

1961
조모(祖母) 재령 이씨(李氏) 별세.

1961년 5·16 군사혁명, 월남전 발발.

1964–1966. 4.
군(軍)복무. ROTC 제2기로 육군 소위
임관. 5사단 35연대 2대대 소대장으로
휴전선 최전방에 근무.

1965년 10월 15일, 제5대 박정희 대통령 당선.

1966–1967
진주고등학교 교사. 진주간호전문대
학 강사(독일어, 영어 담당).

1967년 7월 7일, 제6대 박정희 대통령 취임.

1967
9월, 문화방송(MBC) 보도국 견습기
자, 공채 4기.

1968–1969
사회부 사건기자.

1968
11월 3일, 고등학교 교사였던 반남(潘
南) 박씨(朴氏) 후인 박운서(朴雲緒)의
여(女) 박옥자(朴玉子)와 결혼.

1969–1971
서울특별시청 출입기자(시장 김현옥,
양택식).

1970
1월 5일, 딸 정민(政旼) 출생.

1971–1973. 10.
사회부 사건 기사 팀장, 서울시 경찰국
출입기자(경찰국장 고동철, 이건재).

1971년 4월 27일, 제7대 박정희 대통령 당선.

1972
5월 15일, 아들 종훈(宗勳) 출생.

1972년 10월 17일, 10월 유신 선포. 1972년
12월 23일, 제8대 박정희 대통령, 통일주체국
민회의에서 당선.

1973

12월(음), 조부(祖父) 묵재공(默齋公)
별세(別世).

1974-1976

문교부 출입기자(장관 민관식, 유기춘).

1974년 8월 15일, 육영수 여사 별세(別世).

1976-1977

보도국 편집부 차장.

1977-1978

보도국 사회부 차장, 내무부 출입기자
(장관 김치열).

1978-1980

MBC TV 종합뉴스 뉴스데스크 앵커.

1978년 6월 12일, 제9대 박정희 대통령 당선
(통대의원 선출).

1978-1981

보도국 정치부 차장, 청와대 출입기자
(대통령 박정희, 최규하, 전두환).

1979년 10월 26일, 박정희 대통령 서거. 12월
5일, 제10대 최규하 대통령 선출(통대의원).

1978

11월, MBC 10년 근속 공로 표창 받음.

1980

9월, 보도국 정치부장.
11월, 새마을 특별교육과정 수료.

1980년 9월 1일, 제11대 전두환 대통령 취임.

1981. 3. 28.-1984

제11대 국회의원(민주정의당 전국구,
초선).

1981

4월 20일, 해공 신익희 선생 25주기 추
도위원.
7월 28일, 민정당 정책연구소 이사.
10월, 덕천(德川)서원 고문. 독립기념
관 건립 추진위원.
11월 18일, 사단법인 한국무궁화선양
회 자문위원.
11월, 전국 남녀 웅변대회 대회장. 개
천예술재단(이사장 김윤양) 공로 감사
패 받음.

1981년 3월 3일, 제12대 전두환 대통령 취임.

1982

옥계 유진산 선생 기념사업회 추진위원.

2월 9일, 민주정의당 정책연구위원.

4월, 서울대학교 총동창회 이사.

4월 17일, 민주정의당 중앙정치연수원 수료.

1982-1983. 10.

민주정의당 중앙당 직능국장.

1982-1983. 4.

제11대 국회 외무위원회 간사(위원장 박동진).

1983

5월, 민주정의당 평화통일위원회 간사.

1983. 4.-1984. 10.

제11대 국회 재무위원회 위원(위원장 정재철).

1983-1984

민주정의당 원내부총무 겸 의원실장 (원내총무 이종찬).

1984

4월, 초대 부통령 이시영 선생 동상 건립 추진위원. 매죽헌 성삼문 선생 사적

비 제작 추도위원.

4월 9일, 건국대학교 대학원에서 정치학 석사학위 취득. 논문 「대공산권 접근 논리의 전개」.

1984. 10.-1986. 8.

국무총리 비서실장(국무총리 진의종, 노신영).

1985

1월, 『테러, 테러리즘, 테러리스트』 역서 발간.

1986

8월 23일, 부친 성와 하만관(河萬觀) 교장 별세(향년 69세).

10월, 정부로부터 황조근정 훈장 받음.

1986. 9.-1988

한국방송광고공사(KOBACO) 사장.

1987

1월, 선고(先考)의 유덕을 기려 성와 (誠窩)장학회 설립.

8월, 건국대학교 대학원 정치학과 졸업. 정치학 박사학위 취득. 논문 「한국 대학생들의 정치참여와 정치태도에 관한 경험적 연구」.

8월, 독립기념관 건립 유공 기념패 받음.

9월, 『성와 하만관(河萬觀) 교장 유고집』 발간.

10월, 대한적십자사(총재 김상협) 유공 포장증 받음.

12월, 칼럼집 『에나 이야기』 출간. 서울대학교 동창회로부터 박사학위 취득 축하패 받음.

1988

2월, 전두환 대통령 이임 기념패 받음.

4월, 제13대 국회의원 총선거. 민정당 후보로 출마, 낙선. 선친(先親)의 친우(親友)이신 최낙선 박사로부터 아호 '목림(牧林)'을 명받음.

6월, '진주얼비' 건립 유공 기념패 받음.

10월, 한국청년지도자연합회 고문.

1988. 10.-1989

미국 캘리포니아 채프만 칼리지 국제정치연구과정 수학.

1988년 제13대 노태우 대통령 당선.

1990

4월, 진주 대봉산악회 창립, 고문.

1991

11월, 칼럼집 『한국 귀신 나와라』 출간.

1991. 4.-1995. 6.

사단법인 진주천년기념사업회 이사장 (진주시민의 헌성으로 천수교 건립).

1992

2월 18일(음력), 모친(母親) 강증순(姜曾順) 여사 별세(향년 74세).

4월, 제14대 국회의원 당선. 무소속 후보로 전국 최고득표율(73%) 기록.

5월, 진주시민의 여론과 김영삼 대통령 후보의 강력한 권유로 민주자유당 입당. 민주자유청년봉사단(청자봉) 총단장.

1992. 4.-1996

제14대 국회의원(재선).

1992. 4.-1994

제14대 국회 내무위원회 위원.

1992년, 제14대 김영삼 대통령 당선.

1993

10월 27일, 딸 정민(政旼) 결혼. 사위 수원 최씨 후인 최일의 삼남(三男), 의

학박사 최승재(崔承齋).

1994
11월, 칼럼집 『명심보감이 다시 필요한 세상』 출간.

1994. 4.–1995
민주자유당 대변인.

1994. 4.–1996
제14대 국회 건설교통위원회 위원.

1995
1월, 민자당 국제협력위원회 위원장.
7월, 민자당 제3정책조정 위원장(사회담당).
3월, ROTC 2기 동기회로부터 자랑스런 동기회원상 받음. 한국경호무술연맹 명예총재.
6월, 진주시민 일동으로부터 천수교 준공 유공 감사패 받음.

1996
5월, 신한국당 대통령 후보 이회창 대표 비서실장.

1996. 4.–2000
제15대 국회의원(3선).

1996. 4.–1998
제15대 국회 정보통신위원회 위원.

1997
3월, 신한국당 원내수석 부총무.
7월 23일, 외손자 석원 출생.
10월, 한나라당 직선 원내총무 출마 당선, 제15대 국회 운영위원회 위원장.

1997년, 제15대 김대중 대통령 당선.

1998
3월, 칼럼집 『그래도 희망은 있다』 출간.
4월, 한나라당 이회창 총재 비서실장.

1998. 4.–2000
제15대 국회 국방위원회 위원.

1998. 8. 11.–2000. 5. 3.
한나라당 사무총장.

1999
4월, 국회 ROTC 동우회 공로패 받음.

2000
1월, 권병현 주중대사로부터 한 · 중 교류 증진 유공 공로패 받음.
3월 27일, 둘째 외손자 지원 출생.

4월, 한나라당 부총재 경선 출마 당선, 한나라당 부총재.
7월, 대한웅변인협회 총재.
12월, 자랑스런 ROTCian상 수상.

2000. 4.-2004
제16대 국회의원(4선).

2000. 4.-2002
제16대 국회 외무통일위원회 위원.

2000. 5.-2002. 12.
진주고등학교 재경총동창회 회장.

2001
8월, '2001 의정 한국을 빛낸 인물' 선정(의정전문지, 의정과인물사).
12월, 한나라당 총재로부터 여성 정치 교육 유공 감사패 받음.

2002
5월, 한나라당 최고위원 경선 출마 당선, 한나라당 최고위원.
12월 28일, 아들 종훈(宗勳) 결혼, 자부(子婦) 경기도 광주 이씨(李氏) 후인 이홍재의 여(女) 혜경.

2002. 4.-2004
제16대 국회 국방위원회 위원.

2002년 12월, 제16대 노무현 대통령 당선.

2003
4월, 국립경상대학교 발전 후원회장.
7월, 부인 박옥자(朴玉子) 수필집 『참 아름다운 인연입니다』 출간.

2003년, 이회창 총재 정계 은퇴.

2004
1월, 제16대 국회 한나라당 농어촌의정회 유공 감사패 받음.
2월, 진주재향군인회 고문. 국회의원 최우수 홈페이지상 수상(중앙일보). 고려대학교 컴퓨터 과학기술 대학원 제15기 수료.
4월, 17대 국회 한나라당 공천 탈락.
8월, 진주시 기관장 일동으로부터 지역발전 유공 감사패 받음.

2005
2월, 재경 진주고 총동창회 명예 회장.
2월 18일, 손자 수종(秀宗) 출생.
4월, 400년 이상 대대로 전수돼 온 고문서(古文書)와 문집(文集)을 엮은 『선비가의 학문과 지조』, 서향세가(書香世家) 발간, 한국학중앙연구원.

9월, 고향의 종택 고가(古家)를 중수(重修), 목림서실 건축.

2006
5월, 경남대학교 석좌교수.

2006. 5.–현재
한나라당 상임고문.

2006. 6.–현재
서울대학교 총동창회 이사.

2007
5월 11일, 가보인 '단지종택 고문헌(330종, 3668점)' 을 국립경상대학교에 영구 위탁.

2007. 5.–현재
진양 하씨(河氏) 대종회, 제8대 대종회장으로 취임, 제9대 대종회장 연임.

2007년, 제17대 이명박 대통령 당선.

2008
2월, 직업전문TV 일자리 방송(JCBN) 회장.

10월 20일, 국립경상대학교로부터 개척명예장 수상.

2009
5월 30일, 여동생 하영혜 여사 타계.

7월 12일, 선고(先考) 묘갈제막 유고집 『성와유고(誠窩遺稿)』 재편집 간행.

8월 8일 , 사위 최승재(崔承齋) 박사 타계.

2009. 3. 3.–현재
사단법인 4월회 자문위원.

2010
6월 16일, 경남일보 회장 취임.

진양 하씨(河氏) 성와(誠窩) 하
만관(河萬觀) 선생과 진주 강씨
(姜氏) 강증순(姜曾順) 여사

중학교 시절 동생들과 함께

전방 부대 소대장 시절

고등학교 시절

500년 전수돼 온 가보 단지종중
고문헌을 국립경상대학교에 영
구위탁하면서 연설하는 모습

초등학교 시절 가족과 함께

국립경상대학교에서 개척명예
장을 수상하는 모습

초등학교 졸업 기념 사진

대학교 졸업식 때 동숭동 교정
에서

참고문헌

『정치시대를 넘어 경제시대로』, 서상목 지음, 북코리아 발행, 2004년.

『열정의 시대』, 강창희 지음, 중앙북스 발행, 2009년.

『7부 능선엔 적이 없다』, 신경식 지음, 동아일보사 발행, 2008년.

『수사기록으로 본 12 · 12와 5 · 18』, 지만원 지음, 시스템 발행, 2008년.

『5 · 16과 10 · 26』, 이만섭 지음, 나남 발행, 2009년.

『한국의 정치변동』, 김영명 지음, 을유문화사 발행, 2006년.

『김영삼 대통령 회고록』, 김영삼 지음, 조선일보사 발행, 2001년.

『한국정치의 이해』, 최한수 지음, 건국대학교 출판부 발행, 1999년.

『김대중 개혁 대해부』, 안영모 지음, 원경 발행, 2001년.

『흔적』, 차인태 지음, 에프케이아이미디어 발행, 2009년.

『노신영 회고록』, 노신영 지음, 고려서적 발행, 2000년.

『대통령의 승부수』, 신동준 지음, 올림 발행, 2009년.

『MB, 이게 뭡니까?』, 김동길 지음, 청미디어 발행, 2009년.

『오바마의 미국, MB의 대한민국』, 김종철 지음, 시대의창 발행, 2009년.

『MB공화국, 고맙습니다』, 하재근 지음, 시대의창 발행, 2009년.

『사랑의 정치』, 원희룡 지음, 미지애드컴 발행, 2010년.

『빵과 자유를 위한 정치』, 손호철 지음, 해피스토리 발행, 2010년.

『그래도 희망은 있다』, 하순봉 지음, 아트포럼 발행, 1998년.

『대통령을 그리며』, 이동원 지음, 고려원 발행, 1992년.

『청와대 비서실 2』, 노재현 지음, 중앙M&B 발행, 1993년.

인명 찾아보기

하순봉 회고록 河舜鳳 回顧錄

나는 지금 동트는 새벽에 서 있다

2010년 11월 5일 초판 1쇄 발행 | 2010년 12월 1일 초판 2쇄 발행
지은이 하순봉 | 편집 김미미, 이승은 | 북디자인 최훈
발행처 연장통, 경기도 파주시 교하읍 문발리 504-4, 출판등록 제16-3040호, 전화 031 8070 4950,
www.yonjangtong.com

ⓒ 하순봉, 2010
ISBN 978-89-954647-6-2   03810
값 17,000원

이 도서의 국립중앙도서관 출판시도서목록(CIP)은 e-CIP 홈페이지(http://www.nl.go.kr/ ecip)에서
이용하실 수 있습니다. (CIP제어번호: CIP2010003463)